SILVERS BAUER

MILLIARDÄR-BOSS-ROMANZE

DIE SAGA DER SILVER-BRÜDER
BUCH DREI

LACEY SILKS

MYLIT PUBLISHING

An meinen ersten sexy Chef, der das hier nie lesen wird:
Du hast mir die Idee für dieses Buch gegeben.

„Ich sah zu, wie ihr wunderschöner Körper meinem Verlangen nachgab. Auf meinem Bett. In meinem Zuhause. Und es war alles, was ich nie erwartet hatte." ~ Tristan Silver, Silvers Bauer

Ich stand mitten auf der 5th Avenue, als das Nachtleben der Stadt und all seine Schläger erwachten. Die Ampeln an der Kreuzung schalteten um, und Autos fuhren an beiden Seiten an mir vorbei. Zu meiner Rechten tauchten Scheinwerfer den Himmel in helles Licht, wo Luxusautos am Straßenrand vor Kendras florierendem Nachtclub parkten. Die Schlange vor dem Eingang bewegte sich vorwärts. Wäre sie hier gewesen, wäre meine Klientin zufrieden gewesen, und Silver Securities hätte keine Probleme gehabt. Das Problem war, sie war nicht hier.

Zu meiner Linken erfüllten die verkohlten Ruinen des Club Forever die Luft mit Brandgeruch. Tja, von wegen 'für immer'. Wir hatten gehofft, dass das verlassene Grundstück unsere Probleme lösen würde; stattdessen hatte der Kauf sie nur vergrößert. Ein Lichtstrahl durchschnitt die Dunkelheit in einem zerbrochenen Fenster, und mein Fokus verlagerte sich auf den Eingang eines angrenzenden Hotels, wo ein Mädchen auf den Bürgersteig trat. Ein Freier folgte ihr. Das Paar schlüpfte in einen schwarzen SUV, und mir drehte sich der Magen um. Ohne den Reinfall beim Einsatz und das Feuer hätten wir das Kartell dichtgemacht. Aber das hatten wir nicht. Hartley hatte seine Sicherheitsleute Namen und Standorte wechseln lassen. Obendrein hatten sie unsere Klientin entführt.

Die Taschenlampe leuchtete erneut im unteren Stockwerk auf. Ich wartete auf eine Lücke auf der Straße und eilte hinüber. Ich riss die Seitentür auf und tauchte in die Schatten ein. Drinnen hallte ein entferntes Echo von Geräuschen wider. Ich folgte dem Klang die Treppe hinunter in den Keller, wo das Feuer das Gebäude nicht beschädigt hatte.

Ich erreichte die unterste Stufe und folgte dem Treppenhaus in den Keller, der das Gebäude mit dem Hotel verband. Die Stimmen wurden deutlicher, außer dass sie nicht wirklich sprachen. Das tiefe Stöhnen, die schweren Seufzer und das unkontrollierte Atmen konnten hier nur eines bedeuten: eine Orgie. Ich trat aus den Schatten hervor. Der Haufen nackter Leiber inmitten des flackernden Kerzenlichts bildete ein Puzzle, das zu entwirren ich keinerlei Interesse hatte.

Was zur Hölle?

Sie lagen auf verstreuten Decken über die alten Sofas und den Boden verteilt, irgendwie alle miteinander verbunden. Ich öffnete den Mund, um die Menge zum Aufbruch zu bewegen, schloss ihn aber genauso schnell wieder, als ich sie sah. In Polizeiuniform gekleidet stand sie auf der anderen Seite des Raumes und starrte auf das Geschehen. Ihre gezogene Waffe ruhte an der Seite ihres kräftigen Oberschenkels, während sie fasziniert beobachtete. Sie leckte sich über die leicht geöffneten Lippen. Ihr Atem wurde tiefer und schwerer, während sie wie hypnotisiert einen Schritt vorwärts machte.

Was zum Teufel machst du da? Ich konnte nur fassungslos den Kopf schütteln.

Sie biss sich auf die Unterlippe und lehnte ihre Schulter gegen eine Wand. Dabei wechselte sie ihre überkreuzten Beine und rückte ihren Schritt zurecht.

Meine Mundwinkel zuckten. Sie sah aus der Ferne zu jung

aus, um eine Polizistin zu sein. Und sie war definitiv zu klein. Zu verletzlich.

Weiter hinten schlich etwas durch die Schatten. Doch sie blieb regungslos, sich der nahenden Gefahr nicht bewusst, und ließ mir keine andere Wahl.

„Hinter dir!", rief ich und trat ins schwache Licht, während ich in ihre Richtung zeigte.

Erschrocken ruckte ihr Kopf nach oben und ihre Augen weiteten sich. Instinktiv wirbelte sie herum, aber der Creep in den Schatten war verschwunden.

„Die Party ist vorbei! Zieht euch an und verschwindet!", rief ich.

Die Polizistin drehte sich erneut um und schritt mit vorgehaltener Waffe voran, die sie in willkürliche Richtungen zielte.

„Hier spricht die Polizei. Niemand bewegt sich!"

Die Orgie zerstreute sich. Alle schnappten sich, was auch immer sie in Reichweite an Kleidung finden konnten, und rannten davon.

„Nicht bewegen!", schrie sie.

Wie erwartet hörte niemand auf sie, und ich hatte auch nicht vor, sie aufzuhalten. Ich brauchte den Platz leer. Scar Wagner würde nächste Woche mit den Renovierungen beginnen. Der schicke Club würde wie ein Magnet auf die perversen Raubtiere wirken.

„Verschwindet von hier!", brüllte ich, während ich quer durch den Raum auf die Polizistin zuging.

„Hey, du!" Sie richtete die Waffe auf mich. „Was glaubst du, was du da tust?"

„Ich bewahre dich vor einer Blamage."

„Sie entkommen!"

Sie eilte dem Letzten hinterher, aber ich war da, also wandte sich ihre Aufmerksamkeit mir zu. Mit einer fließenden Bewegung packte ich ihren Arm, entwaffnete sie und riss sie an mich, dann drehte ich mich um, bevor ich sie mit dem Gesicht nach vorn gegen die Wand drückte. Sie schrie dabei auf. Ich presste meinen Körper hart gegen ihren und schränkte sie ein.

„Lass mich los." Sie wand sich in meinem Griff.

Ich musste ihr eines lassen: Sie hatte echt Mumm in den Knochen.

„Ich werde dich dafür verhaften lassen!"

Ihre Lippen öffneten sich, und sie blickte über ihre Schulter zurück, fing meinen Blick auf. Der Mondlichtfleck, der zwischen verbrannten Brettern von oben hereinfiel, spiegelte sich in ihren katzenartigen Augen. In diesem Moment bemerkte ich ihre wahre Schönheit - ihre fürsorglichen Augen, die spitze Nase und die Sommersprossen. Sie war die schönste Frau, die ich seit Langem gesehen hatte. Ich atmete ihren Duft ein. Sie musste ihr kastanienbraunes Haar in Eile zusammengebunden haben, bevor es getrocknet war, was zu einem verstärkten Aroma von Lavendel und Erdbeeren führte.

„Dein Schwanz drückt gegen meinen Hintern", knurrte sie. Sie ahnte nicht, dass mein Schwanz ihre Geräusche als Einladung verstand. Die Herausforderung in ihrer Stimme gab der Sache eine zusätzliche Würze, und meine Gedanken rutschten sofort in die Gosse. Es war schon eine Weile her, dass jemand so Junges meine Aufmerksamkeit länger als einen Wimpernschlag gefesselt hatte. So sehr mich der Gedanke erregte, sie aus meinem Griff kämpfen zu sehen, Einverständnis war nicht verhandelbar. Ich verstärkte meinen Griff um sie und zuckte mit den Schultern. „Na und? Du bringst mein Spiel durcheinander."

Scar Wagner hatte früher angerufen und mir mitgeteilt, dass wir Besucher auf der anderen Straßenseite hätten. Obwohl es unwahrscheinlich war, dass Martinez auftauchen würde, konnte ich das Risiko nicht eingehen.

„Leck mich mit deinem Spiel! Du hast gerade eine Polizistin tätlich angegriffen! Geh zur Seite, damit ich meinen verdammten Job machen und jemanden verhaften kann!", rief sie. Ihre Wut vibrierte durch meinen Körper, und es gefiel mir. „Oder steckst du da etwa mit drin?"

Ich lachte, und da alle anderen gegangen waren, ließ ich sie los. Bei einem weiteren Ausbruch ihrerseits wäre ich derjenige gewesen, der geplatzt wäre.

„Die einzige Person, die gerade verhaftet werden sollte, bist du", sagte ich.

„Warte - lass mich raten. Weil ich absolut sündhaft bin?" Sie verdrehte die Augen.

„Ich wollte sagen, weil du hier unbefugt eingedrungen bist."

Die Sicherheit in ihrem Gesicht schwand. Sie musterte mich, schluckte schwer und lachte herausfordernd zurück, so als würde sie mich nicht erkennen. Es gefiel mir noch mehr, dass sie einige Karten für sich behielt. Ich musste ihr zugestehen, dass sie das recht gut machte.

„Reicht meine Uniform nicht aus, damit du erkennst, wer ich bin? Oh, warte, natürlich nicht. Es liegt daran, dass ich eine Frau bin, oder? Warum solltest du auch irgendetwas anderes an mir bemerken?"

„Das ist Sarkasmus, oder? Es ist niedlich, aber du dringst wirklich unbefugt ein. Überprüf die Akten. Dies ist Privatgrundstück, und ich nehme an, du hast keinen Durchsuchungsbefehl."

Sie runzelte die Stirn. „Wenn dem so ist, dann dringst du auch unbefugt ein."

Ich blieb standhaft.

„Soll ich diese... diese..." Ihre Wangen wurden rot, als sie auf die Stelle zeigte, wo sich Momente zuvor eine Orgie abgespielt hatte. „... diese Schurken laufen lassen?"

„Für mich sahen sie eher wie Swinger aus."

„Argh... das ist noch ekelhafter."

„Wenn es dich interessiert - dieser Laden wird demnächst komplett umgekrempelt."

„Wunderbar. Noch ein Club in derselben Straße. Noch mehr Orte, um Drogen und Körper zu verkaufen." Sie hielt inne, musterte mich und erstarrte. „Ich fasse es nicht, dass du sie hast entkommen lassen. Wusstest du, dass sie früher einen Swingerclub hier unten betrieben haben?"

Leider war das nicht der einzige Club, den sie betrieben.

„Du hättest nichts aus diesen Kids herausbekommen", sagte ich ihr. „Sie haben Fantasien ausgelebt, die sie über das Bordell gehört haben, und sie sind nicht die Leute, nach denen du suchen solltest."

Ihre Stirn runzelte sich. „Wo ist dein Ausweis? Was machst du hier?"

Sie schob die Waffe zurück ins Holster und verschränkte die Arme vor der Brust. Sie hatte meine Erkundung unterbrochen; das war es, was ich hier tat. Die Silvers besaßen das Gebäude früher in Partnerschaft mit den Hartleys. Dieser Ort hatte einer lebenslangen Lüge Leben eingehaucht, und wir hatten jahrelang daran gearbeitet, all die falschen Leute in unsere Falle zu locken. Scar Wagner plante, den Ort zu säubern, und das Feuer in der einen Nacht, in der er geschlossen hatte, war eine Warnung.

Ich sah mich im dunklen Raum um. Umgedrehte Kissen, zerrissener Stoff, kaputte Lampen und Zigarettenkippen lagen auf dem Boden verstreut. Handschellen, Peitschen, Ketten und Dildos hingen an einer vom Feuer verschonten Wandsektion.

„Menschenhandel, Sklaverei, Erpressung und Auktionen. Körper wurden wie Vieh verkauft", sagte ich leise. „Das ist hier passiert. Mädchen wie du haben in diesem Keller ihre Hölle kennengelernt."

„Mädchen wie ich?"

„Du weißt schon – hübsch, jung und zart. Bist du überhaupt alt genug, um Polizistin zu sein?" Ich beugte mich näher an ihr Gesicht. Im Nachhinein war das ein Fehler, denn ihr Duft ließ meinen Kopf schwirren. „Du siehst zu jung aus, um Polizistin zu sein."

„Ich habe gute Gene. Was weißt du über die Auktionen?", fragte sie.

Sie hatte definitiv gute Gene, aber wusste sie ernsthaft nicht, wer ich war?

Unmöglich.

Vielleicht war es so besser? Mein Name war mit zu vielen Vorbehalten und verbrannten Brücken belastet.

„Ich weiß alles darüber und doch nicht genug." Ich ließ die Schultern sinken. „Mein Name ist Tristan Silver. Mein Kumpel kümmert sich um diesen Ort. Ich habe Taschenlampen in den Fenstern gesehen. Wir hatten Meldungen über Herumtreiber, also bin ich hergekommen, um nachzusehen."

Sie erstarrte, was mir sagte, dass sie definitiv wusste, wer ich war. Ich ließ meinen Namen nicht oft fallen, aber der verblüffte und doch erleichterte Blick auf ihrem Gesicht war es wert. Ich musste noch herausfinden, warum sie erleichtert war, aber das Letzte, was ich wollte, war, hier mit einer Polizistin gesehen zu werden.

„Von Silver Securities?" Sie trat näher, um besser sehen zu können.

„Ja, genau der."

„Ich habe von dir gehört." Sie schluckte schwer und verlagerte ihr Gewicht von einem Fuß auf den anderen. „Es sieht so aus, als wären die... Schurken verschwunden."

Ich schmunzelte... *Schurken.* Wenn Schurken mein einziges Problem wären, wäre ich ein freier Mann. Wenn sie das Problem wären, wäre Kendra hier, und ich hätte keinen vermissten Klienten.

„Entschuldigung." Ich räusperte mich. „Das war nicht witzig."

„Wenn du Silver bist, dann weißt du mehr über diesen Ort."

„Ein Kartell hat letzte Woche meine Freundin entführt", sagte ich. „Sie besitzt den Laden gegenüber, und sie werden sie auf einer Auktion verkaufen, wenn ich sie nicht finde."

„Eine Auktion? Wie Menschenhandel? Wie erfährt man überhaupt von so etwas?" Ihre Stimme zitterte.

„Jahre der Informationsbeschaffung. Verbindungen."

„Ich habe von Silver gehört. Ich meine, jeder hat davon gehört. Es tut mir leid wegen deiner Freundin. Hast du eine Vermisstenanzeige aufgegeben?"

Ich schüttelte den Kopf.

„Du solltest die Polizei rufen. Sie haben Ressourcen."

Ich lachte. „Die Polizei?"

Sie hatte in einer Sache recht: Die Polizei hatte tatsächlich eine Ressource, und ihre beste Ressource war ich.

„Du glaubst nicht, dass wir unseren Job machen können?" Ihre Augenbrauen hoben sich.

Ich musterte sie von unten nach oben. Ihre muskulösen Oberschenkel und breiteren Schultern zeigten Stärke unter der Uniform. Kombiniert mit ihren zarten Lippen und den rehbraunen Augen konnte die Polizistin ihren Job definitiv erledigen.

„Das sage ich nicht."

„Aber du willst keine vermisste Person melden?"

Ich würde keine Sekunde länger in diesem Drecksloch verschwenden. Scar würde morgen aufräumen, und ich war nicht mal annähernd dabei, Kendra zu finden.

„Die Polizei kann nicht helfen." Ich warf einen Blick auf ihr Namensschild. „Bleiben Sie diesem Ort fern, Officer... Green."

Green... Green... Green... Warum kommt mir dieser Name so bekannt vor?

Ihre Augenbrauen zogen sich zusammen. Ich drehte mich zum Gehen, aber sie packte mein Handgelenk.

„Warum fernbleiben?"

Ich drehte mich wieder zu ihr um und senkte meine Stimme. „Du solltest dich nicht in dunklen Kellern herumtreiben, weil böse Männer hierherkommen, um schlimme Dinge mit Mädchen zu tun, die nicht hören."

Sie schien unbeeindruckt und neigte den Kopf zur Seite. „Für mich hört sich das genau nach dem Ort an, wo ich sein sollte. Weißt du, weil ich verdammt nochmal eine Polizistin bin!"

Sie war zweifellos... eine Wucht.

„Du heißt nicht zufällig Allie, oder?" Ich schluckte hart und spürte, wie mein Schwanz auf diese Erkenntnis reagierte. Sie sollte nicht so zart und perfekt sein.

„Ja. Ich bin Allie Green. Woher wusstest du das?"

Nun, nun... was für ein Zufall?

Tristan Silver betrat den Hörsaal, und das Summen der Flüstereien verstummte. Ich richtete meinen Blick auf den Mann, der alle Aufmerksamkeit auf sich zog, und hielt mitten im Atemzug inne. Er schritt durch den Raum, als hätte jemand die Zeit verlangsamt, und meine Knie wurden weich. Es waren drei Tage vergangen, seit wir uns Angesicht zu Angesicht gegenübergestanden hatten, Atem an Atem, und die Zeit herunterzählten, bis die Versuchung siegen würde. Als er mich in jener Nacht im Club hielt, wusste ich, dass ich in Schwierigkeiten steckte. Dicke Schwierigkeiten. Und nach den wenigen Minuten, die ich mit dem Bodyguard-Milliardär verbracht hatte, wusste ich, dass er derjenige war, nach dem ich gesucht hatte. Der mir helfen konnte. Aber ich hatte nicht erwartet, dass Mr. Tristan Silver mein Leben so schnell auf den Kopf stellen würde. Solche Dinge passierten nur in Märchen, und mein Leben war sicherlich keins.

„Na, wen haben wir denn da. Sieh an, wen uns der Teufel beschert hat." Laura, meine beste Freundin und Partnerin in den meisten Verbrechen, starrte zum Podium, wo unser Sergeant sich abmühte, das Mikrofon auf Mr. Silvers Größe einzustellen.

Die drei langen Tage und zwei schlaflosen Nächte, seit ich im abgebrannten Club auf den Milliardär-Mogul gestoßen war, zogen sich hin, während ich darauf wartete, meine Mutter zu besuchen. Sie würde wahrscheinlich diesmal nach einem neuen Ort suchen, da es schon eine Weile her war seit ihrem letzten Umzug. Obendrein stellte das Baby meiner besten Freundin gerade auf feste Nahrung um, und, nun ja ... es war nicht einfach, mit einem Einjährigen und einer sturen alleinerziehenden Mutter zusammenzuleben.

„Gibt's eine Chance, dass du dieses Wochenende deine Eltern besuchst?"

„Ist die Hölle zugefroren?", schnaubte sie.

Einige Kollegen kicherten, als der obere Teil der Mikrofonhalterung aus dem unteren Teil rutschte und der Sergeant zu einem Baton-Twirling-Auftakt für den heutigen seltsamen Tag wurde. Sergeant Dwayne fing sich wieder und hielt das Mikrofon unserem Gastredner hin, der mit einer taktvollen Geste ablehnte.

Natürlich brauchte Tristan Silver kein Mikrofon, um den Raum zu beherrschen.

„Du wirst es ihnen bald sagen müssen, dass sie Großeltern sind."

„Ich hab's so lange geschafft, da kann ich auch warten, bis Foxy seinen Abschluss macht."

Ich kicherte.

„Warum fragst du?" Ihr Kopf flog nach vorne und dann wieder zu mir zurück.

„Schlaf. Ich brauche Schlaf." Ich rieb mir die Augen.

Lauras Baby war nicht gerade geplant gewesen, aber jetzt, wo Fox da war, war er der beste Patensohn, den ich mir vorstellen konnte. Er war die beste Überraschung, die Laura je bekommen hatte. Meine beste Freundin war die perfekte Mutter. Foxys süßes Kichern und seine Grübchen machten die schlaflosen Nächte wett.

Lauras Aufmerksamkeit blieb auf Mr. Silver gerichtet. „Du wirst ihn dir schnappen, oder?"

„Wen? Ihn? Was? Nein, so ist das nicht."

Es war genau so. Während ich Tristan Silver als potenziellen Arbeitgeber mit Zugang zu geheimen Unterlagen erkannte, wusste ich auch, dass er kein traditioneller Arbeitgeber war. Wenn sich also eine Gelegenheit bot, an die Informationen zu kommen, die ich suchte, wer war ich, dass ich mich dagegen sträuben sollte?

„Ach ja. Das Klo ist wieder dicht.. Fox hat versucht, eine Ente runterzuspülen."

„Bäh, wieso hast du das Ding nicht rausgeholt?"

Sie drehte einen Stift zwischen ihren Fingern und starrte ins Leere. „Ich habe dieses Problem namens Zeitmanagement mit einem Einjährigen. Ich hab's mit der Saugglocke versucht, aber es hat nicht funktioniert. Dachte, ich sollte dich vor dem Wochenende informieren."

„Danke. Hoffentlich finden wir bis Montag einen Klempner."

Tristan Silver zog sein Sakko aus und hängte es über die Rückenlehne eines Stuhls. Er krempelte die Ärmel seines weißen, knackigen Hemdes hoch, und ein Bild von mir, wie ich den Stoff auseinanderreiße, um seine Brust zu enthüllen, blitzte in meinem Kopf auf.

„Wie sollen wir uns jetzt konzentrieren?", flüsterte Laura.

„Ich weiß nicht."

„Wusste gar nicht, dass du auf reifere Typen stehst."

„Nur auf die, die wie guter Wein altern. Mach den Mund zu." Mein Blick blieb auf dem wie aus einem Modemagazin entsprungen Prachtkerl haften. Er durchquerte den Boden in seinem schicken, maßgeschneiderten Anzug, minus das Sakko, wie Adonis. Ja, ich hatte meine Hausaufgaben gemacht. Mister Kellerverbot war einer der wichtigsten Milliardäre des Landes. Nicht dass Google eine große Hilfe gewesen wäre, als ich das SS-Logo auf seinen Manschettenknöpfen gegoogelt hatte. Silver

Securities sorgte dafür, dass das Privatleben der Familie geschützt blieb.

Ein Kichern hallte durch den Raum, und seine Wange leuchtete auf, was seinen Teint ergänzte. Eine Gruppe von Beamten in der ersten Reihe bedeckte ihre Münder.

Silvers kalkulierte Schritte wurden länger und selbstsicherer. Er blieb am Schreibtisch des Sergeants stehen, verschränkte die Hände hinter dem Rücken und spreizte die Beine leicht, dem voll besetzten Hörsaal zugewandt. Ich schluckte hart. Als er seine Füße verlagerte, berührte die Naht seiner Hose eine Wölbung unter seinem Reißverschluss.

Oh mein Gott.

„Ich glaube nicht, dass das eine Waffe in seiner Tasche ist", flüsterte Laura von der Seite.

Das war es sicher nicht. Ich presste meine Knie zusammen, als eine Wärme durch meinen Bauch rauschte. Eine Erinnerung an seine Arme um mich, wie er mich gegen diese Kellerwand drückte, schlich sich in meine Gedanken.

Hör auf damit!

Ich drängte die Hormone zurück in ihre Höhle. Die Gelegenheit, von der Mutter immer gesprochen hatte, war hier, und es war Zeit, die Sache selbst in die Hand zu nehmen. Oder war es den Stier am Horn packen? Es spielte keine Rolle. Ich hatte auf unserer Farm genug Stiere gesehen, um zu wissen, dass man sich von ihnen besser fernhält; aber meine Mutter war eine der klügsten Frauen der Welt, also war das Mindeste, was ich tun konnte, mich auf Tristan Silver zu konzentrieren.

„Das ist Mr. Silver von Silver Securities." Sergeant Dwayne räusperte sich, um seine Nervosität zu überspielen. Es war ein seltener Anblick, ihn so angespannt zu sehen. Ich hatte lange über diesen Moment nachgedacht, aber jetzt, da er da war, wusste auch ich nicht, wie ich mich verhalten sollte. Also schloss ich mich dem Rest des Trupps an und starrte den lebensgroßen Ken-Puppen-Verschnitt lange an, während Silver langsam begann, die Sitzreihen zu scannen, angefangen bei der ersten Reihe.

Sergeant Dwayne nahm Mr. Silvers Gleichgültigkeit als Aufforderung fortzufahren. „Wenn Sie in New York leben, haben Sie von Silver Securities gehört. Die Bewerbung auf Ihrem Tisch ist für eine freie Stelle in diesem Unternehmen, das selten außerhalb der Familie einstellt. Dies ist eine Gelegenheit, Ihre Fähigkeiten unter Beweis zu stellen, Leute."

Dwaynes gehobener Ton ließ Silver kalt. Tatsächlich schien der Mann unzufrieden, aber er fuhr fort, die Sitze zu scannen, von einem Beamten zum anderen, als ob er nach jemandem Bestimmtem suchen würde.

Papiere raschelten und alle senkten den Kopf zur Bewerbung. Ich behielt meine Aufmerksamkeit auf Silver gerichtet.

Natürlich hatte ich von Silver Securities gehört. Jeder hatte von Silver Securities gehört. Das familiengeführte, führende Ermittlungs- und private Sicherheitsunternehmen könnte mein Ticket in die Freiheit sein. Ein Job bei Silver Securities würde mir die Informationen geben, nach denen ich gesucht hatte. Uneingeschränkter Zugriff auf angeblich gelöschte Regierungsdaten, die Standorte von verdammten Ex-Cops enthielten, die Mütter, Töchter und Familien ruiniert hatten. Dieser Job könnte meiner Mutter die Gerechtigkeit bringen, die sie nie erhalten hatte.

Aber ich hatte mir den Besitzer immer als Mann in den Sechzigern mit grauem Haar vorgestellt, oder zumindest mit einem respektablen Toupet. Tristan Silvers Haar hatte seine eigene Persönlichkeit und hob sich leicht in der Brise der Klimaanlage. Die Familie hielt sich aus dem Rampenlicht heraus, und ihre seltenen Auftritte bei Spendenaktionen ohne Kameras ermöglichten eine fast unerhörte Privatsphäre. Mit Werkzeugen und der Macht des Einflusses, die ihnen zur Verfügung standen, konnten Geheimnisse für immer verschwinden.

Silver hob seinen Blick zur nächsten Reihe, der zweiten unter mir. Ich nahm seine angespannte Haltung wahr. Die Konturen unter seinem Anzug deuteten auf eine leckere Statur hin. Womit ich sagen will: stark. Er trainierte definitiv, wahrscheinlich mit einem persönlichen Trainer, der sich um jeden schönen Muskel kümmerte, der seinen Körper formte, umschmeichelt von diesem maßgeschneiderten Anzug.

„Sabber, Allie. Wisch dir den Sabber vom Gesicht", stieß Laura mich zum dritten Mal mit dem Ellbogen in die Rippen.

Ich fuhr mir mit dem Ärmel über den Mund, gerade als sein Blick die Reihe unter mir erreichte. Ein scharfes Einatmen vor Nervosität stach in meinen Lungen. Die meisten im Raum waren noch mit der Bewerbung beschäftigt: Köpfe gesenkt und Stifte umklammert. Sie kritzelten, während ich stillhielt. Silver hielt mich still. Was zum Henker war nur los mit mir? Mein Atem blieb in meinen Lungen stecken und löste sich im selben Moment, als er ausatmete. Sein Blick blieb stetig, als er über die Reihen scannte, von einem Sitz zum anderen. Ein leichtes Zucken pulsierte an der Seite seines Halses. Er schob einen Finger zwischen seinen Hals und das enge Hemd und öffnete den obersten Knopf. Der schicke Anzug konnte nicht seine Wahl der Kleidung sein. So bequem Silver auch erscheinen wollte, er stach heraus wie ein Tropfen schwarzes Öl in weißer Milch.

Unerwartete Hitze durchströmte meinen Körper, als ich ihn mir in Shorts, vielleicht Jeans und einem T-Shirt vorstellte. Mein Mundwinkel zuckte, als ich ihn in Gedanken Stück für Stück auszog. Silvers Haut prahlte mit einem natürlichen Braunton. Obwohl der Sommer vor ein paar Wochen vergangen war, ergänzte eine frische Schicht sonnengeküsster Glanz seine durchdringenden haselnussbraunen Augen. Ich dachte, es wäre einfacher, ihn anzusehen, wenn ich mir vorstellte, er wäre nackt, aber das war es nicht. Sein durchtrainierter Körper schrie förm-lich nach Privattrainer und jeder Menge Freizeit. Je weiter meine Gedanken von der Realität abdrifteten, desto fester zog sich mein Magen zu einem doppelten Knoten zusammen, und mein Herz schlug, als wäre es Mitternacht und ich stünde kurz davor, einen Dieb zu schnappen. Ich holte tief Luft und schloss mich Silvers ungebrochenem Starren über jede Person an, wartete auf meine Runde und zählte die Sekunden, bis mein Weihnachtsmorgen an einem Montagabend im September kam.

Eine Stimme der Vernunft murmelte irgendwo in meinem Hinterkopf. Meine beste Freundin saß neben mir, aber ich konnte kein Wort von dem hören, was sie gesagt hatte. Alle anderen konzentrierten sich auf die Bewerbungen, während ich nur starrte. Sie kritzelten und schmückten ihre Leistungen aus auf der Suche nach einem Job, den Silver wahrscheinlich bereits besetzt hatte.

Seine Augen ruhten schließlich auf meinen. Er hielt inne und hielt meinem Blick stand. Für einen Moment dachte ich, ich hätte meine Fantasie wild werden lassen, aber als sein Starren tiefer in meines eindrang, wurde mir klar, dass Silver aus einem anderen Grund hier war. Meinetwegen.

Scheiße. Scheiße. Scheiße!

Ich senkte meinen Kopf, als er mich dem Sergeant zeigte. Alle drehten sich gleichzeitig um, und ich senkte schnell meinen Kopf wie ein panisches Kind, das beim Kaugummiklauen erwischt wurde. Das eine Vergehen, das ich mir eingehandelt hatte, bevor ich in die Fußstapfen meines Vaters als Polizistin trat, würde mich bis ins Grab verfolgen.

Lauras Ellbogen in meinen Rippen brachte mich zurück, und ich sah wieder auf. Der Moment zwischen uns war bereits vorbei. Silver drehte der Klasse den Rücken zu, flüsterte dem Sergeant etwas zu und ging.

„Willst du dich nicht bewerben?", stieß mich meine Mitbewohnerin und beste Freundin, für die ich öfter einen Grund hatte, sie zu töten als mit ihr zu leben, wieder mit dem Ellbogen an.

„Hör auf damit. Du weißt, dass ich leicht blaue Flecken bekomme."

Silver machte nicht den Eindruck, der Typ für Stift und Papier oder Bewerbungen zu sein. Nach meinen Recherchen war er eher praktisch veranlagt, und ich würde keine Gelegenheit verschwenden, indem ich Papierkram ausfüllte.

„Es gibt keine Frau oder keinen Mann in diesem Raum, die oder der nicht gerne für dieses Stück Fleisch arbeiten würde."

Silver war eine Ablenkung, die ich mir nicht leisten konnte, und doch hatte er die Informationen, die ich nirgendwo sonst bekommen konnte.

„War mein Starren so offensichtlich?" Lauras Instinkt machte sie zu einer brillanten Partnerin. Manchmal war sie zu schlau für ihr eigenes Wohl, und die gleichen Instinkte, die sie zu einer großartigen Polizistin und Mutter machten, machten sie auch zu einem sturen Esel. Zum Beispiel hatte ich versucht, sie zu überreden, dem Vater des Babys von Foxy zu erzählen, aber Laura war überzeugt, dass er keine Kinder wollte.

„Glaubst du, es ist ein Zufall, dass du vor ein paar Wochen seinem Cousin begegnet bist? Bei dieser Versicherungsgesellschaft?" Lauras Stimme überschlug sich und ihre Wangen wurden rot.

„Was ist los?", fragte ich.

„Nichts." Sie schüttelte den Kopf.

„Lügnerin."

„Nun, momentan nichts von Bedeutung. Also? Was denkst du?"

„Ich glaube nicht an Zufälle", flüsterte ich. Ich wusste, warum ich ihn brauchte, aber ich wusste nicht, warum er mich brauchte. Seit der Nacht, in der wir uns in dem abgebrannten Club getroffen hatten, konnte ich nicht aufhören, an ihn zu denken.

Seine haselnussbraunen Augen verrieten nichts. Die meisten in unserem Hörsaal sabberten bei der Gelegenheit, mit Silver zu arbeiten. Ich sabberte bei dem Gedanken, mit ihm zu arbeiten, unter ihm zu liegen und auf ihm zu sitzen.

Überall auf ihm.

„Erde an Allie." Laura stieß mich zum dritten Mal mit dem Ellbogen an. Zumindest war der Stoß sanfter, aber das lag wahrscheinlich daran, dass meine Rippe schon so sehr schmerzte, dass ich vor drei Stößen aufgehört hatte, den Unterschied zu bemerken. Oder das Paracetamol, das ich vorher genommen hatte, begann zu wirken.

Mein Kopf schnellte hoch, als Silver erneut den Hörsaal betrat. Mein Stift glitt mir aus der Hand und hüpfte auf der Kante meines Tisches. Das Echo reichte aus, um seine Aufmerksamkeit zu erregen, und unsere Blicke trafen sich. Sein geheimnisvoller Blick hielt meinen fest, während er seine Jacke von einem Stuhl nahm und wieder anzog.

Ich neigte den Kopf.

Warum ich? Für welche Position stellt er ein?

Er drehte sich um und ging wieder zur Tür. Ein Polizist fing Silver im Türrahmen ab. Sie schüttelten sich die Hände und verlegten ihr Gespräch auf den Flur.

Ich griff nach dem Bewerbungsformular, zerknüllte das Papier und stopfte es in eine Tasche.

„Du bewirbst dich nicht?", fragte Laura.

Ich würde, aber noch nicht. Ich war nicht bereit. Ich würde den Schritt erst machen, wenn ich wusste, dass meine Mutter in Sicherheit war.

Frustration spielte für den Rest des Tages und den Tag darauf mit meinem Kopf und Herzen. Silver ging mir nicht aus dem Kopf, bis ich ihn wiedersah – als ich gerade dabei war, meinen Kummer in einer Flasche Tequila zu ertränken. In dieser Nacht wurde mir klar, dass dieser Mann mein Herz verpfänden könnte, und ich würde es zulassen, weil ich seine Hilfe mehr brauchte als er meine.

„Ist Silver Securities nicht gut genug für dich?" Ich lehnte mich an die Bar. Allie Green erstarrte auf ihrem Hocker und kniff die Augen fest zu, als hätte ich sie beim Gesetzesbruch erwischt. Ihr Hals zog sich wie bei einer Schildkröte ein, bevor sie sich wieder fasste.

Sie warf den Kopf zurück und kippte einen Shot Tequila, als wollte sie sich ertränken. In Zivilkleidung sah sie noch heißer aus.

Einfach... perfekt.

Silver Securities' Taktik, Frauen als Spielfiguren einzusetzen, war nicht meine liebste, aber sie funktionierte. Es war unsere beste Chance, Fuß in der Tür zu bekommen und Kendra zu retten.

„Wieso sagst du das?", fragte sie und drehte sich auf ihrem Hocker zu mir. Ihr Knie stieß gegen meins und landete zwischen meinen Beinen. Ein verschmitztes Lächeln umspielte ihre Mundwinkel. Ihr Gleichgewicht war gestört; ihr Körper schwankte hin und her.

„Du hast dich noch nicht beworben. Ich hoffe, du fährst nicht." Ich zog meine Lederjacke aus und legte sie über den Stuhl.

„Und das kümmert dich, weil?" Die Prahlerei strömte mit

ihrem Tequila-Atem aus. Die halb leere Flasche wartete neben ihr auf der Bar.

„Weil Unfälle passieren, wenn man am wenigsten damit rechnet, und betrunkene Fahrer Menschen töten."

Sie erstarrte und versuchte, in meinem Gesicht zu lesen. Aber jahrelange Übung hatte mich gelehrt, meine Narben gut zu verbergen.

„Bist du mein nächster Fehler?", fragte sie, ohne zu zögern. Sie konnte definitiv einiges vertragen. Allie Green einzustellen, sollte nicht so schwierig sein. Sie sollte nicht so faszinierend und verspielt sein. Jugendliche Energie durchströmte sie wie eine lebendige Bergquelle. Ich hatte erwartet... nun, definitiv jemanden, der nicht so war: vorlaut, stark und schön. Aber wenn ich meine Karten richtig ausspielte, könnte sie der richtige Fehler sein.

Sie winkte ab und fiel dabei fast von ihrem Hocker. „Keine Sorge, Silver. Ich rufe ein Taxi."

„Na, zumindest weißt du, wer ich bin."

Sie kicherte und schenkte sich noch einen Shot ein. Ich schluckte hart, als sie den Schnaps hinunterkippte und dann ihre Lippen gegen eine Zitronenscheibe presste.

„Schluckst du alle deine Shots in einem Zug?", fragte ich, schloss die Lücke zwischen meinen Knien und fing ihr Bein ein, während ich mich zu ihr lehnte.

Sie grinste, als hätte sie sich ihr ganzes Leben lang darauf vorbereitet, mein Spiel zu spielen, wüsste aber nicht, wie sie ins Ziel kommen sollte.

Was, wenn ich ihr Ziel wäre?

Ich schüttelte den unerwarteten Gedanken ab. Ihr kluger Mund lenkte meine Aufmerksamkeit zurück auf ihre vom Alkohol geschwollenen Lippen, als sie antwortete: „Ja, ich schlucke immer gut."

Wie erhofft – vorlaut und selbstbewusst. Vielleicht wusste sie doch, wie man ins Ziel kommt. Ich hatte die zierliche Brünette, die Gabriel Silver vor ein paar Wochen festgenommen hatte, möglicherweise vorschnell beurteilt. Sie erkannte ihn auch nicht, was bedeutete, dass Allie entweder unter einem Stein lebte oder wir so gut waren. Sicherheit und Geheimdienst hatten ihre Vorteile. Sich von sozialen Medien und allem fernzuhalten, was diese Welt vergessen hatte; Anstand und Menschlichkeit flossen im Silver-Blut.

„Warum hast du dich nicht auf die Stelle bei Silver Securities beworben?", fragte ich.

Sie biss sich auf die Lippe und klimperte mit den Wimpern, setzte jeden Charme ein, den sie kannte. Ihre Wangen färbten sich rosig, und ich nickte dem Barmann zu, die Flasche wegzunehmen.

„Willst du, dass ich ehrlich bin oder dir eine beschissene Antwort gebe? Eigentlich ist meine ehrliche Antwort beschissen." Sie schwankte hin und her. „Ich bin kaputt."

Ich öffnete den Mund, um zu widersprechen, aber sie fuhr fort. „Ich bin ein Versager. Weißt du, wie beim Baseball – drei Strikes und du bist raus."

„Magst du Baseball?"

„Nein, aber ich kenne die Regeln. Ich hab in der Grundschule gespielt und die Regeln haben sich in mein Gedächtnis eingebrannt. Regeln liegen mir einfach im Blut."

„Okay", lachte ich. Geduld war nicht meine Stärke, aber irgendwie fand ich sie alle, als ich ihr zuhörte.

„Mein erster Strike war, Gabriel Silver zu verhaften. Du weißt schon – deinen Cousin und Partner bei Silver Securities?"

Ich behielt mein Pokerface bei, was nicht einfach war, während ich ihr zuhörte.

„Wie fände er es, wenn ich für dich arbeiten würde?"

„Gabriel Silver war derjenige, der mir deinen Namen gegeben hat", sagte ich ihr.

„Was?"

„Er wird kein Problem sein. Wir arbeiten auf verschiedenen Kontinenten. Und wenn du erst meine Argumente hörst-"

„Der zweite Strike war, als ich in der Nacht, als wir uns trafen, jede Regel gebrochen habe – du weißt schon, in diesem Keller. Ich hätte dich verhaften sollen, aber ich tat es nicht. Warum solltest du eine Polizistin im Anfängerstadium einstellen wollen, die versagt hat?"

Sie erinnerte mich an die Szene mit den nackten Körpern und die Tatsache, dass sie abseits der Gruppe stand, fasziniert. Sexy. Heiß und lüstern. Aber diese Gruppe war nicht diejenige, hinter der wir her waren.

„Glaubst du echt, deswegen waren die Teenager in dem Keller? Denn alles, was ich gesehen habe, war eine einvernehmliche Orgie und junge Erwachsene, die das tun, was sie am besten können: feiern."

Sie hob ihre Hand und hielt zwei Finger hoch. Ich hatte das Gefühl, dass nichts von dem, was ich gesagt hatte, bei Allie angekommen war.

„Nummer drei." Sie wechselte die Finger, die sie hochhielt, von zwei zu vier und entschied sich schließlich für die richtige Zahl. „Du bist einfach zu heiß. Mal ehrlich. Wie können Frauen umhergehen, ohne zu denken ‚Wow', wenn sie das alles sehen?"

Ich hustete in meine Faust und räusperte mich. „Allie, glaub es oder nicht, du bist die einzige Frau, die mich seit Langem so fasziniert hat.

Einer sehr langen Zeit.

„Ich bin sicher, wir können zusammenarbeiten. Ich brauche dich." Sie griff nach der Tequilaflasche und bemerkte, dass sie fehlte. „Du hast mich abgeschnitten? Ernsthaft? Ist das deine Art zu spielen?"

Ich knurrte: „Ich will definitiv spielen, Allie."

Scheiße. Hatte ich meinen Charme verloren? „Allie, ich brauche dich nüchtern. Schnell."

„Aha! Du brauchscht mich nüschtern, damit isch dir zuschstimmen kann."

„Ich brauche dich nüchtern, weil ich dich einstellen möchte."

„Aber wenn du mein Chef bist" – sie musterte mich von unten nach oben und lächelte auf diese betrunken-schmachtende Art – „mein heißer, älterer und reifer Chef, wäre das Inzest."

Ich räusperte mich, um das Kichern zu unterdrücken.

„Inzest betrifft Familienmitglieder. Wenn ich dein Chef bin, bist du meine Angestellte."

„Richtig!" Sie machte ein klingendes Spielgeräusch und sah sich wieder nach der Flasche um.

Ich seufzte. „Warum trinkst du, Allie?"

„Es ist ein trauriger Jahrestag, und ich mag es nicht, traurig zu sein", schmollte sie. Verdammt, sie sah sogar noch unschuldiger aus, wenn sie schmollte. Ihre Sommersprossen traten hervor und ihre Augen wurden feucht. Sie wischte schnell die drohende Träne beiseite und schüttelte etwas Schreckliches ab.

„Kann ich dich nach Hause bringen?"

Sie schüttelte den Kopf. „Nein. Nicht nach Hause. Ich kann auf keinen Fall nach Hause gehen. Es ist Donnerstag."

„Okay?"

„Meine Mitbewohnerin hat donnerstags immer was mit ihrem heimlichen Freund, und das Baby ist beim Babysitter, was bedeutet, dass ich wegbleiben muss, bis die Socke vom Türknauf verschwindet, und bei Laura, na ja, sagen wir einfach, die Socke verschwindet nie vom Türknauf. Zumindest war das früher so. Jetzt ist es nur noch Weinen und Weinen und Weinen ... die ganze Zeit Weinen."

„Du hast ein Baby?"

„Nicht ich, Dummerchen. Meine beste Freundin. Die Socke sagt mir jetzt, dass ich auf Zehenspitzen gehen soll, weil er selten die ganze Nacht durchschläft."

„Ah, das Baby ist weg und sie hat eine ... Übernachtung? Ist das die richtige Art, es auszudrücken?"

„Ich schätze schon. Verfolgst du mich?", fragte sie aus heiterem Himmel.

Ich lehnte mich gegen die Rückenlehne des Hockers und betrachtete ihren zierlichen Körper genauer. Konnte sie diesen Job wirklich machen?

„Aufmerksam. Ich bin dir tatsächlich gefolgt."

„Warum?"

„Weil du dich nicht für den Job beworben hast. Ich brauche dich, Allie."

Sie wurde auf ihrem Platz ruhiger und biss sich auf die Lippe. „Tut mir leid. Es ist ... mein Leben ist kompliziert."

„Jedermanns Leben ist kompliziert. Wirst du dich jetzt bewerben, oder muss ich dich anflehen?"

Ein verschmitztes Lächeln hob ihren Mundwinkel. „Ich mag Betteln. Nicht ich, die bettelt. Du, der bettelt."

Natürlich würde ihr das gefallen.

Ich stellte mir vor, wie sie auf ihren Knien mich anbettelte. Das Bild passte nicht, also schüttelte ich es ab. Betteln würde nie für einen Polizisten funktionieren. Allie befahl und forderte, sie bettelte nicht.

Als sie mit ihrer Hand nach der Tequilaflasche winkte, nickte ich dem Barkeeper zu, zwei Shots einzuschenken.

„Lass uns das richtig machen." Sie zog eine Zitronenscheibe über ihre linke Hand, streute Salz darauf und wartete auf meine. Ich streckte meine Hand aus. Sie zog eine Spur Zitronensaft über meine Hand und fügte das Salz hinzu.

„Bereit?" Ihre Augenbrauen hoben sich und senkten sich langsam wieder. „Auf großartige Partnerschaften?"

Ich hob meinen Shot zu ihrem und stieß an. „Darauf trinke ich."

Sie zog meine salzige Hand zu ihrem Mund und leckte sie ab. Ich wurde sofort hart. Ich nahm ihre kleine Hand in meine und fuhr mit meiner Zunge über ihre Haut. Sie erschauderte. Ich kippte das Glas an meine Lippen, und der glatte Alkohol floss meine Kehle hinunter. Ich biss in die Zitrone, um den Alkohol zu neutralisieren, und stellte das Schnapsglas beiseite. Als mein Blick zu ihrem Gesicht zurückkehrte, hing ein verirrter Tropfen in ihrem Mundwinkel. Ich wischte ihn mit meinem Daumen weg und saugte ihn von meinem Finger, während sie mich mit halboffenem Mund anstarrte. Ihre gespitzten Lippen verlockten mich, an den Ort zu gehen, von dem mein Schwanz bereits fantasierte, und es kostete mich alle Kraft, meinen Mund nicht auf ihren zu pressen.

Stattdessen räusperte ich mich und wechselte feige das Thema zu ihrer Einstellung bei Silver Securities. „Es gibt bessere Orte zum Trinken als diesen."

„Meinst du deinen Club Kissed?", fragte sie und legte den Kopf schräg.

Richtig. Kissed. Der Inbegriff meiner Albträume.

„Nein, aber ich sehe, du hast deine Hausaufgaben gemacht."

Die Familie hatte sich darauf geeinigt, dass wir uns alle um den Club kümmern würden, bis wir Kendra gefunden hätten. Sie war in unser aller Verantwortung.

„Ich bin halt in allem, was ich tue, ein Naturtalent."

Allies betrunkenes Flirten gab dem Gespräch eine besondere Note. Es war lange her, dass mich eine Frau so fasziniert hatte wie sie. Ihr jugendliches Lachen versetzte mich zurück in eine Zeit, als Simone so gelächelt und gelacht hatte wie sie. Nur war Simone weg. Während Silver Securities ein niedriges Profil hatte, um denen in hohen Positionen zu dienen, brachte unsere Arbeit viele Hindernisse und Gefahren für Beziehungen mit sich. Es war viel einfacher zu arbeiten als zu daten.

„Also, Green. Wirst du jetzt für mich arbeiten oder nicht?"

„Für welche Position stellst du ein? Ich kann mir nicht vorstellen, dass es Silver Securities an ... na ja ... Sicherheit mangelt."

Die Chancen, dass sie sich an dieses Gespräch erinnern würde, sanken mit jedem Schluck Tequila, und sie hatte viel getrunken, also scherzte ich mit einem Hauch Wahrheit: „Ich suche nach einer Prostituierten."

Allie hustete und bedeckte ihren Mund, während sie murmelte: „Nach was?"

„Ich brauche ein Mädchen, das alle falschen Typen anzieht. Du scheinst perfekt dafür geeignet zu sein."

Immerhin hatte sie meine Aufmerksamkeit erregt.

„Wenn das ein Kompliment sein soll, dann ist es ein schlechtes. Und zu deiner Information, ich war noch nie mit jemandem zusammen."

„Noch nie?"

Sie schüttelte den Kopf. „Nö. Keine Zeit. Wir sind oft umgezogen, und wenn man datet, ist es schwer sich zu verstecken. Ich meine … es ist schwer, sich zu verstecken, wenn man datet." Sie winkte abweisend. „Du weißt, was ich meine, oder?"

„Klar. Und warum musst du dich verstecken?"

Mir wurde in diesem Moment klar, dass ich vielleicht nicht alle Hintergrundrecherchen zu Allie Green gemacht hatte, die ich hätte machen sollen. Aber das würde ich noch. Nachdem sie Gabriel Silver verhaftet hatte und er sie empfohlen hatte, wusste ich, dass sie etwas Besonderes sein musste. Außerdem war sie eine der wenigen, die wussten, wie Martinez aussah, und sie passte definitiv in die Rolle der starken, schönen und durchtriebenen Süßen, die ich brauchte. Vielleicht müssten wir das Durchtriebene in unterwürfig ändern, aber sie war unsere beste Chance.

„Du hast eine Art mit Worten, Mr. Silver." Sie kicherte. „Aber wenn Sie für mich arbeiten –"

„Du meinst, wenn du für mich arbeitest?"

„Das habe ich gesagt. Wenn du für mich arbeitest, können wir keinen Sex haben."

Ich ging für den Todesstoß ran. „Dann sollten wir den Sex aus dem Weg räumen, bevor du für mich arbeitest."

Nur war sie betrunkener als ein Seemann. So sehr ich auch

wollte, ich bevorzugte meine Frauen mit klarem Kopf. Ich seufzte.

Sie rutschte von ihrem Hocker und lehnte sich mit einem betrunken klingenden Flüstern an meinen Körper. „Das würde funktionieren."

Mein harter Schwanz drückte gegen ihren weichen Bauch. Kurz darauf gaben ihre Knie unter ihr nach, und ich fing sie auf, bevor sie auf den Boden fiel. Ich dankte meinen Boxreflexen für die Hilfe.

„Danke. Ich fühle mich nicht so gut."

Na klar, Superhirn.

„Gern geschehen. Komm, lass uns dich nach Hause bringen." Ich legte ein paar Scheine auf die Bar, legte ihren Arm über meine Schulter und hielt sie zur Unterstützung um die Taille, während ich mich auf die Eingangstür konzentrierte.

„Du bist stark, Mr. Silver."

Ich fing das Gummiband auf, das von ihrem seitlichen Zopf rutschte, gerade als sie mit ihren natürlich langen Wimpern flatterte. Die Sommersprossen, die über ihr Gesicht verstreut waren, und ihre Augen hielten mich fest. Sie hatte wunderschöne Augen: hell, voller Staunen und fesselnd, wie die eines Panthers.

„Danke. Du bist … sehr … sehr …"

„Betrunken?", fragte sie.

„Ich wollte sagen faszinierend."

„Das hast du heute Abend schon mal gesagt."

Für jemanden, der Wörter in Sätzen durcheinander brachte und mehr trank als ein durchschnittlicher Mann, blieb Allies Gedächtnis intakt.

„Ich bin beim Vorstellungsgespräch durchgefallen, oder?", fragte sie aus heiterem Himmel.

„Du bist bei nichts durchgefallen, Allie."

„Also bin ich eingestellt?"

„Noch nicht. Du wirst schnell sehen, dass Papierkram bei Silver Securities alles ist."

„Ich hasse Papierkram", murmelte sie.

Nicht bevor sie nüchtern war und verstand, was sie unterschrieb. Nicht bevor ich die Kontrolle um sie herum fand, wie ein richtiger Chef. Vorher Regeln zu brechen war eine Sache, aber sobald sie Teil des Teams war, war das eine Grenze, die ich nicht überschreiten würde. Nicht als ihr Chef.

Ich legte meinen Arm um ihre Taille und führte sie zur Haustür hinaus. Eine herbstliche Brise wehte vorbei. Sie trug einen Hauch von Frost in sich und ließ die Lungen nüchtern werden. In der Ferne zuckte ein Blitz über den Himmel und erhellte die Silhouette der Wolkenkratzer Manhattans. Ein donnerndes Grollen folgte. Der Boden bebte unter unseren Sohlen, und Allie blickte mit weit geöffneten Augen und offenem Mund zum Himmel. „Ich mag keinen Donner. Macht mir Schiss."

„Ich auch nicht."

„Aber ich mag Regen."

Ich auch.

Es war einfach, mit ihrer ungefilterten Persönlichkeit umzugehen. Ich ging zu meinem Bentley, der am Straßenrand parkte, und half ihr auf den Rücksitz. Sie packte mein Handgelenk, bevor ich die Tür schloss. „Ich fahre selten bei Fremden mit, aber du bist kein Fremder."

„Nein, das bin ich nicht, Allie. Ich bin ein Freund."

Sie ließ mein Handgelenk los. „Gut."

Ich blieb den ganzen Weg zu ihrer Wohnung knapp unter dem Tempolimit. Ich parkte und half ihr zur Haustür.

„Gute Nacht, Allie." Ich beugte mich vor und küsste sie auf die Wange. Ihr Gesicht bekam einen rosa Schimmer, als ich flüsterte: „Wirst du zurechtkommen?"

„Ja, danke für die Fahrt. Ich weiß das zu schätzen."

„Jederzeit."

„Gute Nacht, Mr. Silver."

Sie stellte sich auf die Zehenspitzen und gab mir einen sanften Kuss nahe meinem Mundwinkel, neckte mich wie die

Provokateurin, die ich brauchte. Die ersten Regentropfen fielen, sobald sie drinnen war. Ich wartete, bis das Schloss klickte, und eilte zu meinem Auto. Drinnen prasselte der Regen unbarmherzig gegen das Dach.

Ich saß im Auto, bis die Antwort, die ich nicht finden wollte, auf dem Bildschirm erschien. Donald Wright, der Ex-Sheriff, der Allies Mutter angegriffen hatte, hatte Verbindungen zu den Hartleys und dem Kongress. Ich drückte meinen Daumen aufs Telefon und wählte die Nummer meines Cousins.

„Mach alles bereit für den Handel. Ich hab Green an der Angel."

Zwei Tage waren vergangen, seit Tristan Silver mich nach Hause gefahren hatte. Während meine Erinnerung an die Nacht, in der er mich in einer Bar gefunden hatte, wo ich mein Selbstmitleid in einer Flasche Tequila ertränkte, verschwommen war, war der bevorstehende Jahrestag des Tages, an dem ein Monster mein Leben verändert hatte, so klar, als wäre es gestern gewesen. Halloween stand vor der Tür, und es war Zeit für einen Besuch bei meiner Mutter. Nicht nur das, ich brauchte auch ihren Segen, bevor ich Wright finden würde.

Ich streckte meine Arme weit aus auf dem Weg ins Badezimmer und gähnte. Foxys Spielzeug quietschte unter meinem Fuß, und ich sprang hoch.

Der Mond schien durch einen Spalt in den Vorhängen. Während ich es bereute, ein Wochenende mit Ausnüchtern verschwendet zu haben, hatte der Tequila den Schmerz betäubt. Der Alkohol ertränkte die Vergangenheit, und für einen Moment konnte ich so tun, als wäre ich normal und glücklich und verloren in Silvers hypnotisierendem... allem. Von dem Grübchen bis zu dem schiefen Lächeln, das sich durch eine Narbe zog, er war definitiv ein Hingucker. Sein lässiges Haar in der Bar, das nach einem strengen Tag gelöst war. Die weiße Linie über seiner

Oberlippe war so sexy und gefährlich wie der Rest von ihm. Meinen Verstand in seiner Nähe scharf zu halten, würde nicht einfach sein.

Ich schlurfte zum Sofa und zog eine Decke über meinen Körper. Laura kam um vier Uhr morgens von ihrer Nachtschicht zurück. Ich schaltete die Lampe neben dem Sofa an, als sie gerade dabei war, aus ihrer Hose zu kriechen.

„Was zum Teufel?", kippte sie auf den Boden. „Was machst du denn noch wach?"

„Ich dachte, du hättest jemanden oben. Du hast gearbeitet?"

„Ich habe eine Zusatzschicht eingelegt. Spare Geld für Fox' dritten Geburtstag."

„Das ist erst in zehn Monaten."

„Es ist ein großes Geschenk."

Ich war kurz davor, ihr zu sagen, dass das größte Geschenk, das sie dem Jungen machen könnte, wäre, ihren Eltern zu erzählen, dass sie Großeltern geworden sind, aber Laura war fest entschlossen, Fox ganz für sich zu behalten. Sie war eine wunderbare Mutter, und ihr Verantwortungsbewusstsein war in die Höhe geschnellt, seit sie ihn bekommen hatte. Und sie hatte die beste Babysitterin der Welt. Mrs. Brewer wohnte auf der anderen Straßenseite und liebte Foxy wie eine Großmutter.

Ihr Blick fiel auf die halb leere Flasche Tequila.

„Ach du meine Güte, ich habe dir doch gesagt, wir sollten mehr Zitronen besorgen. Du hattest keine mehr."

„Ich wette, Zitronen sind mein geringstes Problem." Ich seufzte. „Du kannst nicht trinken. Foxy braucht Frühstück."

„Ich habe Milch im Gefrierschrank, und ich werde das hier abpumpen. Ich sollte sowieso anfangen, ihn zu entwöhnen."

Sie nahm das Gummiband aus ihren Haaren, und feuchte Strähnen fielen ihr auf die Schultern. Die nassen Haare bedeuteten, dass sie eine harte Nacht gehabt und die Duschen im Hauptquartier benutzen musste. Keine von uns mochte es wirklich, auf der Arbeit zu duschen.

Sie ließ sich neben mir auf die Couch plumpsen und sank ein. Ich deckte sie mit einer Decke zu.

„Also gut. Was ist dein Problem?", fragte sie. „Denn ich bin mir sicher, es kann meins nicht toppen."

„Willst du wetten?"

Sie lachte. „Ja, will ich."

Ich drehte meinen Kopf zu ihr. „Oh mein Gott. Du meinst das ernst."

Das hätte mich nicht überraschen sollen. Sie hatte denselben entschlossenen Blick in ihren Augen gehabt, als sie mir erzählte, dass sie schwanger war und sich weigerte, dem Vater des Babys davon zu erzählen. Zu ihrer Verteidigung: Er wollte nichts mit ihr zu tun haben.

„Natürlich meine ich das ernst." Sie sah mich endlich von der Seite an. „Da ist dieser Kerl-"

„Da ist ein Typ? Oh mein Gott, was bedeutet das? Ich meine-"

„Ich weiß nicht. Es ist so verdammt kompliziert, ich weiß nicht einmal, wo ich anfangen soll."

„Fang am Anfang an." Nach einem Moment der Stille schaute sie endlich auf. Ihre Schultern hoben und senkten sich in einem Achselzucken. „Ich weiß nicht, wie ich in dieses Schlamassel geraten bin. Er ist... er ist einfach so... umwerfend. Weißt du?"

„Foxy?"

„Er hat diesen silbernen Bart-"

„Du meinst grau?"

Sie schüttelte den Kopf. „Nein. Er ist silbern, und er passt zu seinen strahlenden Augen. Heilige Scheiße, hat der durchdringende Augen!"

„Moment mal. Es gibt nur einen Mann, dessen Augen dein Herz zum Rasen gebracht haben."

Und das war Foxys Vater. Ich kannte seinen Namen nicht, aber ich wusste, dass es jemand von unserer Reise nach Colorado vor zwei Jahren sein musste: jemand, den Laura wie die Pest mied, und ich konnte nicht herausfinden, warum.

„Es waren nicht nur seine Augen, die mein Herz zum Rasen brachten." Sie kicherte.

Unser Weihnachtsjob als Nussknacker in einem Luxus-Milliardärsresort vor fast drei Jahren hatte mit einer Überraschung in unseren Bäuchen geendet, obwohl ich nicht sicher bin, ob es fair ist, ihre Schwangerschaft mit meiner Lebensmittelvergiftung zu vergleichen. Ich war ins Krankenhaus gekommen, während sie eine Affäre mit einem Gast hatte.

„Oh, Laura! Du hast ihn gefunden? Du hattest was mit dem Vater des Babys?"

„Nein, noch nicht. Es ist ... kompliziert. Aber ich habe ihn gesehen. Ich glaube nicht, dass er etwas Ernstes sucht."

„Vielleicht würde er es, wenn du ihm von Fox erzählen würdest."

Ihre Nasenflügel bebten.

„Also gut, ich brauche einen Namen. Egal welchen."

„Ich glaube, er will mich nur wegen der guten Blowjobs."

„Du hast ihm einen Blowjob gegeben?"

„Noch nicht, aber ich bin sicher, er weiß, dass ich es könnte. Dieser Typ weiß alles. Er ist ein wandelndes Lexikon."

Laura war Meisterin darin, Gespräche umzulenken.

„Wirst du mir je erzählen, was passiert ist?"

Sie biss sich auf die Lippe. „Werde ich. Nicht jetzt, aber bald. Ich verspreche es."

Meine Stirn runzelte sich. „Warte – es ist doch nicht Tristan Silver, oder? Denn ich weiß, dass er da war."

Sie neigte den Kopf und sah mich an, als wäre ich verrückt. „Es ist nicht Tristan."

Ein seltener Moment peinlicher Stille verging zwischen uns. „Hast du dich also beworben?"

„Ich würde einen Abend, an dem ich mich mit Silver in einer Bar betrunken habe, nicht als Bewerbung bezeichnen."

„Du hast was? Das ist großartig! Das ist doch, was du wolltest, oder?"

„Ja, aber ich habe mich nicht beworben. Ich hab dir doch gesagt, ich war betrunken. Und dumm. Ich glaube, ich habe ihn sogar 'Herr Oberboss' genannt."

„Aber er hat dir eine Stelle angeboten, oder?"

„Vielleicht." Ich rutschte unruhig hin und her, und sie tat es mir gleich. „Weißt du, was das bedeutet?"

Ihr Gesicht wurde ernst und gefasst. „Allie, deine Geister verfolgen deine Gegenwart. Du musst sie entweder vergessen oder dort begraben, wo sie hingehören. In der Vergangenheit."

Begraben war genau das, was ich vorhatte. In dem Moment, in dem Wrights Körper zwei Meter unter der Erde läge, könnte ich weitermachen, und wir würden endlich Gerechtigkeit und Frieden finden.

„Ich arbeite daran."

Und genauso schnell änderte sich Lauras Stimmung wieder. „Du willst mir erzählen, dass der heißeste, reichste, sexieste und begehrteste Junggeselle New Yorks dich am Freitagabend nach Hause gefahren hat? Und du hast ihn nicht reingebeten?"

„Warum denkst du, dass er zu haben ist? Da muss doch irgendwas faul sein."

„Mädchen, alles, was ich in diesem Auditorium gesehen habe, waren nur gute Dinge."

„Ja, aber er ist älter. Siebenunddreißig."

„Du hast Hausaufgaben gemacht."

„Eine zehn Sekunden lange Google-Suche sind keine Hausaufgaben. Ich habe sonst nichts gefunden."

„Siebenunddreißig ist nicht alt, Allie. Außerdem musst du dich nicht mit unreifem Scheiß herumschlagen. Wenn ein Mann in seinen Dreißigern nicht weiß, wer er ist, und seine Zeit damit verbringt, im Keller seiner Mama zu zocken, wird er nie erwachsen werden."

Tristan Silver hatte echt was Besonderes an sich – attraktiv, reif und selbstbewusst. Sowas hatte ich bisher gar nicht auf dem Schirm gehabt.

„Ich glaube nicht, dass er zockt. Ich war betrunken, und er war nett. Er hat mich zur Tür gebracht, sich vergewissert, dass es mir gut geht, und mir gesagt, dass er mich sehen würde, wenn ich aus Charleston zurück bin. Anscheinend habe ich eine große Klappe, wenn ich trinke."

„Da liegst du nicht falsch."

„Erzähl mir mehr von deinem Date."

Ich vermutete, dass es nicht gut gelaufen war, weil Laura früh zurück war und Foxy beim Babysitter gelassen hatte.

„Meine größte Herausforderung ist es, ihn von meinen Brüsten fernzuhalten. Sobald sie auslaufen, wird er es wissen."

„Er weiß nicht, dass du ein Baby hast?"

„Nein, und er wird es auch nicht erfahren. Zumindest noch nicht."

„Na ja, es wird schwer sein, die Täuschung mit diesen Dingern aufrechtzuerhalten." Ich zeigte auf ihre undichte Brust.

Sie stopfte eine runde Stilleinlage in ihren BH. „Ich weiß nicht, wie meine Mutter das mit sieben von uns geschafft hat. Kinder bringen eine Menge Einschränkungen mit sich, oder?"

„Ich hoffe, das war eine rhetorische Frage, denn ich weiß es nicht. Du könntest sie immer fragen."

Sie lachte mich an, als hätte ich den Verstand verloren.

„Die Hölle ist noch nicht zugefroren. Außerdem bin ich noch nicht bereit für all die Ich-hab's-dir-ja-gesagt." Laura überprüfte noch einmal den Sitz ihres BHs im Spiegel. „Er wäre ein brillanter Vater."

„Er will keine Kinder?"

„Ich bin mir noch nicht sicher."

„Du könntest damit anfangen, ihm von Foxy zu erzählen und sehen, wie er reagiert."

Ihr Blick huschte durch den Raum. „Das ist komplizierter, als du denkst."

„Wer ist dieser Typ?"

„Vergiss es."

Ich wünschte, ich könnte Laura mit ihrer Datingsituation helfen, die für eine alleinerziehende Mutter sicher schwierig war. Verdammt, es war schon schwierig ohne Kinder.

„Vielleicht ist er nicht der Richtige?"

„Nein, er ist schon in Ordnung. Diesmal bin ich es. Es liegt definitiv an mir."

Ich seufzte. Was Laura brauchte, war eine Pause und die Hilfe ihrer Familie, was sie natürlich ablehnen würde. In der Zwischenzeit war ich ihr Unterstützungssystem und sie meins.

„Ich habe Foxys Gummifuchsspielzeug in der Toilette gefunden, als ich gekotzt habe. Es ist im Müll. Ich kaufe ihm ein neues."

„Igitt."

„Ich meine es ernst, Laura. Irgendetwas stimmt nicht. Ich kann es spüren."

„Also nimm den Job an und finde heraus, was es ist."

„Wenn ich den Job annehme, dann um Wright zu finden."

Der Eggo, den Laura in den Toaster gesteckt hatte, sprang heraus.

Ich gähnte. „Ich gehe ins Fitnessstudio, um etwas von diesem Tequila abzutrainieren. Ich fahre morgen früh nach Charleston. Gib Foxy einen Kuss von mir."

„Küss du Peg von mir, wenn du sie siehst. Sag ihr, dass ich sie vermisse."

Laura war für meine Mutter wie eine zweite Tochter geworden und das Nächste zu einer Schwester, was ich je haben würde. Wir hatten uns am ersten Tag der Polizeiakademie kennengelernt und nie zurückgeschaut.

„Natürlich werde ich das tun. Und Laura, du verdienst es, glücklich zu sein. Gib dich nicht mit einem grauen Bart und silbernen Haaren zufrieden. Gib dich mit einem Herz aus Gold zufrieden."

„Er hat ein silbernes, also wird das hoffentlich reichen. Was dich betrifft, nimm einfach den verdammten Job an. Du musst tun, was du tun musst. Lass diese Gelegenheit nicht verstreichen."

Ich entspannte mich wieder auf der Couch. „Danke. Ich wünschte nur, Tristan Silver wäre nicht mein Chef, weißt du? Denn so, wie es in meinem Kopf endet, wird er nicht glücklich mit mir sein."

Ich würde den Vertrag unterschreiben, sobald ich aus Charleston zurück wäre. Es war Zeit, meine Mutter umzuziehen, bevor die nächste Phase meines Plans begann. Laura legte ihre Hand auf meine, und ich drehte meinen Kopf zu ihr.

„Du bist eine Überlebenskünstlerin. Du tust, was du tun musst. Und wenn es so kommt, dass du sein kleines Herz brichst, gehen wir auf Männerjagd in Kissed, wo wir uns wie Affen an dicke Bizepse hängen werden. Ich muss ins Bett." Sie stieß sich vom Sofa ab und schlängelte sich zwischen den Möbeln hindurch in Richtung ihres Schlafzimmers.

„Wann bringt Mrs. Brewer Foxy?"

„Zu früh. Genieß deine freie Woche. Gute Nacht."

„Danke, Schatz. Nacht."

Ich schnappte mir einen probiotischen Shake und klickte meinen Laptop an. Die Stelle bei Silver Securities war immer noch auf der Website, und ich fragte mich, ob Silver es ernst meinte, mich einzustellen. Ich biss in die leicht angebrannte Waffel, die Laura übrig gelassen hatte. Sie schmeckte perfekt und erinnerte mich daran, was getan werden musste. Jeden Morgen refokussierte der dämliche Eggo meine Ziele. Sein verkohltes Aroma weckte Erinnerungen an jenen Tag vor dreizehn Jahren, als David Wright meine Familie zerstört hatte.

♡

MEINE MUTTER SPÜLTE gerade das Geschirr am Spülbecken. Ihre Hüften wiegten sich von einer Seite zur anderen, während sie leise vor sich hin summte. Der letzte Schwung Waffelteig backte im Waffeleisen, sein Duft erfüllte das ganze Haus. Ich küsste

Mutters Wange, dann ihren wachsenden Bauch, und eilte zur Schule.

Mutter machte die Waffeln immer von Grund auf selbst, aber an jenem Morgen, als ich zurückkam, um ein Buch zu holen, das ich im Flur vergessen hatte, sollte es das letzte Mal sein, dass sie sie zubereitete. Ich schlich zurück ins Haus und beobachtete, wie sie fröhlich mit den Hausarbeiten fortfuhr. Mutter fand selten Zeit für sich selbst, aber sie konnte definitiv tanzen. Die hart arbeitende Frau bewegte sich mit ihrem schweren Bauch durch die Küche, ihr sieben Monate alter Bauch ragte hervor, als hätte sie eine Wassermelone verschluckt. Ich störte sie nicht. Wenn ich schnell genug rannte, würde ich es immer noch pünktlich zur Schule schaffen. Also beobachtete ich nur ihren gestohlenen Moment des Glücks. Sie setzte für mich jeden Tag eine tapfere Miene auf, konnte aber die Sorge in ihren Augen nicht verbergen, die die immer größer werdenden Linien darunter nährte. Es waren keine Falten; es waren Pfade der Sorge, feine Linien, die sich vertieften, während sie darum kämpfte, eine Tochter allein großzuziehen und eine weitere auszutragen.

Ein Schatten huschte am Küchenfenster vorbei. Mir stockte der Atem, mein Magen gurgelte, und Gänsehaut überzog meine Arme. Ich wusste damals noch nichts über Instinkt, aber ich wünschte, ich hätte es gewusst. Das Klopfen an der Hintertür hallte beharrlich wider. Mutter trocknete ihre Hände an der Schürze ab, runzelte die Stirn und wackelte zur Gartentür.

„Hallo, Dave. Was führt Sie heute Morgen her?"

Millie, unser Schokoladenlabrador, bellte draußen.

Mr. Wright war der Polizeichef der Stadt. Sie kannten sich seit der Grundschule. Er hatte Mutter geholfen, Vaters Werkzeuge aus der Garage und dem Schuppen zu verkaufen. Wir hatten in den letzten Monaten viele Sachen verkauft, und Mr. Wright kaufte das meiste davon. Mutter sparte genug für ein Kinderbett und einen neuen Kinderwagen für meine zukünftige kleine Schwester. Trotzdem mochte ich ihn nicht. Mr. Wright war gemein zu den Kindern. Er schrie, wenn wir seinen Rasen überquerten, sein Atem roch immer nach Zigarren, und sein Haus war das gruseligste an Halloween. Seit Vaters Tod hatte Wright sich in unser Leben gedrängt. Die Art, wie er Mutter ansah, als wolle er sie packen und erwürgen, jagte mir Schauer über den Rücken. Ich verstand es damals nicht als Instinkt, aber ich erinnere mich deutlich an das Gefühl. Seine Besessenheit wurde so seltsam, dass ich mich versteckte, als er Mutter an jenem Morgen überraschte.

Seine Augenbrauen zogen sich zusammen und sein Nacken spannte sich an. Er ballte die Fäuste und knackte mit dem Nacken zur Seite, um Druck abzubauen.

Ich drückte meinen Rücken flach gegen die Wand im Flur.

Wright schloss die Hintertür. Das Klicken des Schlosses jagte mir Schauer über den Rücken. Ich ließ mich auf den Boden sinken und spähte, auf dem Boden liegend, kaum merklich von unten, wo sie mich nicht erwarten würden. Er rollte provozierend langsam seine Ärmel hoch und trat auf meine Mutter zu. Der Sheriff beugte sich vor, um sie auf die Wange zu küssen, aber sie wich zurück. Die Kücheninsel blockierte sie weiter, und er packte ihr Gesicht von beiden Seiten, um sie zu küssen. Sie riss sich schließlich los und warnte ihn: „Ich erwarte Besuch, Dave. Du solltest gehen."

Ich stand langsam auf und trat einen Schritt zurück, als wäre ich sie und bräuchte Abstand von diesem Mann.

„Wer?", fragte er.

„Barb kommt zum Frühstück vorbei", log sie. Jeder wusste, dass die Gemeindesekretärin die Morgenmesse besuchte.

Ich öffnete die Abstelltür unter der Treppe vorsichtig, langsamer als je zuvor, und versteckte mich dort. Durch die Ritzen zwischen den Holzbrettern konnte ich die Hälfte der Küche sehen. Meine Mutter und Wright waren außer Sichtweite, aber ich hörte alles. Leider trug der Schall durch den Raum. Ich wünschte, es wäre nicht so gewesen, denn die Schreie und Bitten meiner Mutter würden mich für den Rest meines Lebens in meinen Träumen verfolgen.

„Weißt du, Peg, ich habe gerade gesehen, wie Barb zur Morgenmesse in die Kirche gegangen ist. Es wird eine Stunde dauern, bis sie wieder herauskommt. Du kennst ja Pater Fray und seine langen Predigten, oder?"

„Vielleicht solltest du ihn auch mal besuchen und zuhören, Dave. Möglicherweise denkst du dann zweimal darüber nach, schwangere Witwen zu erschrecken."

Stille; dann ihr verzweifeltes Keuchen. Ich stellte mir vor, wie sein Gesicht ganz nah an ihrem war, als er sagte: „Du musst keine Angst haben, Peg. Wir kennen uns schon so lange. Es muss einsam für dich sein ohne Ray."

„Fass mich nicht an!"

Das Geräusch einer Ohrfeige ließ mich zusammenzucken, und ich hoffte, es war Mutter, die Wright zeigte, dass sie es ernst meinte.

„Ich sagte, fass mich nicht an."

Die Angst in ihrer Stimme ließ meinen Magen verkrampfen, als ich mir vorstellte, wie sie seine Hände wegstieß. Ich hätte in diesem Moment hervortreten sollen, etwas, das mich für den Rest meines Lebens mit Schuldgefühlen plagen würde, aber ich war erst zehn und blieb unter der Treppe versteckt. Mutter erfuhr nie, dass ich mich versteckt hatte. Sie erfuhr nie, dass ich wegen meines Buches zurückgekommen war und den schmerzhaftesten Tag ihres Lebens miterlebte.

„So ein hübsches Gesicht. Es tut mir weh, dich traurig zu sehen, Peg. Schade, dass Ray bei diesem Jagdunfall gestorben ist. Nun, es ist schade für ihn, aber nicht so schlimm für mich."

Ich schwöre, ich hörte ihn grinsen. Jahre später stellte ich in Frage, ob der Tod meines Vaters im Wald wirklich ein Unfall gewesen war. Ich recherchierte nach Beweisen, um zu zeigen, dass Wright jeden Albtraum, den meine Familie je erlebt hatte, orchestriert hatte.

Mutters Schniefen hallte aus der Küche, und mein Herz stand still.

„Du weißt, wir hätten auf diesem Abschlussball zusammen sein sollen, Peg. Ich wäre derjenige gewesen, der mit dir am Altar gestanden hätte, wenn Ray nicht für deinen Begleiter eingesprungen wäre."

Mein Magen zog sich zu einem Knoten zusammen, und mein Körper zitterte. Ich bedeckte meinen Mund mit der Hand, um die Schluchzer zu unterdrücken, als ich mich an die Geschichten meines Vaters vom Abschlussball erinnerte. Das Schicksal hatte meine Eltern zusammengebracht, als Vaters Begleitung krank wurde und Mutters Begleiter sich das Bein brach, als er von einem Wagen sprang.

„Und es hätte mein Kind sein sollen, das du trägst, nicht seins."

Meine Augen füllten sich mit Tränen, die ich zurückhielt. War das der Grund, warum der Sheriff Vater immer die gefährlichen Fälle zugeteilt hatte? Weil er eifersüchtig war?

„Geh, Dave, bevor wir beide etwas tun, das wir bereuen werden."

Das Geräusch einer Metallklinge, die scharf an ihrer Eisenhülle entlangglitt, durchdrang meine Ohren, als ich hörte, wie Mutter ein Messer aus dem Halter auf der Küchentheke zog. Ich wich in die Ecke des Abstellraums zurück, wo mein Körper in der Dunkelheit zitterte. Ich hätte ihr helfen sollen, stattdessen war ich wie versteinert, gefangen in einem Strudel aus Panik und endlosem Zittern.

Ein Zischen und ein Schlag später krachte die Klinge auf den Fliesenboden. In dieser einen Sekunde hoffte ich, sie hätte ihn erstochen. Verdammt, ich hoffte, sie hätte ihn getötet.

Millie bellte draußen wütend.

„Glaubst du, ein Messer wird dir helfen, Peg?" Das Klicken einer Waffe, die geladen wurde, drang an meine Ohren. Ich stellte mir vor, wie er die Waffe auf Mutter richtete; schlimmer noch, auf ihren Bauch.

„Wenn du das Gesicht dieses Babys noch sehen willst, dreh dich um und heb dein verdammtes Kleid hoch", befahl er.

Ich hielt mir die Ohren zu, aber das Schreien, das laute Gerangel und die Bitten meiner Mutter, nicht gegen den Bauch zu drücken, um des Babys willen, drangen durch. Ich schluchzte in meiner Ecke und wünschte mir, die Geräusche würden verschwinden. Leider werden Wünsche nicht immer wahr, und der hilflose Klang ihrer gedämpften Schreie würde mich für den Rest meines Lebens begleiten. Ihre Erinnerung würde die Rache nähren, nach der ich suchte.

Gegen Ende ließ meine Blase nach. Der Rotz unter meiner Nase tropfte in Streifen auf den Boden, aber ich wischte ihn nicht weg, aus Angst vor dem, was ich hören würde, wenn ich meine Hände wegzöge.

Es dauerte nicht lange, bis er fertig war, aber für mich fühlte es sich wie eine Ewigkeit an. Ich hasste mich an diesem Tag. Die Angst überwältigte mich, und ich versagte dabei, Mutter zu helfen. Ich erstarrte wie der größte Feigling der Welt.

Bevor Wright ging, warnte er: „Wenn du jemandem erzählst, dass ich hier war, Peg, nehme ich mir dein hübsches kleines Mädchen vor, bis sie auf meinem Schwanz blutet. Und es wird alles deine Schuld sein."

Die Tür fiel ins Schloss, und ich rannte in die Küche, wo Mutter bewusstlos am Boden lag. Blut hatte sich durch ihre Schürze und ihren Rock gesogen. Ich deckte sie mit einer Decke zu und rief einen Krankenwagen.

Später erzählte ich ihr, ich sei wegen eines Buches zurückgekommen und hätte sie auf dem Küchenboden gefunden. Sie wusste, dass ich log. Ich sah den Schmerz in ihren Augen. Mutter erwähnte Wright nie wieder. Sie erzählte niemandem von dem Angriff und erstattete keine Anzeige. Ihre Tage und Nächte drehten sich um Trauer. Meine kleine Schwester sollte das letzte

Stück sein, das wir von Vater hatten, und wir verloren auch sie. Ich kroch in Mutters Krankenhausbett und lag in ihren Armen, während sie sich erholte; zumindest körperlich. In manchen Momenten gurrte sie mich an, als wäre ich das Baby, und nannte mich in ihren Träumen Emma. Ihre Muttermilch sickerte durch, und ihr Herz zerbrach.

Wir begruben Emma neben Vater. Der kleine quadratische Marmorstein wirkte fehl am Platz, aber zumindest war er nicht allein. Sie auch nicht. Ein Kranz aus frisch gepflückten Gänseblümchen schmückte das Kreuz über ihrem Grabstein. Mutter stand stundenlang am Grab und hielt sich an ihrem geschwollenen Bauch fest, als wäre Emma noch darin. Als der Sarg in die Erde hinabgelassen wurde, brach sie schließlich auf die Knie zusammen. Wright, der selbstgerechte Mann, stand inmitten der Dorfbewohner und beobachtete uns. Er wusste nicht, dass meine Angst vor ihm in dem Moment verflogen war, als ich mir geschworen hatte, nie wieder Angst vor einem Mann zu haben.

Wright raubte meiner Mutter eine Tochter und mir eine Schwester. Mutter war nach dem Verlust nie wieder dieselbe. Sie hörte auf, Waffeln von Grund auf zu machen, und ging nur noch mechanisch durchs Leben. Nachts verschloss sie die Tür und nahm ein Messer mit ins Bett.

Einige Wochen nach der Beerdigung packte Mutter eines Nachts unsere Sachen, und wir brachten Millie zu einem Nachbarn. Gleich danach verließen wir die Stadt. Ich vermisste den Hund, wagte aber nicht zu klagen. Mutter hatte genug um die Ohren. Nach ein paar Zugfahrten kamen wir an dem an, was ein Neuanfang sein sollte – nur dass Wright uns nie wirklich verließ. Nach unserem Umzug kaufte sie eine Schrotflinte und schlief mit der Waffe an ihrer Seite.

Mutter war gefangen in einem unsichtbaren Käfig, dessen Gitter aus Angst und Trauer geschmiedet waren, während ich meine Rache plante. Es war Zeit, ihr ihr Leben zurückzugeben. Sie fürchtete, Wright würde sie finden, also zog sie von Stadt zu

Stadt. Das Monster war besessen. Er hatte uns zuvor schon zweimal gefunden, aber jetzt hatte ich die Mittel, um sie schneller wegzubringen. Er suchte nach ihr, daran hatte ich keinen Zweifel, aber ich war nie in der Lage gewesen, ihn selbst zu finden, und Mutter würde hinter Schloss und Riegel bleiben, mit einer Flasche Tequila auf dem Küchentisch, bis zu dem Tag, an dem Wright tot wäre.

„Der Tequila hilft mir zu vergessen", sagte sie mir, als ich älter war. Also kaufte ich ihr ab und zu eine Flasche, wenn sie mir versprach, nur mit mir zu trinken, damit wir beide vergessen konnten. Sie hielt das Versprechen. Irgendwann sagte ich ihr, ich würde alles wieder in Ordnung bringen, aber ich war nicht sicher, ob sie sich daran erinnern würde, weil sie zu viele Shots getrunken hatte.

Ich hasste Wright. Ich verabscheute ihn leidenschaftlich, und ich würde zurückschlagen. Ich würde sein Leben nehmen, ohne Beweise zu hinterlassen, genauso wie er das Leben meiner ungeborenen Schwester und meines Vaters genommen hatte.

llies Brüste wackelten in ihrem engen Tanktop und ihr kleiner Hintern wippte bei jedem Schritt. Schweiß tropfte ihr den Rücken hinunter. Rote Flecken bedeckten ihre Haut. Ich schaltete das Laufband neben ihrem ein und stieg auf die Maschine. Sie riss ihren Blick von der Protein-Werbung los und sah zu mir herüber, wobei sie über ihre eigenen Füße stolperte. Ich zog an ihrer Notleine, um den Schwung zu stoppen. Die Maschine verlangsamte sich und Allie fasste sich wieder.

„Hi", sagte ich. „Alles okay bei dir?"

„Ja. Hi. Danke. Ähm... Ich bin manchmal etwas tollpatschig."

„Was machst du so früh am Morgen hier?", fragte ich.

„Anscheinend gebe ich hier gerade eine Vorstellung meiner Ungeschicklichkeit zum Besten." Sie zwang ein Lachen durch ihre brüchige Stimme und räusperte sich. „Ähm... Verfolgst du mich?"

„Nein, das ist ein öffentliches Fitnessstudio."

„Ich komme seit zwei Jahren hierher und habe dich noch nie gesehen."

„Ich bestimme selbst, wann ich gesehen werden will, Allie. Guten Morgen, Cole." Ich winkte dem Trainer zu und Allies Augen weiteten sich.

„Danke, dass du mich am Freitagabend nach Hause gebracht hast. Ich wollte dich anrufen, um mich zu bedanken, aber dann fiel mir auf, dass ich deine Nummer nicht habe."

„Das müssen wir ändern."

„Na ja, ich habe die Firmennummer, aber es wäre albern, dich bei der Arbeit anzurufen, nur um mich zu bedanken."

„Du könntest mich bei der Arbeit anrufen, um mir zu sagen, dass du für mich arbeiten wirst. Natürlich erst, nachdem du aus Charleston zurück bist. Du fährst morgen, nicht wahr?"

„Ich schätze, meine Zunge ist am Freitagabend mit mir durchgegangen." Ihre Lippen spannten sich an, bevor sie sich entspannten.

„Deine Worte waren äußerst faszinierend und... aufschlussreich."

Sie verlagerte ihr Gewicht und biss sich auf die Lippe. Ihr schmollender Mund wurde schmaler und ihre Augen rundeten sich. Diese Lippenbeißerei würde mich noch in den Wahnsinn treiben.

„Inwiefern?", fragte sie.

„Zum einen hast du mir erzählt, dass du eine großartige Pole-Dancerin bist."

Sie stolperte über ihren Fuß, verlor das Gleichgewicht und wäre fast vom Laufband gefallen.

„Alles in Ordnung?"

Sie fing sich wieder und machte weiter. „Ja, ähm... Das habe ich früher mal gemacht."

„Wir suchen jemanden mit einzigartigen Fähigkeiten, und du bist perfekt für Silver Securities."

Warum hatte ich das Gefühl, alles erklären zu müssen? Stapel von Lebensläufen warteten auf meinem Schreibtisch, und ich wollte keinen davon ansehen, weil die perfekte Kandidatin, wenn auch etwas abgelenkt, vor mir stand.

Sie sah mich an, als würde ich den Verstand verlieren. „Ich

stolpere über meine eigenen Füße und du nennst mich talentiert?"

„Vertrau mir. Du bist perfekt für diesen Job." Ich musterte sie von unten bis oben und nahm ihre Figur in Augenschein. Mit etwas Make-up und dem richtigen Outfit würde sie perfekt in die perverse Welt der Menschenhändler passen. Sie war unser Zugang.

Sie griff nach ihrem Handtuch und ihrer Wasserflasche von der Maschine.

„Aber du wirst Training brauchen", fügte ich hinzu.

„Was für ein Training?" Sie stemmte die Hände in die Hüften und kontrollierte ihren Atem. Es hinderte ihre Brüste trotzdem nicht daran, sich höher und breiter zu heben.

„Selbstverteidigung."

„Sie haben wohl Ihre Hausaufgaben nicht gemacht, Mr. Silver, oder?", lachte sie.

„Du meinst die Tatsache, dass du einen schwarzen Gürtel in drei Kampfsportarten hast?"

Natürlich hatte ich meine verdammten Hausaufgaben gemacht.

„Gibt es irgendetwas, das du nicht über mich weißt?"

„Deine BH-Größe." Ich verschlang schamlos ihr üppiges Dekolleté, bis zu dem Moment, als mir klar wurde, dass ich hart war. Es schien, als würde diese neue Partnerschaft genauso hart werden wie mein Schwanz. Es war eine Weile her, dass ich Zeit für mich selbst gefunden hatte, und die Anspannung war die Folge.

Sie hatte keine Ahnung, worauf sie sich mit dem Job einließ... oder mit mir. Sie war mein Bauer, und ich würde sie nicht im Stich lassen. Mein Laufband stoppte und ich drehte mich zu ihr.

Ihr Blick senkte sich auf meinen Schritt. „Ähm, du hast da ein kleines Problem", kicherte sie.

„Ich weiß. Das ist eine häufige Nebenwirkung deiner Anwesenheit." Ich schnippte mit den Fingern. „Was dich, einmal mehr, perfekt für den Job macht."

„Ich würde die Dinge gerne professionell halten."

Professionalität wird überbewertet.

„Mein Schwanz mag seinen eigenen Kopf haben, aber ich verspreche dir - ich bin dein Chef und werde mich auch so verhalten."

„Noch nicht. Du bist noch nicht mein Chef, oder?"

„Gut. Aber sobald ich dein Chef bin, werden wir die Dinge professionell halten."

Sie verstand meinen Hinweis, biss sich auf die Lippe und antwortete frech: „75C."

„Das dachte ich mir."

„Ein bisschen arrogant?"

„Immer. Selbstvertrauen hält die Tür offen und macht das Leben leichter." Ich wackelte mit den Augenbrauen.

Sie verdrehte die Augen, drehte sich auf dem Absatz um und ging. Ich schaltete meine Maschine aus und folgte ihr in ein Trainingsstudio hinter einer Glaswand. Ihre Schuhe quietschten auf dem frisch polierten Ahornboden.

„Warst du schon immer so eine Tease, Allie?"

Sie wirbelte herum und prallte gegen meine Brust. „Was?"

„Du willst den Job, aber du hast es nicht eilig, dich zu bewerben, weil ich der unwiderstehliche Tristan Silver bin. Deine Worte, nicht meine."

Sie neigte den Kopf. Ihr Gesicht färbte sich mit einem weiteren erfrischenden Grinsen.

„Ich kann das klarstellen – darum geht's nicht, Herr Eingebildet."

Nun, zumindest hatte sie dieses Selbstvertrauen und diese Furchtlosigkeit, die sie brauchen würde, wenn sie einer Gruppe perverser Männer gegenüberstand. Ihr sommersprossiges Gesicht, die schmollenden Lippen und die harten Brustwarzen würden all die falschen Männer anziehen.

„Worum geht's dann?"

Ihre rechte Schulter hob sich zu einem Achselzucken, als sie zurückblickte. „Vielleicht bin ich doch eine Tease. Ich meine, du bist ja noch nicht mein Chef, oder?"

Verdammt noch mal.

Sie lockerte ihr klebendes Shirt. Schweißflecken färbten ihre Achseln und ihren Rücken, sodass ich sie am liebsten unter die Dusche geworfen hätte. Ihr durchnässter Pferdeschwanz klebte an ihrem Nacken.

„Ehrlich gesagt bist du im Moment dieser mysteriöse Bodyguard-Ermittler, über den ich kaum Informationen finde. Aber ich weiß, dass du die Ressourcen hast, die wir in unserem Geschäft brauchen."

Ich lehnte mich lässig an die Wand neben den Fitnessgeräten. Sie würde noch viel mehr schwitzen, wenn ich sie fickte. Bevor ich sie einstellte. Damit es später nicht unangenehm wäre, obwohl ich mir das kaum vorstellen konnte.

Sie nippte an ihrem Wasser, während sie mich von unten nach oben musterte, genauso wie ich es gerade bei ihr getan hatte. Ich begann mich zu fragen, ob Selbstbeherrschung für sie genauso ein Problem sein würde wie für mich.

„Deine Titten hüpfen, wenn du läufst."

Sie spuckte das Wasser wie ein Springbrunnen aus. Ich reichte ihr ein frisches Handtuch, um sich den Mund abzuwischen. Dann kniete sie sich hin und wischte den Boden sauber.

„Du weißt, dass das sexuelle Belästigung ist."

Sie warf das Handtuch in einen Korb und ging in Richtung des Übungsraums auf der anderen Seite des Fitnessstudios, wo Cole morgens Pilates und Zumba unterrichtete. Ich folgte ihr dicht auf den Fersen und achtete besonders auf ihr schwingendes Hinterteil.

„Außer, dass du noch nicht eingestellt bist", erinnerte ich sie.

Sie drehte sich auf dem Absatz um und ging drei Schritte zu mir zurück. „Es ist trotzdem Belästigung."

„Nicht, wenn die empfangende Partei die Aufmerksamkeit genießt und will. Außerdem würde ich dich nicht belästigen, Allie. Dafür mag ich dich zu sehr."

Sie blieb stehen und ich trat so nah wie möglich an sie heran. Sie hielt ihre Position.

„Du magst mich?"

„Ist das nicht offensichtlich?"

„Du versuchst, mich aus der Fassung zu bringen, oder? Das wird nicht funktionieren, Silver."

„Was genau ist dein Spiel?"

Sie legte ihre Hände in die Hüften und sah mich an wie ein Schäferhundwelpe, der seine Lieblingsworte hört.

„Ich finde es schwierig, mich in deiner Nähe zu konzentrieren. Was genau willst du von mir? Warum ich?"

Die Wahrscheinlichkeit, dass sie nicht bereit für meine Antwort war, war genauso hoch wie die Tatsache, dass ich jedes Mal hart wurde, wenn ich in ihrer Gegenwart stand. Die heikle Angelegenheit, diese Frau an den größten Abschaum der Welt zu verschachern, war ... nun ja ... heikel, und es wurde immer schwieriger, diesen Plan mit meinem Gewissen zu vereinbaren.

„Ich brauche dich für diesen Job, Allie. Du hast Kendras Entführer gesehen. Er hat dich in einem Park aufgehalten und ist geflohen, als Gabriel Silver aufgetaucht ist."

Meine Augen schweiften zur Seite, bevor sie sich wieder auf ihre richteten. Ich räusperte mich, nahm eine Übungsmatte und breitete sie flach aus.

„Dein Cousin? Ich erinnere mich."

„Setz dich." Ich zeigte darauf.

„Ich bin kein Hund."

Ich stieß einen frustrierten Atemzug aus und trat vor, bis ihr Rücken gegen die Wand gedrückt war. Ich legte meine Handflächen flach auf die Oberfläche, direkt neben ihrem Kopf. Ihre Atemzüge wurden schneller, und die Ader, die ihren Hals hinunterlief, und der weiche Teil ihrer Brüste schwollen an. Mit nur wenigen Zentimetern zwischen uns senkte ich meine Stimme. „Allie, das wird der härteste Job deines Lebens sein."

Ich drückte meine Erektion gegen ihre Hüfte. Ihr betörender Erdbeerduft brachte mich um den Verstand. Die Wände schienen näher zu kommen, und mein Verlangen nach ihr verstärkte sich. Aber sie hatte Arbeit zu erledigen. „Ich muss sicherstellen, dass du bereit bist. Für alles und jedes. Ich habe allerdings eine Frage. Warum wirst du Polizistin, um es dann für diesen Job aufzugeben?" Ich zog mich zurück und beobachtete, wie sie sich konzentrierte.

Sie stand mit halb offenem Mund da, völlig verwirrt. Ich rollte einen rosa Gymnastikball in ihre Richtung.

„Bitte, Allie. Setz dich."

Sie gehorchte. Ich ließ einen weiteren Gymnastikball vor mir aufspringen und setzte mich darauf.

„Meine Familie fuhr nach Florida, als ich acht war. Fünf Autolängen vor uns verlor ein Van die Kontrolle, überschlug sich und rollte auf die Seite der Straße. Er fing Feuer. Ich weiß nicht, woher sie kam, aber eine Polizistin hielt ihren Streifenwagen an und sprang heraus, während alle anderen noch geschockt waren. Sie rannte den Hügel hinunter zu den Flammen. Und einen nach dem anderen rettete sie die Familie. Ein älterer Mann war der Letzte, der herauskam, und dann explodierte der Van. Der Rücken der Polizistin fing die Flammen von der Explosion auf, und sie ging in Flammen auf wie ein ausgetrockneter Weihnachtsbaum. Meine Eltern sagten mir, sie habe überlebt. Es war das Mutigste, was ich je in meinem Leben gesehen hatte."

Sie erzählte die Lüge so gut; es war fast glaubwürdig. Sie hatte meine Frage nicht einmal beantwortet. Ich wusste, sie würde perfekt für den Job sein.

„Interessant. Ich dachte, es wäre, weil du nach jemandem suchst."

„Ich... ich... Wie-"

„Es gibt nichts, was Silver Securities nicht finden kann, und irgendetwas sagt mir, dass du das besser weißt als jeder andere."

„Nichts?"

„Fast nichts." Ich senkte meinen Kopf. „Kendra ist eine Klientin, und wir können sie nicht finden. Aber du kannst es. Der Mann aus dem Park, derselbe Mann, der die Verlobte meines Cousins mit vorgehaltener Waffe festhielt, hat sie. Es ist das erste Mal in meiner Karriere, dass so etwas passiert ist. Wir können Kendra nicht verlieren. Sie ist Familie, und viel hängt von ihrem Wohlergehen ab."

Ihre Stirn runzelte sich. „Ich erinnere mich definitiv an ihn. Struppiger Bart, stinkender Atem, gelbe Zähne?" Erkenntnis blitzte in ihren Augen auf. „Sein Name ist Martinez. Er arbeitet für die Elite und ist so gut wie unantastbar."

„Wie die Freimaurer?"

„Nein, aber ähnlich. Die Elite mit Quellen, Verbindungen, Finanzen, korrupten Cops und einer politischen Figur, die in jeder Partei für ihr Wohl bietet. Sie haben eine selektive Gesellschaft geschaffen und wurden schließlich auch zur Mafia. Geld kauft Macht. Jede Menge Macht. Es kauft alle Arten von Menschen: die im Rechtssystem, bei der Polizei und in der Regierung. Nichts ist unerreichbar, deshalb kommen wir ins Spiel. Wir machen es ihnen schwerer, das eine Ziel zu erreichen, das jeder Milliardär hat: unantastbar zu werden. Kendra ist entscheidend für einen Fall gegen diese Männer."

Ihre Lippen öffneten sich und ihre Augen huschten hin und her. Es dauerte einen Moment, bis die Information einsickerte, aber wenn es eine Sache gab, auf die ich mich im Leben immer verlassen konnte, dann war es Geduld.

„Also willst du, dass ich infiltriere, um Kendra zu finden?"

„Martinez wird dich zu Kendra führen, aber wir brauchen dich... freizügig. Deine Akte bei der Polizei ist allerdings eine der saubersten, die ich je gesehen habe, Allie. Die deines Vaters war es auch, was mich zweifeln lässt, ob du den Job machen kannst."

„Ich kann den Job machen."

„Du wirst den Wölfen zum Fraß vorgeworfen."

„Ich sagte, ich kann den Job machen."

„Ich muss sichergehen, dass du überzeugend sein kannst. Provokativ." Ich machte eine Pause und bemerkte die Intensität, mit der sie meinen Anweisungen lauschte. „Ich will wissen, was dich antreibt. Warum hältst du deine Mutter versteckt? Vor wem läufst du weg? Denn in meiner Branche können wir uns keine Ablenkungen leisten. Sie sind tödlich."

Sie kämpfte damit, meinen Blick zu halten, blieb aber gefasst. Sie straffte die Schultern und blinzelte zweimal.

„Ich lasse mich nicht ablenken. Tatsächlich verspreche ich dir, dass ich mich wie ein Falke konzentrieren kann, wenn es nötig ist. Ehrlich gesagt versuche ich gerade nur, die Art von Karriere aufzubauen, auf die mein Vater stolz wäre."

Ich konnte nicht leugnen, dass ihre Antwort stark war, aber sie klang einstudiert.

„Interessant. Deine Mutter ist in Charleston, richtig?"

Sie sah mir direkt in die Augen, und ich wusste, dass ich diesen Auslöser im Zentrum ihres Herzens getroffen hatte.

„Wie...? Ich bin die Einzige, die weiß, wo sie wohnt."

„Nein, bist du nicht, Allie."

Ich hatte vielleicht noch nicht gründlich genug nachgeforscht, aber nach dieser Reaktion würde ich es definitiv tun. Ich rollte meinen Ball näher an ihren heran, bis sich die runden Kanten berührten und unsere Knie sich trafen. Ihre Nasenflügel blähten sich und ihr Gesicht rötete sich.

„Was sind Ihre Dämonen, Mr. Silver? Sie sagten, jeder hat welche."

Sie neigte den Kopf. Ihr Mundwinkel hob sich zu einer verführerischen Kurve. „Ist Kendra Ihr Dämon? Oder ist es jemand anderes? Jemand ..." Sie beobachtete mein Gesicht, und ich hätte schwören können, sie könnte den Schmerz lesen, der sich von dort bis zu meinem Herzen zog. „Jemand, den Sie verloren haben."

Sie traf meinen Auslöser im Zentrum.

„Nicht alle Dämonen können geheilt werden", sagte ich ihr und wartete in dem, was wie ein Blinzelwettbewerb erschien. Ihre blaugrünen Augen mit kupferfarbenen Rändern und ihre verstreuten Sommersprossen ließen ihr Gesicht weicher erscheinen. Sie war zu süß, um Polizistin zu sein, aber definitiv perfekt für all meine Bedürfnisse. Sie erinnerte mich an meine jüngeren, glücklichen Jahre vor dem Unfall.

„Entspann dich, Allie. Ich habe nicht geschnüffelt, aber du hast gerade bestätigt, dass ich Recht habe. Warum versteckst du deine Mutter? Warum zieht sie alle paar Jahre entlang der Ostküste um?"

Ihre Augen füllten sich mit Traurigkeit. Sie trübten sich, bevor ihre Entschlossenheit zurückkehrte, als sie Tränen zurückhielt.

„Meine Dämonen werden meine Arbeit nicht beeinflussen. Ich verspreche es. Es ist einfach etwas, das ich tun muss."

„In Ordnung. Du wirst meinen Jet nehmen." Ich hob meinen Finger, bevor sie widersprechen konnte. „Es wird schneller gehen."

„Es ist keine weite Fahrt."

„Spielt keine Rolle. Wenn du für mich arbeiten willst, muss ich sicherstellen, dass du dich ausruhst. Du kannst dich genauso gut an die Vorzüge gewöhnen, die das Unternehmen bieten kann."

„Aber-"

„Keine Widerrede. Das Einzige, worum ich dich bitte, ist, dass du in mein Büro kommst, sobald du von deiner Reise zurück bist."

„Freitagmorgen?"

„Ja. Wir kümmern uns vor dem Wochenende um den Papierkram."

„Moment – also bin ich wirklich eingestellt?"

„Sobald du den Stift aufs Papier setzt."

Sie lächelte.

„Steh auf. Jetzt." Ich ergriff ihre Hand und kickte den Ball unter ihr weg. Sie sprang ohne zu zögern auf. Ich spreizte meine Beine und ließ meine Arme an den Seiten herabhängen.

„Schlag mich", befahl ich.

„Was?"

„Das ist keine Bitte, sondern ein Test. Ich muss wissen, ob du dich behaupten kannst. Wirf mich zu Boden."

„Du willst mich einfach nur auf dir haben." Sie verschränkte die Arme vor der Brust.

„Eigentlich will ich dich unter mir, aber alles Gute kommt zu denen, die warten können. Jetzt greif mich an."

Ich wartete nicht auf ihren Angriff. Stattdessen ging ich auf ihre Taille los und hob sie vom Boden hoch. Ihre Instinkte setzten ein, und sie befreite sich aus meinem Griff. Nach ein paar Tritten, Drehungen und Flips lag ich auf der Matte, während sie auf meinen Hüften saß.

„Du kannst Jiu-Jitsu?"

„Kickboxen und Karate auch. Dritter Dan schwarzer Gürtel. Ich trainiere schon, seit ich elf bin."

Verdammt genial.

„Das steht nicht in deinem Lebenslauf."

„Ich bevorzuge das Überraschungsmoment. So wie jetzt." Sie lächelte und umschloss mich fester mit ihren Schenkeln, ihr Schritt in meinem Gesicht. Ich konnte mir den selbstgefälligen Blick nicht verkneifen. Ihre Augen weiteten sich, und als sie versuchte aufzustehen, packte ich ihre Handgelenke und hielt sie auf mir fest, dann nutzte ich meine Kraft, um sie auf die Matte zu werfen.

Sie stöhnte auf. Ihr Mund gab mir all die falschen Ideen. Er würde auch all dem Abschaum bei der Auktion die falschen Ideen geben, was sie einmal mehr zum perfekten Bauer machte.

Ich senkte meinen Körper auf ihren, und ihre Muskeln erschlafften. Sie hörte auf sich zu wehren und strahlte mit der Art von Verletzlichkeit, die die Elite-Perversen ausnutzten. Ihre verführerischen Augen, geröteten Wangen und willigen Lippen luden zu schmutzigen Gedanken ein. Ich legte meine Handflächen neben ihre Schultern. Die Vorderseite ihres Shirts klebte an ihrer Brust und zeichnete ihre vollen Brüste nach. Sie hatten die perfekte Größe für ihren zierlichen Körper. Ich beugte mich hinunter und flüsterte: „Werden wir ein Problem haben, Allie? Denn sobald ich dein Chef bin-"

„Fragst du mich, ob ich die Hose zulassen kann? Denn wenn ja, muss ich dich einen Heuchler nennen." Sie blickte ohne zu zögern auf meinen harten Schwanz.

Verdammt nochmal.

Ihr Atem streifte meine Wange und ihre üppigen Lippen zeichneten eine einladende Linie zum Mundwinkel. Ich schloss meine Augen und wartete darauf, dass sie sich leicht nach rechts drehte. Stattdessen packte sie meinen Nacken und nutzte ihre Beine als Hebel, um mich über ihren Kopf zu heben und auf den Rücken zu werfen.

Ihr kleiner Körper besaß eine seltene Art von angenehmer Stärke.

„Argh!"

Meine hinteren Rippen schmerzten, aber es hielt sie nicht davon ab, mich wie ein gebrochenes Pferd zu reiten. Sie umklammerte meine Handgelenke, pinnte sie über meinem Kopf fest und beugte sich vor.

„Wir werden kein Problem haben, Chef. Das verspreche ich dir."

Ich starrte auf das schmale Tal zwischen ihren Brüsten. Sie waren nicht zu groß, nicht zu klein – einfach perfekt und verdammt zu appetitlich. „Verdammt, du wirst mich mit denen noch um den Verstand bringen, nicht wahr?", knurrte ich.

„Sie haben mein Studium bezahlt. Ich meine, wenn man

schon die Vorzüge hat, warum sie nicht gegen die perverse Welt einsetzen? Aber ich bin sicher, das weißt du bereits."

Ich stellte mir vor, wie sie sich auszog, und verspürte den Drang, jeden Kerl zu blenden, der sie je nackt zu Gesicht bekommen würde.

„Sie sind immer noch einer deiner besten Vorzüge, Allie. Ohne Respektlosigkeit."

„Kein Problem."

Ihr Griff an meinen Handgelenken lockerte sich, und sie rutschte quälend langsam von mir herunter, als wolle sie absichtlich jede Kurve meines pochenden Schwanzes spüren.

Verdammte Scheiße.

„Danke für das Angebot, mich hinzufliegen. Das weiß ich wirklich zu schätzen."

„Wenn du sie wieder umziehen musst, kann ich helfen."

„Danke."

„In Ordnung. Du besuchst deine Mutter und kommst dann am Freitagmorgen in mein Büro. Alles wird bereit sein."

„Okay", hauchte sie.

Ich drehte mich nach rechts, wo sich eine Gruppe von Frauen hinter der Glaswand aufgereiht hatte und uns beobachtete.

„Ich glaube, wir bieten eine Show."

„Was?" Sie drehte sich um und ihre Wangen färbten sich rosa.

„Du siehst wunderschön aus, wenn du errötst."

Sie hielt meinem Blick stand und errötete erneut. Ihre Sommersprossen traten umso verwundbarer hervor. Sie war tödlich.

„Ich schicke um sieben Uhr morgens einen Wagen."

„Okay", sagte sie.

Wir trennten uns an den Umkleidekabinen, und mein Herz sank.

Ich hätte sie küssen sollen.

Reue überkam mich, und der Morgen konnte für mich nicht schnell genug anbrechen.

Ich spähte aus dem Fenster, die Augen nach dem Taxi auf der Lauer. Laura war zur Arbeit gegangen und hatte Foxy in der Kita abgesetzt. Ich gähnte, aber es war nicht das Kleinkind, das mich wach gehalten hatte. Silver war mir seit der kalten Dusche, die ich gestern Abend genommen hatte, nicht mehr aus dem Kopf gegangen.

Ein Motorengeräusch wurde draußen langsamer. Ich zog die Gardinen zurück und beobachtete, wie der Bentley auf der Straße parkte. Tristan Silver stieg aus dem Fahrzeug.

„Scheiße!" Ich eilte zur Haustür und zupfte meinen Pullover und die Caprihose zurecht. Ich hatte nicht gedacht, dass er mich zum Flughafen fahren würde. Ich öffnete die Tür, bevor er klopfen konnte.

Die leichte Stoffhose und das Polohemd unter der sportlichen Jacke standen ihm besser als lässige Jeans. Sein feuchtes Haar verströmte einen minzigen Duft. Aber ich hatte das Gefühl, dass Silver, wie alles andere in seinem Leben, auch die morgendliche Dusche perfekt getimed hatte. Sein Grinsen ließ die Narbe auf seiner Lippe hervortreten und das Grübchen vertiefte sich, was mich ablenkte. Er sah umwerfend aus, aber dasselbe gemeißelte Gesicht zeigte einen Hauch von Sorge, und ich bemerkte, wie sich sein Körper versteifte, sobald ich die Tür öffnete. Dunklere Ringe unterstrichen seine Augen.

„Was ist-"

„Guten Morgen. Alles bereit für unsere Reise?"

Warte mal... was?

„Unsere Reise?"

„Ich habe kurzfristig geschäftlich in Charleston zu tun, also passt das gut für uns beide." Er hob meinen Koffer wie eine leichte Handtasche an.

Kurzfristig, am Arsch!

„Schlecht geschlafen letzte Nacht, was?" Ich schloss die Tür ab und folgte ihm zum Bentley.

„Es ist schwer zu schlafen, wenn dein Kopf beschäftigt ist."

„Ich weiß genau, was du meinst", sagte ich so beiläufig, dass es mich selbst überraschte. Ich hielt an der Tür inne und wartete, während er meinen Koffer in den Kofferraum senkte, die Beifahrertür öffnete und seine Hand auf meinen unteren Rücken legte.

Im nächsten Moment war er an meinem Ohr und flüsterte verführerische Angebote. „Soll ich dir beim Einsteigen helfen?"

Woher kam plötzlich dieses Knistern zwischen uns?

„Nein, danke. Ich schaff das schon."

Ich kletterte auf den Ledersitz. Der klimatisierte Innenraum fühlte sich an, als wäre ich gerade in einen Kühlschrank gestiegen. Schauer liefen mir über die Arme, und Gänsehaut bedeckte meine Oberschenkel. Silver setzte sich auf den Fahrersitz, schloss die Tür und wandte sich mir zu. Die Hitze seines Blickes durchdrang meinen Körper. Tristan holte tief Luft, um Mut zu fassen, und atmete aus. „Das hätte ich schon gestern tun sollen, Allie."

Ich hatte keine Zeit zu antworten, als er meine Worte mit seinem Mund erstickte und alles in mir abschaltete. Mein Körper wurde schlaff und schmolz in den Sitz. Meine Arme hingen an meinen Seiten herab, während seine großen Hände mein kleines Gesicht umfassten. Die Ballen seiner Daumen streichelten meine Wangen hin und her. Seine Zunge glitt zwischen meine Lippen und teilte meinen willigen Mund. Die Sehnsucht in seinem sinnlichen Kuss pulsierte durch meinen Körper, und die Kraft, ihm zu widerstehen, verflog. Ich öffnete meinen Mund weiter. Ein Hauch von Whisky strömte von seinem Atem zu meinem und entlockte meiner Brust ein Stöhnen. Seine entschlossene Zunge wirbelte meinen Kopf herum, genau wie der Tequila. Die Welt verschwamm, und als er sich schließlich zurückzog, konnte ich nicht glauben, was passiert war und wie sehr sein Kuss die Frau in mir geweckt hatte. Aber am meisten konnte ich nicht glauben, wie sehr der Kuss den anhaltenden Schmerz und die Rachegelüste gelöscht hatte.

Er lehnte seine Stirn gegen meine. „Du schmeckst noch besser, als ich mir vorgestellt habe. Es hat sich wirklich gelohnt."

Endlich ließ ich den lang angehaltenen Atem entweichen. „Vorgestellt?"

„Meine Fantasie hat mich die ganze Nacht wach gehalten. Jetzt muss ich mich nicht mehr fragen."

Ich schluckte schwer. Er brachte meinen Kopf durcheinander und meine Ziele, und ich hätte es vorgezogen, wenn zumindest Letzteres geklärt wäre, bevor er mit meinem Herzen spielte.

„Ich freue mich, dass ich deine Neugier befriedigt habe, Mr. Silver."

„Du hast nur einen Teil davon befriedigt. Ich bin auch neugierig auf den Rest deines Körpers."

Oh Gott! Spielte er wieder mit mir? War das ein Test? Während mein Körper vor Aufregung kribbelte, machte sich mein überdenkendes Gehirn Sorgen um seine Hintergedanken.

„Dies ist keine Hochzeitsreise, Mr. Silver. Wenn du deine Hände nicht bei dir behalten kannst, sollte ich vielleicht doch fahren." Mein Mund sagte Nein, aber mein Körper schrie Ja. Ich konnte in der Nähe dieses Mannes nicht klar denken.

Seine Hände flogen hoch, die Handflächen mir zugewandt. „Das wird nicht nötig sein. Ich verspreche, sie bei mir zu behalten. Sogar nachts werde ich sie ganz für mich behalten."

Die Vorstellung von Silver, der sich nachts selbst streichelte, während er an mich dachte, ließ meine Zehen sich krümmen.

Das selbstgefällige, unmoralische Grinsen auf seinem Gesicht passte zu all den schmutzigen Gedanken, die durch meinen Kopf liefen.

„Aber ich kann nicht versprechen, dass ich nicht an deinen Mund denken werde... und ehrlich gesagt an alles andere auch."

Ich bezweifelte, dass ich meine Hände von meinem Körper fernhalten könnte, während ich an ihn dachte.

Silver drehte den Zündschlüssel und fuhr zu einem der kleinen Flughäfen für Privatflugzeuge auf Long Island. Während der Fahrt sagte er kein Wort, was auch besser so war, denn ich war ein komplettes Wrack, während ich den Was-zum-Teufel-Moment in meinem Kopf Revue passieren ließ. Was meinte er mit diesem Kuss? Das gehörte definitiv nicht zum Job, aber es bestätigte, dass die Anziehung zwischen uns auf Gegenseitigkeit beruhte. Aus meinem Seitenblick konnte ich das zufriedene Lächeln auf seinem Gesicht erkennen, das meinen Herzschlag in die Höhe trieb. Das Selbstbewusstsein, das dieser Mann ausstrahlte, war gleichzeitig einschüchternd und anziehend. Er verhielt sich, als hätte er seine Tagesziele bereits erreicht, sobald er die Augen öffnete, und alles, was vor ihm lag, wäre ein Kinderspiel. Für seinen Job brauchte man wohl ein Ego, das kaum durch die Tür passt, dachte ich.

Der Privatjet war klein, aber gemütlich. Die Flugbegleiterin servierte Silver ein Glas Whisky, und er fragte mich, ob ich etwas trinken möchte. Ich lehnte höflich ab.

„Wir haben Tequila an Bord", bot Tristan an.

„Ich bin nicht abhängig von Tequila, Silver." Ich fragte mich, ob er von der Flasche in meinem Koffer wusste, die ich für meine Mutter eingepackt hatte.

„Das habe ich auch nie behauptet."

„Stimmt schon."

Der kurze Flug gab mir genug Zeit, um E-Mails zu checken

und so zu tun, als würde ich nicht darauf achten, dass Tristan Silver mich in einem Privatjet mitgenommen hatte, um meine Mutter zu besuchen. Er ließ alles so normal erscheinen. Als ob der Kuss, den wir im Auto geteilt hatten, nicht auf seinen Lippen nachklang, so wie er es auf meinen tat. War das auch Teil eines Tests? Es spielte keine Rolle, denn ich war genau da, wo ich sein musste. Als Silver nach hinten ging, um zu telefonieren, tippte ich auf meinem Handy ein Kündigungsschreiben und speicherte es als Entwurf.

In Charleston wartete ein weiterer Bentley auf dem Rollfeld.

„Wie viele Bentleys besitzen Sie?", fragte ich.

„Dieser hier ist ein Mietwagen. Es ist ein zuverlässiges Auto. Warum?"

„Ich bin nur überrascht, dass Sie nicht in Limousinen fahren."

„Ich mag das Gefühl, meine Hände am Steuer zu haben. Mein Psychologe sagt, es sei Teil meines Bedürfnisses nach... Kontrolle. Ich sehe das anders. Wenn ich das Lenkrad nicht kontrollieren würde, würde das Auto von der Straße abkommen und verunglücken, oder? Es ist ein Überlebensinstinkt."

Ich vermutete, wir alle hatten unsere Art, unsere beschädigte Psyche zu verstehen. Das war das Persönlichste, was Silver bisher von sich preisgegeben hatte. Warum fühlte er sich, als hätte er keine Kontrolle?

„Was ist mit der dunkelhaarigen Frau an Ihrem Arm?", fragte ich wie aus heiterem Himmel, und offenbar hatte ich ins Schwarze getroffen. Ich dachte, da er persönliche Fragen beantwortete, sollte ich eine stellen.

„Du hast mich gegoogelt?", fragte er.

„Das würde jede vernünftige Frau tun. Also habe ich es getan. Es gibt nicht viel im Netz, aber ich habe ein Abschlussfoto auf Mikrofilm gefunden."

Er erstarrte kurz, aber die Anspannung wich genauso schnell von seinen Schultern. „Wenn das dir nicht mein Alter verrät, dann weiß ich auch nicht."

„Warum sollten Sie eine Escort-Dame engagieren?", stichelte ich.

„Glaub mir, sie war kein Escort. Erstens: Sowas mache ich nicht. Zweitens: Das ist ewig her."

„Oh."

Sie war sein Schwachpunkt.

Silver legte meinen kleinen Koffer in den Kofferraum und kam dann herum, um meine Tür zu öffnen.

„Weiß der Himmel, meine Eltern wünschten, ich würde mehr daten. Zumindest um ihnen ein Enkelkind zu schenken. Sie haben etwas nachgelassen, seit mein Cousin James ein Kind bekommen hat."

„Sie haben Neffen?"

„Eine Nichte, eigentlich. Ihr Name ist Laila."

„Das ist ein wunderschöner Name."

„Sie ist ein Frauenmagnet."

„Er ist alleinerziehender Vater?"

„Leider nutzt er es nicht so sehr aus, wie er sollte. Er ist ein großartiger Vater; zieht nur die falschen Frauen an."

Vielleicht sollte ich ihn mit Laura verkuppeln. Sie hätten ihre Kinder gemeinsam. Vielleicht könnte sie über ihren One-Night-Stand hinwegkommen, der laut Laura es nicht verdiente, Vater zu sein. Das waren ihre Worte über den Mann, der Fox gezeugt hatte, nicht meine.

Silver fuhr entlang der vertrauten Autobahnen in Richtung der Nachbarschaft meiner Mutter. Er hielt sich an das Tempolimit und navigierte selbstbewusst, aber vorsichtig durch den Verkehr.

Während ich es kaum erwarten konnte, sie zu sehen, fürchtete ich mich auch davor, was ich vorfinden würde. Manchmal war es leichter, in Traumwelten zu flüchten, als sich der harten Realität meines Lebens zu stellen.

„Und gibt es zurzeit eine Frau in deinem Leben, Tristan?"

Nach meiner eigenen schlaflosen Nacht war ich verwirrter

denn je über unsere Partnerschaft. Warum musste er mich küssen, als wäre ich sein und nur sein? Als hinge sein Leben von meinem Atem ab.

„Wenn es eine gäbe, hätte ich dich nicht geküsst, Allie. Und du kannst mich Tristan nennen."

„Mr. Silver klingt professioneller."

„Auf jeden Fall professioneller als McBoss."

„Klingt, als hätte ich beim letzten Tequila-Gelage was Blödes von mir gegeben."

„Es war süß. Du kannst mich ab Freitag Mr. Silver nennen. Im Moment bin ich Tristan. Aber eine faire Warnung – wenn du mich Mr. Silver nennst, klingt es für mich schmutzig."

Ich kämpfte dagegen an, mich mit den Schmetterlingen in meinem Bauch auf dem Sitz zu winden. Ich hatte noch nie Schmetterlinge gehabt. Tristan parkte vor der Wohnung meiner Mutter und drehte sich zu mir.

„Perfekt." Ich löste meinen Sicherheitsgurt.

Er schüttelte den Kopf. „Um ehrlich zu sein, Allie, es überrascht mich, dass du Single bist. Du bist witzig und umwerfend. Die Männer sollten bei dir Schlange stehen."

„Das tun sie nicht, wenn man es nicht will. Außerdem trage ich normalerweise eine enge Weste über der Brust und eine Waffe an der Seite, wenn ich unterwegs bin. Das Polizei-Outfit schreit nicht gerade sexy, und die Waffe verschreckt die Männer."

„Ich glaube, sie wissen nicht, was ihnen entgeht."

Ich wurde vom Kopf bis zu den Zehen heiß. „Danke. Ich schätze die Fahrt wirklich. Ich hoffe, dein Geschäft läuft gut ... auch."

Meine Stimme zitterte. Was zum Henker passierte gerade mit mir?

Er griff über meinen Sitz und nahm eine Visitenkarte aus dem Fach. „Gern geschehen. Du findest mich im Planters Inn, falls du irgendetwas brauchst. Und ich meine irgendetwas, Allie."

Ich wusste genau, was er meinte, und zu meinem Entsetzen

ertappte ich mich dabei, wie ich ernsthaft darüber nachdachte, sein Angebot anzunehmen. Ich steckte die Karte ein, die er mir gab. Tristan beugte sich vor und küsste mich auf die Wange. Ich schloss die Augen und atmete seinen Duft ein. Es gab nichts Besseres als seinen Geruch. Zum ersten Mal, seit wir uns getroffen hatten, wünschte ich mir wirklich seine Gesellschaft.

Er zog sich zurück, und ich eilte die Treppe hinauf zur Wohnung meiner Mutter. Das Geräusch von sich öffnenden Metallketten kroch mir über die Haut. Ich trat über die Schwelle, und die gefürchtete Vergangenheit, der Schmerz und die Angst überwältigten mich. Ich umarmte sie fest – natürlich erst, nachdem sie abgeschlossen hatte.

„Es ist zu lange her", sagte sie.

„Es tut mir leid. Ich habe gearbeitet."

„Genau wie dein Vater. So engagiert in deinem Job. Ich bin stolz auf dich, Allie, und ich weiß, dein Vater wäre es auch gewesen."

Ich löste mich, um ihre eingefallenen Augen und neuen Sorgenfalten besser sehen zu können. Die Vorhänge vor den Fenstern zierten ein Spinnennetz, was bedeutete, dass sie sie auch tagsüber geschlossen hielt. Und ich konnte erkennen, dass sie die Wohnung schon länger nicht verlassen hatte; vielleicht ließ sie einen Nachbarn für sie einkaufen. Sie würde nur aus Notwendigkeit rausgehen, und so hatte sie die letzten vierzehn Jahre gelebt. Meine Mutter lebte nicht – sie überlebte.

„Wie geht es dir, Mama?" Ich öffnete meinen Koffer und stellte die Flasche Tequila auf den Küchentisch. „Und ich meine das wirklich. Wie geht es dir?"

Meine Mutter nahm zwei Gläser aus dem Schrank und stellte sie neben den Schnaps. Das war es, was wir taten. Wir tranken zusammen, um gemeinsam zu trauern und zu vergessen.

Ich goss etwa einen Zentimeter vom Boden ein, während sie die Zitronen schnitt.

„Es ist besser." Das war ihre Standardantwort.

„Ich bringe Wright um."

Meine Mutter setzte sich so beiläufig hin, als hätte sie Nachrichten über das Wetter gehört. „Du wirst nichts so Dummes tun, Allie." Sie deutete auf den Stuhl gegenüber am Tisch.

„Du wirst von ihm befreit sein."

„Ich war in dem Moment frei, als ich Pinedale verließ. Mein einziges Bedauern ist, dass ich nicht früher gegangen bin." Sie warf den Kopf zurück und kippte den ersten Shot hinunter. Ihr Gesicht verzog sich, als das erste Brennen des Alkohols durch ihre Kehle ging.

„Was, wenn er dich wieder findet? Es war eine Weile ruhig. Zu ruhig. Ich habe das Gefühl, es könnte Zeit sein umzuziehen."

Die beiden Male zuvor, als Wright meine Mutter gefunden hatte, hatte sein schlechtes Timing sie vor einem weiteren brutalen Angriff bewahrt. Sie war in dem Laden geblieben, wo sie ihn ihr folgen sah, und ich hatte die Polizei sie abholen lassen. Ich konnte nicht überall auf sie zählen, aber dort konnte ich es. Anscheinend reichten Wrights Verbindungen nicht überallhin, was meiner Mutter eine Chance gab. Stunden später fuhr ich sie zu einem neuen Ort.

„Wright ist ein besessener Mistkerl und kennt das Gesetz zu gut. Er hat Verbindungen, und er wird nicht aufhören."

Ihre Augenbrauen hoben sich. „Ich mache mir mehr Sorgen um dich, Allie. Du musst ein glückliches Leben führen, anstatt dich in den Schatten der Vergangenheit deiner Mutter zu verstecken."

„Deine Vergangenheit ist meine Vergangenheit. Dein Schmerz ist mein Schmerz." Ich nahm ihre Hand.

„Aber es sollte nicht so sein."

„Ich werde ihn töten, Mama. Ich werde dafür sorgen, dass er dich nie wieder bedroht."

„Ich würde alles tun, um die Dinge zu ändern. Dein Leben zu verbessern. Liebling" – sie strich mit ihrer Hand über meine Wange, so wie sie es getan hatte, als ich jünger war – „du wirst keine so dumme Sache tun. Wright wird schließlich bekommen, was ihm zusteht, und das nennt man Karma."

„Dann nenn mich Karma."

Sie lachte. Ihr seltener Moment des Glücks hob meine Stimmung.

„Ich kündige auch bei der Polizei."

Das Gesicht meiner Mutter wurde ernst. „Warum?"

„Für einen neuen Job. Einen besseren Job. Und ich habe jemanden getroffen, der mir helfen wird, Wright loszuwerden." Meine Wangen wurden warm, und das lag nicht am Alkohol.

Sie runzelte die Stirn. „Allie, lass dich von Wright nicht davon ablenken. Nimm die Chance wahr und genieße das Leben zur Abwechslung mal. Du bist schon viel zu lange allein. Wenn dieser Mann dir etwas bedeutet und einwilligt, dir beim Töten zu helfen, dann ist er deiner nicht würdig. Überhaupt nicht. Dein Vater lebte davon, Leben zu schützen. Gott bestraft diejenigen, die das nicht tun."

Ich wusste, dass meine Mutter durch die Zähne log. Sie würde Wright zwischen die Augen schießen, sobald sie die Chance dazu hätte, egal was Vater gesagt hatte. Vater kannte Wright nicht so wie wir.

„Es dient alles deinem Schutz. Wenn er weg ist, wird er für immer verschwunden sein." Ich kippte meinen Shot runter und ließ den ersten Schluck meine Kehle verbrennen. Es spielte keine Rolle, wie geschmeidig der Tequila war, der erste brannte immer. Nach der Einweihung floss der Schnaps sanfter hindurch, und nach ein paar war es fast wie Wasser.

„Mir geht's hier gut." Sie zeigte auf die Ecke des Raumes, wo eine Schrotflinte stand.

„Hast du sie registriert?", fragte ich.

Sie schüttelte den Kopf.

„Gut. Er könnte dich finden, wenn du es getan hättest."

„Ich hab dir gesagt, du sollst dir keine Sorgen machen. Wenn Wright auch nur in meine Nähe kommt, werde ich nicht zögern."

„Ich weiß, dass du das nicht tun wirst."

Drei Viertel der Flasche später bestellten wir Pizza mit Chicken Wings. Der Tag verging wie im Nebel. Ich erzählte meiner Mutter von dem geheimnisvollen Tristan Silver und seinem Jobangebot. Meine Motive begeisterten sie nicht, aber sie freute sich, dass ich einem Mädchen in Not helfen würde. Sie sagte, ich würde sie an ihr jüngeres Ich erinnern, als sie zum Abschlussball ging. Glücklicherweise nahm mir der Tequila meinen Verstand, sodass ich nicht zu viel darüber nachdachte.

Als meine Mutter bereit fürs Bett war, nahm ich eine schnelle Dusche und schlüpfte in das eine schwarze Kleid in meinem Koffer. Laura musste es für mich eingepackt haben. Der Stoff schmiegte sich an meine Kurven, als hätte man ihn an meinen Körper genäht. Ich fühlte mich selten wie eine Frau, wenn ich nicht in Uniform war. Der Hauch von natürlichem Make-up in meinem Gesicht versetzte mich zurück in der Zeit. Es war identisch mit dem, wie meine Mutter es vor dem Übergriff getragen hatte, als sie tatsächlich nach draußen ging, um ihr Gesicht von der Sonne bräunen zu lassen. Meine Mutter trug ihr Nachthemd, als ich ihr einen Gutenachtkuss gab und ihr sagte, sie solle nicht auf mich warten. Ich ging, nachdem das letzte Klicken der Kette im Schloss erklungen war.

Die Zeit zog sich, während der Taxifahrer zum Hotel fuhr, aber zumindest war ich wieder nüchtern genug, als er vor dem Planters Inn hielt. Ich bezahlte den Fahrer und stieg aus.

Tief durchatmen, Allie. Tief durchatmen.

Der Concierge öffnete die Vordertür. Drinnen glänzte polierter Marmor unter dem riesigen Kronleuchter. Das Interieur schrie nach Geld, und ich fühlte mich fehl am Platz. Der leise Klang von Live-Musik zog meinen Blick zur Bar. Ich straffte die Schultern, hob das Kinn und ging auf den schwach beleuchteten Raum zu.

Meine Finger und Zehen kribbelten. Ich drehte meinen Kopf zur Seite. Meine Absätze sanken in den plüschigen

Teppich, und ich stellte mich auf die Zehenspitzen. Der Mann am Flügel begann eine neue Melodie, als ich die Tische absuchte. Die gedämpften orange-braunen Tiffany-Lampen hüllten die Gesichter der Gäste in ein schmeichelndes Halbdunkel, perfekt für verschwörerisches Geflüster und heimliche Abmachungen. Mein Blick ruhte schließlich auf der Bar und den vertrauten breiten Schultern eines muskulösen Rückens. Sie dehnten sich unter einem schwarzen Hemd, das nur einer Person gehören konnte. Ein Fragment seines Dorn-Tattoos zeigte sich unter dem Ärmel, und ein Glas Scotch wirbelte die Eiswürfel in seiner rechten Hand. Tristan Silver strahlte von hinten die gleiche magnetische Anziehungskraft aus wie von vorne.

Ich atmete tief ein und verlangsamte meine Schritte auf ihn zu. Das schwache Barlicht schien von oben und beleuchtete die Strähnen in seinem zerzausten dunklen Haar. Ich blieb direkt hinter ihm stehen, als ich spürte, wie jemand mich von hinten anstarrte. Ich schüttelte die Nervosität ab und legte meine Hände von hinten um Silvers Taille.

„Koste mich noch einmal."

Er drehte seinen Kopf in Zeitlupe. Ich lehnte mich vor und schloss meine Augen, während ich meine Lippen auf seine presste. Die sofortige Reaktion ließ meinen Puls rasen. Der süße Geschmack von Scotch füllte meinen Mund. Seine zärtliche Zunge hieß mich willkommen, als wäre es wieder unser erster halbwegs tiefer Kuss. Mein Mund suchte nach der kleinen Narbenrille auf seiner Lippe, aber ich konnte sie nicht fühlen. Seine Hände ruhten auf meinen Hüften, und ich fragte mich, warum er Abstand hielt.

„Ist es eine Angewohnheit von dir, fremde Männer zu küssen?" Eine vertraute Stimme ertönte von der Seite.

Ich löste mich von dem köstlichen Mund und wirbelte meinen Körper herum, wo Tristan stand und zusah, wie ich ... einen Fremden küsste?

„Was zum Teufel?" Mein Mund öffnete sich wie der eines Guppys, und ich stieß mich von dem Silver-Doppelgänger weg.

„Es fühlte sich eher wie der Himmel an", sagte der Mann.

Mein Blick huschte von ihm zu Tristan und wieder zurück, bevor meine Hand hochflog, um meinen Mund zu bedecken. Die unglaubliche Ähnlichkeit raubte mir den Atem. Von den hohen Wangenknochen und tiefen haselnussbraunen Augen bis hin zum kleinen Grübchen am Kinn war dieser Mann eine leicht ältere Version von Tristan Silver. Das einzige fehlende Teil war die kleine Narbe auf seiner Oberlippe.

„Allie Green, darf ich vorstellen: Julian Silver, mein Bruder." Ein böses Lächeln breitete sich auf Tristans Gesicht aus.

Der Mann, den ich gerade geküsst hatte, bot mir seine Hand an.

„Warum hast du den Kuss erwidert?", ballte ich meine Fäuste.

„Warum essen, schlafen oder gehen wir?" Er grinste wie ein arroganter Mistkerl. „Und ich bin nicht derjenige, der dich geküsst hat. Du hast mich zuerst geküsst." Er streckte seine Hand aus und wartete auf eine ordentliche Vorstellung. Stattdessen bemerkte ich sein Dornentattoo.

„Ihr teilt euch auch einen Tätowierer?"

Julian ließ sich nicht aus der Ruhe bringen und musterte mich von unten bis oben. „Anscheinend teilen wir auch einen guten Geschmack."

Die Brüder hätten als Zwillinge durchgehen können. Tristans älterer Bruder hatte mehr teuflischen Charme als Tristan, aber er war genauso wirkungsvoll. Schließlich nahm ich seine Hand und schüttelte sie zur formellen Begrüßung. Es lag etwas Sexy und Intimes in ihrer Reife. Sie verkörperten den Beginn wunderschöner zukünftiger Silberfüchse.

„Du bist nicht die Erste, die diesen Fehler macht, obwohl ich beim nächsten Mal lieber der Empfänger wäre." Tristan führte mich am Ellbogen zum Barhocker. Dann beugte er sich vor und flüsterte: „Du siehst übrigens hinreißend aus."

Tristans warmer Atem glitt von meiner Wange über meine nackte Schulter und meinen Körper hinunter. Der Raum schrumpfte in meinem peripheren Sichtfeld und machte mir bewusst, dass fast jeder Zentimeter von ihm mich berührte.

„Danke. Es tut mir leid, Julian. Ich werde den Fehler nicht wieder machen."

Das würde ich ganz sicher nicht.

„Es hat mich nicht gestört", antwortete er.

„Glaub mir, sie wird den Fehler nicht wieder machen." Tristans Ton wurde schärfer. Er setzte sich auf meine andere Seite und machte mich zum Mittelpunkt eines leckeren Silver-Brüder-Sandwiches.

„Ich wollte euren Abend nicht stören", sagte ich.

„Ich bin froh, dass du es getan hast, und du störst nicht. Wir sind für heute fertig." Er sah zum Barkeeper und rief: „Comisario."

„Warte..." Ich legte meine Hand auf seine. Die Berührung war so intim wie ein Kuss. Sie wob sich wie ein elektrischer Strom meinen Arm hinauf zu meinem Gesicht und meinen Lippen in einer Reihe heißer Wellen und süßer Impulse. Ich fixierte meinen Blick auf Tristan, schluckte schwer und sagte: „Das ist zu viel."

„Es geht auf mich, Allie. Genieß es." Der Barkeeper goss einen Shot von einem der köstlichsten Tequilas ein, den ich je probiert hatte. Silver tippte mit dem Finger auf die Bar, und die Flasche blieb an ihrem Platz.

„Danke." Ich kippte den ersten Shot hinunter und ließ die glatte Flüssigkeit meine Kehle hinunterlaufen. Es brannte nicht so wie meine ersten normalerweise, und ich begrüßte die sofortige Entspannung.

„Wenn ihr mich entschuldigt, ich habe einen frühen Morgen." Julian stand auf, nahm meine Hand in seine und küsste meinen Handrücken. Unvermeidliche Schauer kribbelten meinen Arm hinauf.

„Gute Nacht."

„Es war mir ein Vergnügen, Allie. Hoffentlich bekomme ich beim nächsten Mal die gleiche Begrüßung." Er zwinkerte.

„Zähl nicht darauf, Bruder."

Sie schüttelten sich die Hände, was ich für Geschwister zu formell fand, und Julian ging in Richtung der Aufzüge. Der Barkeeper goss einen weiteren Shot ein.

„Schön zu wissen, dass ich Optionen habe."

„Mach dir keine Hoffnungen. Er ist wahnsinnig in Kendra verliebt, das Mädchen, nach dem wir suchen."

„Verliebt in eine Klientin? Ist das nicht-"

„Kompliziert? Ja."

„Ich wollte sagen unethisch, aber ich schätze, kompliziert deckt alles ab, oder?"

Wie wir? War das seine Definition für uns? Kompliziert?

„Das trifft es bei diesem Fall. Angesichts des Stresses und seiner getrübten Urteilskraft bin ich für ihre Rückkehr verantwortlich."

„Du bist ein guter Bruder."

„Ich wäre ein besserer Bruder, wenn ich sie schon gefunden hätte."

„Dieser Typ, Martinez - für wen arbeitet er? Du sagtest für die Elite, aber hast du Namen? Details?"

Er lachte.

„Ich wusste, dass ich mit dir die richtige Entscheidung getroffen habe, Allie, aber du bist noch nicht im Dienst. Freitag, erinnerst du dich?"

„Stimmt. Und ich dachte, du hättest nur einen geschäftlichen Vorwand benutzt, um mit mir auf Reisen zu gehen." Ich verdrehte die Augen und drehte mich auf dem Barhocker zu ihm. Mein Knie berührte seins und blieb dort, so wie damals, als er mich aus einer anderen Bar an einem anderen betrunkenen Abend gerettet hatte. Er bewegte sich, und mein Bein glitt zwischen seine Schenkel. Ich biss mir auf die Lippe.

„Das habe ich." Er nippte an seinem Scotch. „Der Vorteil, mein eigener Chef zu sein, ist, dass ich von überall aus Geschäfte machen kann."

„Machst du gerade Geschäfte?" Ich warf den Kopf wieder zurück. Der Alkohol schlängelte sich meine Kehle hinunter und umhüllte sie mit seinem süßen Geschmack. „Das ist gut. Wirklich gut."

„Schön, dass es dir mundet. Wie geht's der Frau Mama?"

„Du weichst meiner Frage aus."

„Na gut. Nein, ich mache gerade keine Geschäfte. Ich genieße deine Gesellschaft, Allie. Du siehst heute Abend wunderschön aus, und ich würde gerne mehr über deinen Besuch bei deiner Mutter hören." Er legte seine Hand auf meinen Oberschenkel und strich über den samtigen Stoff. Eine frische Welle von Hormonen regte sich tief in meinem Bauch.

„Danke. Meiner Mutter geht es gut. Sie freut sich, dass ich sie besucht habe."

„Hat ihr der Tequila geschmeckt?"

„Uns beiden", lachte ich. Er kannte mich besser, als ich dachte.

„Ich bin froh, dass du hergekommen bist, Allie." Er nahm seine Hand von meinem Oberschenkel und legte sie auf meine. „Ich habe in letzter Zeit wenig Zeit zum Entspannen. Das hier ist... perfekt."

Ich konnte den Moment nicht ganz einordnen und wusste nicht genau, warum ich eigentlich hier war, aber es fühlte sich verdammt richtig an - und genau diese Gewissheit jagte mir eine Heidenangst ein. Erstaunlich perfekt sogar, was mir Angst machte. Ich hatte dieses... Vertrauen und diese persönliche Aufmerksamkeit von Tristan Silver nicht erwartet. Ich wusste nicht, wie es dazu gekommen war, aber ich war froh, hier bei ihm zu sein. Oder war es vielleicht der sanfte Comisario, der sich spürbar in meinem Körper ausbreitete?

„Ich auch. Hast du noch andere Geschwister?", fragte ich.

„Wir haben eine jüngere Schwester. Sie ist vierzehn und lebt bei meinen Eltern in New Jersey. Sie war eine späte Überraschung in ihrem Leben. Ein Wunder, könnte man sagen. Meine Mutter hat alle Hände voll zu tun mit Emma, und unser Vater hält uns mit der Arbeit auf Trab. Mein Großvater hat unser Unternehmen gegründet, und Vater bereitet uns schon so lange ich denken kann darauf vor, es zu übernehmen."

Ich hörte nach seiner Erwähnung einer Schwester nichts mehr. Mein Inneres zog sich zu einem engen Knäuel zusammen. Eine Welle der Trauer durchfuhr meinen Körper, als wäre es der Tag, an dem ich meine Schwester verloren hatte, noch einmal. Ein Bild ihres winzigen Grabes mit dem Gänseblümchenkranz blitzte vor meinem geistigen Auge auf. Meine Emma wäre jetzt auch vierzehn gewesen. Stattdessen saß ich hier mit Silver an einer Bar, als ob das Leben einfach weitergegangen wäre.

Ich schüttelte die Nostalgie ab. „Dein Vater arbeitet noch?"

Sein leises Lachen war voller Glück und ferner Erinnerungen. „Er wird nie in Rente gehen. Er sagt, er würde es tun, aber er wird es nicht. Und ich kann es ihm nicht verübeln. Unsere Arbeit kann ziemlich süchtig machen, wenn wir gewinnen. Sie rettet Leben."

„Was ihr macht, klingt gefährlich. Ich meine, Undercover-Einsätze, Regierungs-Bodyguards, geheime Überwachung... Ich wette, ihr habt Feinde, die euren Kopf auf einem Silbertablett serviert haben möchten."

„Wahrscheinlich, aber du musst keine Angst haben. Ich arbeite hinter den Kulissen und halte mich meist von Einsätzen fern. Außer bei diesem hier. Dieser ist-"

„Persönlich?"

„Ja, irgendwie schon. Mir wird klar, dass ich nicht mehr fünfundzwanzig bin. Ich werde mich aus dem aktiven Dienst zurückziehen, nachdem wir Kendra gefunden haben."

Zurückziehen? Er konnte nicht älter als dreißig sein, auch wenn die Reife ein paar Jahre hinzufügte.

„Du kannst nicht viel älter als dreißig sein."

„Danke. Ich wünschte, das wäre wahr. Ich bin siebenunddrei-ßig. Ich teile mir tatsächlich einen Geburtstag mit meinem Cousin Gabe."

„Was? Das ist unmöglich." Mein Mund klappte auf.

Das ist unmöglich.

„Man nennt es gute Gene."

„Allerdings. Wie hältst du dein Gesicht aus dem Internet raus?"

„Gabe ist für das Überwachungsteam verantwortlich, und James heuert die richtigen Muskeln an. Du wirst bei der Auktion mit ihm zusammenarbeiten."

James, James, James...

„Ich habe James kurz in eurem Resort in Colorado kennenge-lernt. Er hat mich ins Krankenhaus gebracht."

Er sah mich verwirrt an. „Und wie habe ich dich in Colorado nicht gesehen?"

„Ich war der Nussknacker, der die Tür aufhielt. Denkst du, ich kann diesen Job mit James machen?"

„Es spielt keine Rolle, was ich denke. Es kommt darauf an, was du denkst – denn in dem Moment, in dem sie unsere List aufdecken, scheitern wir."

„Ich bin die Richtige für den Job", erklärte ich.

„Gut."

Ich nahm noch einen Schluck. Der Rausch breitete sich in meinem Kopf aus. Ich wusste, ich sollte langsamer machen, aber dieses perfekte Gefühl eines einfachen Lebens und einer ange-nehmen Unterhaltung war zu verlockend, um zu widerstehen. Es war schön, sich einigermaßen normal zu fühlen. Er drückte meine Hand und erinnerte mich daran, dass sie immer noch da war, hielt sie beruhigend. Die Frage war, ob er mir alles geben würde, was ich brauchte?

Die Wahrscheinlichkeit, dass er wusste, dass mein Vater tot war, war hoch. Öffentliche Informationen waren leicht zu finden. Ich vermisste meinen Vater und stellte mir oft vor, wie das Leben mit ihm gewesen wäre. Diese imaginären Momente trieben meine Verfolgung von Wright an.

Tristan fuhr fort: „Ich lebe in Manhattan, aber ich würde das Haus meiner Eltern in Oyster's Cove vorziehen. Die Stadt ist ein praktischer Ort, um die Bedürfnisse der Kunden und das Geschäft im Gleichgewicht zu halten."

„Ich hätte dich eher für einen Landjungen gehalten."

„Du liest mich gut. Es war immer mein Traum, auf dem Land zu leben. Dort sehe ich Emma eines Tages, aber sie ist entschlossen, in Manhattan zu leben."

„Was hindert dich daran umzuziehen?"

„Alles." Dunkelheit legte sich über seine Augen. Eine unangenehme Schwingung ging zwischen uns hin und her, und ich hatte das Gefühl, dass Tristans Job sein Leben mehr behinderte, als er zugab.

„Ich liebe meinen Job, aber bevor ich mich auf etwas Neues einlassen kann, muss ich erst ein paar Altlasten loswerden. Und glaub mir, die haben es in sich."

„Ein Durcheinander bei der Arbeit?"

„Arbeit und Privates. Es ist eine tödliche Kombination."

„Da überdenke ich den Kuss von diesem-"

„Nicht. Denk nicht darüber nach. Das war echt, oder so echt, wie es für mich seit Langem war."

Meine Wangen wurden heiß. „Der Job, für den du mich brauchst, ist persönlich?"

Er schüttelte den Kopf. „Nicht heute Abend, Allie. Heute Abend genieße ich einfach deine Gesellschaft."

Seine ausweichende Antwort war Antwort genug, und dieses Mal war ich es, die seine Hand drückte. Ich trank noch ein paar Shots, lachte, redete und lehnte mich mehr an Tristan, als ich eigentlich vorhatte. Ich wusste nicht genau, wie ich in einem luxuriösen Hotelzimmer gelandet war, aber das Kissen war so bequem und flauschig und duftete nach frischem Lavendel, dass ich meinen Kopf einfach nicht davon fernhalten konnte. Das Letzte, was ich sah, bevor ich meine Augen schloss, war Tristan, während sein berauschender Duft mich in den Schlaf wiegte.

Die Sonne schien durch das Fenster und blendete Allie. Sie schoss in eine sitzende Position hoch, griff nach den Laken und hielt sie fest gegen ihre Brust gedrückt. Als sie panisch den Raum absuchte, überzog eine rosige Hitze ihren Körper und verteilte sich in reizenden Flecken über ihre Wangen und Arme.

„Wo bin ich?"

„Im Planters Inn. In meinem Zimmer", sagte ich von der anderen Seite des Raumes.

Ihr Kopf flog in meine Richtung, als ihr klar wurde, dass sie nicht allein war.

„Scheiße."

Letzte Nacht hatte ihr das fünfminütige Nickerchen genug Energie für eine weitere halbe Stunde gegeben. Diese Energie verwandelte die flirtende Allie in eine komplette Verführerin. Ich hatte in einem Sessel in der Ecke gesessen und sie beim Ausschlafen des Alkohols beobachtet, seit dem Moment, als sie vor mir ihre Kleider abgestreift hatte. „Verdammt", murmelte sie erneut.

„Verdammt", murmelte sie erneut. Ihr Haar hatte noch teilweise die Locken vom Zopf. Eine Strähne klebte an ihrer rechten

Wange und ihrem Mund. Vorsichtig ließ sie das Laken mit einer Hand los und zog sie weg. Ich erhaschte einen Blick auf die verhärtete Brustwarze unter dem Stoff. Das Sonnenlicht umschmeichelte die Laken und ihre Brust, ließ ihre Kurven sanft hervortreten.

„Ich hätte lieber ein 'Guten Morgen' gehört."

Ich stand auf, ging ins andere Zimmer und brachte ihr eine dampfende Tasse Kaffee ans Bett, nach der sie sofort mit der freien Hand griff und einen genüsslichen Schluck nahm. „Der ist genau so, wie ich ihn mag."

„Ich weiß." Ich setzte mich auf die Bettkante.

„Danke. Den hab ich gebraucht."

„Ich weiß."

Sie nahm noch einen langen Schluck und stellte den Becher beiseite. Ein Moment der Erkenntnis zeichnete sich auf ihrem Gesicht ab. Sie hob die Decke an, spähte darunter und zog sie schnell wieder dicht an ihren Körper.

„Du bist nackt", sagte ich.

„Ich weiß. Was zum Teufel ist passiert?" Sie wickelte das Laken enger um ihren zierlichen Körper, schloss die Augen und drückte ihre Finger an die Schläfen, um in ihren Erinnerungen zu suchen.

„Scheiße!"

Und da war es.

„Meine Mutter." Sie traf meinen Blick. „Sanfter Tequila. Scheiße, scheiße, scheiße! Tut mir echt leid für die ganze Sache... Was auch immer passiert ist, ich kann es erklären."

Ich brannte darauf, von ihr zu hören, wie sie letzte Nacht für mich einen Striptease hingelegt hatte, aber wir hatten Dringenderes zu erledigen. Sagen wir einfach, dass eine betrunkene Allie eine lustige Allie war. Sie erinnerte mich an meine glücklichen, sorglosen Jahre, bevor Simone starb. Es fühlte sich immer noch an, als wäre es erst gestern gewesen, als wir nach Österreich geflogen waren, um unsere Verlobung zu feiern, nicht vor

Jahren. Ich hatte seitdem nicht in Erwägung gezogen, weiterzumachen.

„Ich muss nach Hause. Meine Mutter..."

„Deiner Mutter geht es gut. Sie weiß, wo du bist."

„Du hast mit meiner Mutter gesprochen?", fragte sie. Ihr Gesicht verzog sich, als hätte sie in eine saure Zitrone gebissen.

„Sie ist eine wunderschöne Dame, Allie. Ich kann sehen, woher du deinen Charme hast." Ich legte die Zeitung in meiner Hand auf einen Tisch.

„Du hast sie getroffen?" Ihre Augen wurden größer und ihre Sommersprossen traten hervor.

„Sie macht den köstlichsten Stapel Waffeln, den ich je gegessen habe."

„Sie hat dir Waffeln gemacht? Von Grund auf?"

„Sie schmeckten jedenfalls nicht wie die aus der Packung, das ist sicher."

„Wie spät ist es?" Sie suchte den Raum ab, vermutlich nach einer Uhr.

Da ich wusste, dass es keine Uhr gab, antwortete ich: „Halb zehn. Ich wollte dich nicht wecken."

Ich stand auf, ging zu dem gepolsterten Sitz, wo ihr Kleid und ihr Slip zu einem perfekten Quadrat gefaltet lagen, und reichte ihr das schwarze Ensemble. Unsere Finger berührten sich bei der Übergabe, und sie erstarrte.

„Moment. Haben wir...?"

„Nein", schüttelte ich den Kopf. „Ich nutze Frauen nicht aus."

„Aber du hast mich ausgezogen? Ich erinnere mich genau an deine Berührung..."

Richtig. Das.

„Ich habe beim Reißverschluss geholfen. Mein Finger mag deine Haut gestreift haben, aber das war alles. Den Rest hast du selbst gemacht."

Mit einer hastigen Bewegung schnappte sie sich Kleid und

Slip, vergrub ihr Gesicht in den Händen und verschwand blitzschnell unter der Decke.

„Allie, warum die Verlegenheit?"

Sie senkte die Decke gerade so weit, dass ihr Gesicht zu sehen war. „Weil ich dumm bin. Du musst denken, ich sei eine Säuferin."

„Überhaupt nicht. Du bist ein Mensch, und du hältst an Scheiße fest, genau wie alle anderen. Der Alkohol hilft gegen den Stress. Ich war auch schon da. Aber eine faire Warnung - dieser Weg bringt dich nicht dahin, wo du eigentlich hin solltest."

Sie schnalzte mit den Lippen, und ich reichte ihr eine Flasche Wasser, die sie leerte.

„Danke." Sie atmete erleichtert aus. „Ich bin mir nicht sicher, ob ich schon so früh am Morgen für Metaphern bereit bin, aber ich hoffe, ich habe letzte Nacht nicht zu viel Schaden angerichtet."

„Abgesehen von der Strip-Einlage?"

„Das habe ich doch nicht in der Bar gemacht, oder?"

„Nein." Ich lachte. „Ich habe die Privatvorstellung bekommen."

Ich wackelte mit den Augenbrauen, und dann lachte sie. Es war niedlich und fesselnd, wie sie mich erwischt hatte. Was nicht niedlich war, war die Art, wie sie sich an meinem Schritt gerieben hatte, direkt über meinem harten Schwanz. Der intime Lapdance hatte meine Grenzen auf die Probe gestellt. Unschuld bedeckte ihre Haut in einem schüchternen Rosa. Es stand ihr gut. Ihr jugendliches Gesicht lenkte Verbrecher wahrscheinlich ab. Aber die Wahrscheinlichkeit, dass ihre Perfektion sie wie Motten ans Licht zog, war noch größer.

Ich seufzte. Sie war der perfekte Bauer, und ich bekam kalte Füße. Nachdem sie letzte Nacht eingeschlafen war, deckte ich sie zu und grub mich in David Wrights Akten. Allie hatte sich letzte Nacht nicht nur für mich ausgezogen, sondern auch von einem korrupten Polizisten erzählt. Es war nicht schwer, eins und eins zusammenzuzählen, aber ich hatte ein Problem. Wright war ein

Zeuge unter Schutz, der mit Donaldsons Fall zu tun hatte. Kendras Leben hing von seiner Aussage ab. Ein Interessenkonflikt hinderte mich daran, den Bastard anzurühren, aber er würde Allie nicht daran hindern. Und gerade jetzt würde ich ihr alles geben, was sie wollte, nur damit ich dasselbe zurückbekäme.

Ich kam näher ans Bett und legte eine Akte mit der Aufschrift Allie Green auf ihren Schoß.

„Was ist das?"

„Alles, was ich über dich wissen muss."

„Wie?"

Ich warf ihr einen wissenden Blick zu. „Wenn du fragen musst-"

„Nein. Ich hab's kapiert. Du bist Ermittler. Tut mir leid." Sie blickte auf die Akte hinunter. „Sieht für mich ziemlich dünn aus. Bist du sicher, dass du alles hast?"

War das Wut oder Sarkasmus? Ich konnte es nicht sagen, aber irgendetwas sagte mir, dass es diese Mauer war, die sie zwischen der Realität und ihrer Fantasie, Wright zu töten, aufrecht erhielt und die immer noch zwischen uns stand.

Verdammt! Das würde härter als hart werden.

„Kann ich mal reinschauen?"

Ich nickte.

Sie blätterte durch die Seiten ihrer Vergangenheit. Die Strippertage, einige Fotos, wo und wann sie ihre Mutter umgesiedelt hatte, wie sie fürs College bezahlt hatte. Am wichtigsten war, dass die Akte ihre widerstandsfähige Natur zeigte. Sie atmete erleichtert aus, als sie keine Erwähnung von Wright fand. Diese Dokumente hatte ich für mich behalten.

„Ich sehe, du weißt alles." Sie schloss die Akte.

Während ich mir wünschte, sie würde mir genug vertrauen, um mir von Wright zu erzählen, hing ihr Trauma wie eine verdammte permanente Schlinge um ihren Hals. Aber dieses Pokerface bestätigte, dass sie die richtige Einstellung hatte. Kendras Leben hing von all den Fähigkeiten ab, die Allie besaß.

„Es wird Zeit, dass wir ein paar Karten auf den Tisch legen, Allie. Wir machen heute einen Ausflug."

„Aber meine Mutter..."

„Deiner Mutter geht es gut. Sie weiß, dass du bei mir sicher bist. Sie hat gedroht, mir keine Waffeln mehr zu machen, wenn ich dir weh tue."

„Hat sie das?"

„Sie liebt dich und möchte dich glücklich sehen. Und ich kann nicht zulassen, dass du abgelenkt bist, wenn ich dich einstelle. Ich muss wissen, dass du dich sicher fühlst und sie sicher ist. Dein Leben wird von deiner Fähigkeit abhängen, dich zu konzentrieren."

„Woher weißt du, dass sie sich sicher fühlen muss?"

„Ich habe die Schlösser an der Tür und die Schrotflinte gesehen. Die Demografie ihrer sicheren Nachbarschaften sagt mir, dass du vor ihren Umzügen recherchiert hast."

Sie umklammerte die Kaffeetasse und nippte zwischen ihren Gedanken. „In Ordnung. Du hast recht. Sicherheit ist wichtig, also muss sie wahrscheinlich umziehen, und ich brauche frische Kleidung."

„Ich habe deinen Koffer mitgebracht und dein Outfit rausgelegt."

„Du hast meine Kleidung ausgesucht?"

„Du würdest dein Geburtstagsoutfit vorziehen?"

Sie schüttelte den Kopf.

„Ich habe etwas Bequemes für dich ausgewählt."

Ihr Mund formte ein perfektes O, und ich beschloss, dass ich etwas Abstand brauchte, bevor wir losfuhren. Eine Erektion war schon ablenkend genug, und eine nackte Allie, nur wenige Meter von mir entfernt, war tödlich. Ich hatte heute Morgen bereits alle Kontrolle in meinen Reserven aufgebraucht.

„Zieh dich an. Das Frühstück ist in fünf Minuten fertig. Ich werde in der Essecke sein."

Ihr erhitzter Blick bohrte sich in meinen Rücken, und es

kostete mich alle Kraft, mich nicht umzudrehen und die Situation auszunutzen. Glücklicherweise ließ Allie mich nicht lange warten, und sie sah in Jeans und einem langen Herbstpullover genauso gut aus wie in allem anderen. Ihr Lächeln wurde breiter, als sie sich im Kreis drehte.

„Du siehst toll aus. Ich schätze, ich habe das richtige Outfit gewählt."

„Du hattest Glück. Ich sehe nicht oft so aus. Die Uniform ist mein Leben."

„War dein Leben."

Sie erstarrte wieder, als hätte sie gerade realisiert, was sie für Silver Securities aufgegeben hatte. Wenn sie dachte, ich würde ihre Talente vergeuden lassen, irrte sie sich. Ich würde sicherstellen, dass sie aufblühte.

„Tristan, wegen letzter Nacht-"

„Weißt du, ich hatte gehofft, letzte Nacht Glück zu haben, aber der Tequila hat gewonnen." Ich beugte mich vor und küsste ihre Wange. Ihr halbtrockenes Haar verströmte einen frischen Duft. Es machte mich verrückt, dass das Leben nicht einfacher sein konnte, wo der Duft von Haaren der Höhepunkt des Tages war. Dass das Leben es mir erlauben würde, diese Frau mit nach Hause zu nehmen, zu entspannen und alles herauszufinden, was sie antreibt. Vielleicht hatten meine Eltern Recht. Vielleicht war es an der Zeit, eine Familie zu gründen, so wie James es getan hatte. Die Vaterschaft passte ihm besser, als er erwartet hatte, und er war der beste alleinerziehende Vater, den ich je gesehen hatte.

Allie räusperte sich und brachte mich in die Gegenwart zurück. Ich war noch nie so weit in der Zukunft gefangen gewesen. Nicht seit dem Unfall. Es war so lange her. Dieses Jahr markierte das fünfzehnte Jahr, und doch fühlte es sich an wie gestern. Nachdem ich mich in der Arbeit verloren hatte, verlor ich den Willen, vorwärts zu gehen. Aber meine Vergeltung würde kommen, wenn Hartley dafür bezahlen würde, seine Tochter getötet zu haben.

◦⊶⊷◦

NACH DEM FRÜHSTÜCK fuhren wir über eine Stunde westlich von Charleston. Die Häuser wurden spärlicher, der Abstand zwischen ihnen größer. Ich steuerte einen Feldweg entlang, der sich den Berg hinaufschlängelte. Die ersten Herbstblätter bedeckten das verblassende Gras. Eine Mischung aus Orange, Rot und Gelb schmückte den Berghang in Herbstfarben. Die Berge erinnerten mich an unsere Familienranch.

Allie kurbelte das Fenster herunter, und der Wind zerzauste ihr Haar wild. Die Bäume wurden höher, und der Duft von frischem Regen und Moos erfüllte das Auto. Ich hielt am geschotterten Straßenrand nahe dem Gipfel an.

„Sind wir hier?", fragte sie und sah sich um. „Es ist mitten im Nirgendwo."

„Genau hier würde sich jemand verstecken, oder?" Ich beobachtete, wie sich die Konturen ihres Gesichts zu Interesse veränderten.

Ich öffnete den Kofferraum und nahm das Gewehr heraus.

„Wow-"

„Keine Sorge. Ich bin nicht derjenige, der schießt. Du bist es."

„Worauf genau schieße ich?"

„Folge mir." Ich nahm ihre Hand und führte sie durch die Wand aus Sträuchern. Dahinter erstreckte sich ein Wald über das Tal. Wir gingen zum Rand eines Hügels. Allie folgte jedem meiner Schritte, als wir zu einer Grasfläche gingen, die das Tal überblickte.

„Mach es dir bequem."

Ich löste das Fernglas von meinem Seitengürtel und ließ mich auf den Boden sinken. Allie eilte neben mich und suchte sofort in die gleiche Richtung, in die ich schaute. Ich hob das Fernglas und stellte die Linse scharf. Momente später hatte ich das Haus des Ziels gefunden.

„Hab's", flüsterte ich und reichte ihr das Fernglas. Ich legte meinen Arm um sie und lenkte ihren Blick.

„Ein Uhr. Da ist ein Haus im Wald. Ein Fleck grüneren Grases in der Nähe der Auffahrt", flüsterte ich.

Sie hielt still. „Ich hab's. Es ist eine Holzkonstruktion. Eine Blockhütte, nicht größer als sechs mal sechs Meter, Fenster mit Pappe abgedeckt. Ein einfaches Haus, seitlich gedreht, sowohl Vorder- als auch Hinterhof sichtbar."

„Stimmt genau."

„Draußen ist niemand."

„Dann bring ihn dazu, rauszukommen."

„Wen?" Ihre Stimme zitterte. Sie nahm das Fernglas von ihren Augen und schaute hoch. Ich hielt ihr das Gewehr hin. Sie blickte auf die Waffe, dann wieder zu mir.

„Genau den, den du willst, Allie."

„Unmöglich." Sie schüttelte den Kopf, während ich mit meinem nickte.

„Nichts ist unmöglich. Das ist es doch, was du willst, oder?"

Sie zögerte. „Das war das Geschäft, das du in Charleston hattest?"

„Nein. Das ist etwas anderes. Das hier kam gestern Abend auf."

Die betrunkene und spaßige Allie war auch die ehrliche und verletzliche. Ich bezweifelte, dass sie eine Ahnung hatte, wie sie auf meinem Schoß geweint hatte, bevor sie eingeschlafen war.

Sie schluckte schwer und griff nach dem Gewehr. Sie richtete die Waffe wie ein Profi ein, legte sich wieder auf den Boden am Ende des Gewehrs und positionierte sich. Ich legte mich neben sie.

„Atme, Allie. Bitte denk daran zu atmen", flüsterte ich.

Ihr Körper zitterte, als sie sich auf das Zielfernrohr konzentrierte, aber das Zittern legte sich, als sie sich wieder auf das Ziel fokussierte.

„Er lebt näher, als du dachtest, nicht wahr?", fragte ich.

Ihr Kiefer spannte sich an, und ich konnte mir nicht vorstellen, was ihr durch den Kopf ging. Peg hatte nicht viele Details geliefert. Die Aufzeichnungen zeigten ein totgeborenes Baby, das schwere Traumata erlitten hatte und von ihrem Vater begraben worden war. Allies Mutter hatte mir eine schwere Last offenbart, als sie mir erzählte, dass Allie im Haus war, als Wright einbrach.

Sie erstarrte. „Er ist draußen."

„Gut. Hol tief Luft und lass sie wieder raus. Mach das dreimal."

Sie richtete ihren Körper neu aus und tat, worum ich sie gebeten hatte, während sie ihr Auge am Zielfernrohr behielt. „Er ist älter geworden – graues Haar und ein neuer Buckel am oberen Rücken."

Ich beobachtete, wie sich der wilde Tanz ihres Pulses in der Halsschlagader allmählich beruhigte. Sie führte ihr Gewehr, um jeder Bewegung Wrights zu folgen. Ihre Augenbrauen zogen sich zusammen und entspannten sich dann wieder.

„Ich kann nicht glauben, dass du ihn tatsächlich gefunden hast", flüsterte sie.

„Du hast bekommen, was du wolltest, Allie. Drück ab und geh zurück zur Polizei. Das Leben kann wieder normal werden, und deine Mutter muss ihn nicht länger fürchten."

„Was ist mit deinem Mädchen?"

„Lass uns ein Problem nach dem anderen angehen."

Sie blieb in Position, konzentriert. Ein leichtes Zucken lief über ihren Oberschenkel.

„Er schärft eine Klinge auf einem Wetzstein. Seine Kleidung ist alt, aber dieser Ausdruck in seinem Gesicht ..."

Sie zog sich vom Zielfernrohr zurück. Ein ovaler Umriss vom Okular umrahmte ihr Auge. Sie krempelte ihre Ärmel hoch und zupfte an ihrem Pullover, um ihn zu lockern. Ihre Lippe zitterte, aber sie biss sich darauf, um das Zucken zu stoppen. Entschlossenheit vibrierte in der Luft zwischen uns.

„Du musst das nicht tun." Ich hörte kaum meine eigene Stimme, aber nach dem Zucken nahe ihrer Schulter zu urteilen, hatte sie mich gehört. „Ich weiß, wie sich Rache anfühlt. Es beginnt eng in deiner Brust und drückt, bis nichts anderes mehr zählt, außer diese Bahn zu ändern. Du erlebst den Zorn der Vergeltung erst, wenn es zu spät ist, weil er dich erstickt. Und die ganze Zeit brauchtest du nur Veränderung, Allie. Lass mich diese Veränderung für dich sein. Die Rache wird von selbst kommen."

Sie schloss ihre Augen und presste ihre Finger dagegen, um Tränen zu unterdrücken.

„Du weißt nicht, wie es ist, zuzusehen, wie deine Mutter wegen eines Mannes ins Nichts verschwindet. Er hat sie nicht nur ruiniert, er ist auch ein Mörder."

„Der wahrscheinlich seine Spuren verwischt hat, richtig?"

Sie nahm ihre Finger von den Augen und blickte auf, suchte in meinen Augen.

„Wenn er sie verwischt hat, können wir herausfinden wie. Ich weiß einiges über korrupte Cops und hinterhältige Politiker. Sie sind Meister darin, ihre Spuren zu verwischen. Sie brechen das Gesetz ohne Konsequenzen und planen meisterhaft tödliche Unfälle." Ein loderndes Feuer blitzte in meinem Kopf auf. Ich schüttelte es ab. „Die Elite hat finanzielle Mittel, die sonst niemand hat, aber wir sind nicht allein im Kampf. Wir haben Verbündete. Und du bist auch nicht allein in dieser Sache, Allie. Du musst diesen Schuss nicht abgeben, wenn du nicht willst."

„Ich spüre diese Wut in mir. Und Angst. Wenn ich nicht schieße, wird er sie finden, und wenn er das tut, wird er sie töten. Er ist besessen. Das ist mehr als Rache, Tristan. Es geht darum, ihr Leben zu retten."

„Du hast zwei Möglichkeiten. Schieß oder schieß nicht. Wenn du schießt, werde ich mich um die Leiche kümmern. Keine Fragen gestellt. Du kannst mit deinem Leben weitermachen, als wäre nichts geschehen. Und am Freitag kommst du in mein Büro und wir machen es offiziell."

„Das ist alles?"

„Ja."

„Das ist Mord."

„Das ist es. Aber du willst ihn tot sehen, oder?"

Verwirrung schwamm in den Tränen, die sich in ihren Augen sammelten. Sie blinzelte und ließ sie fallen.

„Ich glaube, die zweite Option wird dir besser gefallen."

Ihre Augen huschten zurück zu meinen. Ein Funken Hoffnung blitzte in ihren Iris auf.

„Wir können ihn in Ruhe lassen, und ich werde mich um ihn kümmern. Legal."

„Es gibt keine Beweise für das, was er getan hat."

„Vielleicht nicht für das, was er deiner Familie angetan hat, aber das ist nicht alles, was er getan hat. Ich verspreche dir, ich werde ihn kriegen und dafür sorgen, dass er im Gefängnis landet, wo er wirklich bekommt, was er verdient."

„Bevor er an meine Mutter rankommt?"

„Deine Mutter ist bei Julian in Sicherheit. Ich habe sie heute Morgen zum Flughafen gefahren. Sie wird Gast im Haus meiner Eltern sein, mit der besten Sicherheit des Landes, bis Wright aus dem Weg ist."

„Sie hat dir vertraut?"

„Es brauchte wenig Überzeugung, nachdem ich ihr gesagt hatte, dass Wright in der Gegend ist."

„Du hast was?"

„Ich brauche dich fokussiert. Wirst du dich jetzt konzentrieren, wo deine Mutter sicher im Silver-Anwesen ist?"

Sie beugte sich wieder zum Zielfernrohr. „Ich habe mein ganzes Leben lang darauf gewartet."

„Das bist nicht du, Allie", flüsterte ich. „So sehr du diesen Mistkerl auch tot sehen willst, du kannst nicht schießen, es sei denn, es ist Notwehr. Du hast einen Eid geschworen. Das wäre

Mord, und ich würde diesen Bastard viel lieber die soziale Leiter hinter Gittern erklimmen sehen. Sobald er drin ist, wird er genau das bekommen, was er verdient. Außerdem würde dein Vater nicht wollen, dass du das tust."

„Wright muss leiden." Sie schniefte und blinzelte wiederholt die Tränen weg.

„Eine Kugel in den Kopf ist kein Leiden. Deine Mutter wird den besten Anwalt in Manhattan bekommen."

Sie drehte ihren Kopf zu mir. „Die Wagners?"

Ich neigte meinen Kopf zur Seite.

„Ja. Woher–"

„Ich habe auch meine Quellen. Sie nennen euch das Milliardärs-Trifekta. Ermittlungen, Sicherheit und Recht."

„Wer sind ‚sie'?"

„Keine Ahnung. Leute halt. Alle möglichen. Ihr geratet in Schwierigkeiten, kommt aber immer ungeschoren davon."

„Unsere Probleme sind die Konsequenz. Kendra ist das größte dieser Probleme da draußen."

Ich bemerkte ihre entspannten Schultern und nutzte den Moment aus.

„Meine Familie wird sich gut um deine Mutter kümmern. Ich brauche dich wirklich, Allie. Wenn ich Kendra nicht finde, werden mein Unternehmen und meine Familie ruiniert sein. Noch wichtiger ist, dass sie sterben wird, zusammen mit vielen anderen. Es sind jetzt zwei Wochen seit ihrem Verschwinden vergangen, und ich fürchte, wir könnten bereits zu spät sein."

Sie zitterte. Langsam entfernte ich ihren Finger vom Abzug und ihren Arm vom Gewehr. Sie fiel in meine Arme und schluchzte eine Stunde lang, wobei sie meinen Pullover mit ihren Tränen und Rotz befleckte, und ich konnte mir nicht vorstellen, woanders zu sein.

„Es tut mir leid", sagte sie irgendwann.

„Wofür?" Ich rieb ihre Arme und küsste ihre Stirn.

„Ich wollte diesen Job, weil ich ihn finden musste, und jetzt hast du ihn schon gefunden."

„Heißt das, du willst den Job nicht mehr?"

„Nein. Überhaupt nicht. Ich möchte dir helfen, Kendra zu finden. Ich will, dass sie in Sicherheit ist. Du kümmerst dich um Wright, und ich kümmere mich um sie."

„Abgemacht." Ich hielt sie fester.

Ein neuer Impuls tickte in mir wie eine Bombe. Je mehr Zeit ich mit Allie verbrachte, desto stärker wurde der Drang, sie zu beschützen. Ich beschützte Menschen beruflich, aber das hier war anders. Es traf näher und tiefer, jenseits meines Jobs. Sie war jung und talentiert, klug und widerstandsfähig. Wir verstanden uns. Dazu kamen ihr Mut und das sommersprossige Gesicht – wie konnte ich sie nicht attraktiv finden?

Wir saßen stundenlang auf diesem Gras. Sie kuschelte sich an meine Brust, bis kühlere Luft aus dem Norden uns zwang aufzubrechen. Ich fuhr direkt zum Flughafen, und wir flogen noch in dieser Nacht zurück nach New York. Allie rief ihre Mutter vom Flugzeug aus an, bevor sie sich in ihren Sitz setzte. Sie würde in wenigen Tagen mit dem Training beginnen. James hatte sich in ihren Kreis eingeschleust, und Wright ... nun, dieser Bastard war ein Kampf, den ich vorerst verschob.

Die Gasse stank nach Sperma und Pisse. Der Mini aus der Achtziger-Jahre-Boutique, rutschte bei jedem Schritt an meinen Oberschenkeln hoch. Eine Windböe blies, aber meine haarspraygetränkte Frisur blieb intakt. Mein provokantes Tube-Top-Ensemble zeigte meine Brüste. Sie hatten seit meiner Zeit auf der Bühne nicht mehr mit so viel Freiheit gewackelt. Ich fühlte mich nackt ohne meine kugelsichere Weste. Am Ende der Nacht würde Tristan Silver aber wissen, dass ich den Job bei Silver Securities verdient hatte. Er hatte schon das Undenkbare für meine Mutter getan, also schuldete ich ihm etwas.

Ein eindringlicher Duft von billigem Parfüm traf mich: eine Mischung aus exotischen Blüten mit einer würzigen Note. Ich schlenderte zum Bordstein und betrachtete die Rothaarige an der Ecke. Ihr Name war Portia. Ich hatte sie mit dem Dreifachen dessen bezahlt, was sie in einer Nacht verdienen würde, damit sie mich auf ihr Revier ließ. Das hielt sie nicht davon ab, mich anzu-starren, als wolle sie mir die Kehle herausreißen. Sie arbeitete sich mit erhobenem Kopf und schwingendem Hintern wie ein Pendel auf dem Bürgersteig zu mir vor. Ich beobachtete jede ihrer Bewegungen und saugte ihr Erscheinungsbild in mich auf.

„Deine Lippen sind zu blass", sagte sie und reichte mir einen knallroten Lippenstift. Ihr aufgesetzter Bronx-Akzent entlarvte sie. Sie konnte noch nicht lange hier sein.

„Danke." Ich holte meinen eigenen aus dem kleinen Täschchen, das ich als Handtasche benutzte. „Also, glaubst du, er wird heute auftauchen?"

„Er fährt hier jeden zweiten Tag vorbei, aber er hält nie an. Ich vermute, er fährt zur Westseite, aber ein Mädchen, das ich kenne, sagte, das tut er nicht. Warum denkst du, er wird für dich anhalten?"

Ich holte eine Packung frischen Kaugummi heraus und gab ihr ein Stück. „Nur so ein Gefühl. Hast du eine Ahnung, warum er vorbeifährt?"

„Was bin ich, hellsehend?", fragte sie, drehte sich auf ihren Pumps um und schlenderte zurück zu ihrer Ecke.

Ich steckte mir den Erdbeerstreifen in den Mund und kaute ihn mit der vollen Bewegung meines Kiefers, genauso wie die Rothaarige es tat. Jedes Mal, wenn ein Auto vorbeifuhr, beugte sie sich vor. Portia trug keine Unterwäsche und hatte offenbar keine Scham. Ein Auto hielt am Bordstein neben ihr. Der männliche Kunde rollte das Fenster herunter, und Portia lehnte sich hinein. Ihr Rock rutschte hinten hoch, und die Unterseite ihres Pos hing heraus. Nach einer Minute Smalltalk sprang sie ins Auto, und sie fuhren davon. Sie winkte aus dem Fenster, bevor sie mir den Stinkefinger zeigte.

Das Geräusch quietschender Bremsen hallte von der anderen Straßenseite herüber, und ich wirbelte meinen Körper herum, helle Scheinwerfer im Gesicht. Das leise Schnurren eines Motors brummte, und mein Magen verkrampfte sich. Das musste Silver sein. Ich holte tief Luft und fügte meinen Hüften einen extra Schwung hinzu.

Jetzt oder nie.

Ich praktizierte meinen Fick-mich-Gang, wie ich ihn zu Hause in meinen neuen und einzigen Fünf-Zoll-Absätzen geübt hatte. Ich hielt an der Beifahrertür, und Tristan ließ das Fenster herunter.

„Was zum Teufel machst du da?", fragte er durch zusammen-gebissene Zähne.

Es war nicht gerade die Begrüßung, die ich erwartet hatte. „Interessiert, Schätzchen, oder nicht?", fragte ich und kaute meinen Kaugummi wie eine Kuh, völlig in der Rolle versunken.

Eine seiner Augenbrauen hob sich amüsiert. Er schüttelte den Kopf, konnte aber das kleine Zucken in seinem Mundwinkel nicht verbergen. „Steig ein."

„Erst die Anzahlung." Ich streckte meine Hand aus.

Sein Mund wurde weicher. Silver griff in seine Geldbörse und zog eine Handvoll knackiger Hunderter heraus. Sein Grübchen vertiefte sich in seinem Kinn, und mein Herz setzte einen Schlag aus. Ich zählte nicht nach, wie viel er mir gab, aber es war eine Menge Geld.

„Du gehörst mir bis zum Morgen. Jetzt steig ein."

Ich hüpfte in den Bentley. Mein Mini rutschte bis auf einen Zentimeter an meinen Tanga heran, fast zeigte er meinen Schritt. Silver trat aufs Gaspedal und drückte mich in den Ledersitz zurück, ließ aber innerhalb von Momenten wieder locker. Für jemanden, der schnelle Autos mochte, fuhr er sie sicherlich nicht so, wie es die meisten taten. Das Auto reagierte auf seine sanfte Berührung und schnurrte die Straße entlang. Im Inneren über-wältigte mich der Duft eines Kokosnuss-Lufterfrischer und Scotch.

„Trinkst du beim Fahren?", fragte ich.

„Nein, wieso?"

„Ich rieche Scotch."

„Du hast eine gute Nase. Jetzt kannst du mir sagen, was zum Teufel du dir dabei denkst?"

Sein Ton brachte mich aus der Fassung, und selbst ohne den Tequila brauchte ich länger als sonst, um mich zu sammeln. Ich holte tief Luft. „Ich bewerbe mich für eine Stelle. Wenn du 'ne

Nutte willst, kriegst du 'ne Nutte. Aber ich bevorzuge es, wenn du mich Katie nennst." Ich klimperte mit den Wimpern.

Die Narbe auf seiner Lippe hob sich um eine Winzigkeit. Er mochte Katie.

„Wusstest du, dass Frauen von dieser Ecke entführt werden? Sie verschwinden und kommen nie wieder."

Wenn Tristan versuchte, mich zu erschrecken, würde es nicht funktionieren. Ich hatte dafür trainiert; ich hatte immer gewusst, dass ich etwas Großes mit meinem Leben anfangen würde, und Frauen zu helfen, die sich in lebensgefährlichen Situationen befanden, war es. Polizistin zu werden, war ein Sprungbrett, und ich würde die Chance, die Tristan mir gab, nicht verschwenden. Was auch immer unser Ziel zur Rettung von Kendra beinhaltete, ich würde sie nicht im Stich lassen.

„Ist das die Ecke, an der sie Kendra entführt haben? Denn das hat mein Informant mir gesagt."

„Informantin?"

Ich nickte mit einem etwas selbstgefälligen Lächeln.

„Nein, nicht hier. Kendra... sie half den Mädchen, von der Straße wegzukommen. Ich weiß nicht wie, aber sie hatte ihre Methoden. Sie bildete viele von ihnen aus und stellte sie ein. Holte sie von der Straße. Gab ihnen Jobs in ihrem Club."

„Klingt, als würde sie schon lange Leben retten, und jetzt ist sie selbst in Schwierigkeiten."

Er schnaubte. „Schwierigkeiten. Das ist es, was du bekommst, wenn du mit Kendra zu tun hast."

„Für mich klingt es, als hätte sie ein großes Herz."

Tristans Griff um das Lenkrad verstärkte sich. „Sie hat eine große Sucht, die dieses Herz überschattet. Und jetzt wird sie vermisst."

Er trat härter als beabsichtigt auf die Bremse und hielt an einer roten Ampel. Er drehte den Kopf zu mir und hob die Augenbraue. „Du wirst es mit schmierigen Typen zu tun bekommen."

„Nichts, was ich nicht schon früher gehandhabt habe. Ich war mal Stripperin, schon vergessen?"

„Stimmt." Er knurrte.

„Entspann dich, Tristan. Betrachte es als angenehme Erfahrung. Ich habe schon Schlimmeres erlebt als Männer mit klebrigen Fingern und zappelnden Händen."

„Man wird dir deine Rechte nehmen und dich wie Vieh behandeln."

„Versuchst du, mir Angst zu machen? Denn es funktioniert nicht."

Die Ampel sprang auf Grün, aber Tristan wartete, Zweifel durchzuckten seine angespannten Muskeln.

„Ich kann das", flüsterte ich.

„Mit deiner Erfahrung wirst du leicht dazugehören. Jeder verdammte Zuhälter wird mit dem Schwanz wedeln wie ein Hund, wenn sie dich sehen. Und dann werden wir einschreiten und ihnen die Eier abreißen."

„Klingt... blutig und schmerzhaft."

„Das ist alles, was sie verdienen. Ich bin sehr dankbar, dass du bereit bist, das zu tun. Ich habe morgen eine Überraschung für dich; aber heute Nacht gehörst du mir."

Dieses wunderbare Ziehen in meinem Bauch kehrte zurück, als Hitze über meine Haut floss.

„Du suchst jemanden, der sich als Escortgirl ausgeben kann, nicht als Prostituierte, oder?" Plötzlich fühlte sich mein Achtziger-Jahre-Outfit seltsam an.

Das Auto verlangsamte bis zum Stillstand, und Tristan drehte sich zu mir. „Du bist bildschön und clever. Eine tödliche Kombination. Aber ich suche auch kein Escortgirl."

„Gut zu wissen."

Er konzentrierte sich wieder auf die Straße, behielt aber den Fuß auf der Bremse. Ich war mir sicher, dass er an der leeren Kreuzung weiterfahren würde, aber er hielt an.

„Tristan?"

In der Ferne quietschten Reifen. Tristan umklammerte das Lenkrad und drückte seinen Fuß fester auf die Bremse, zitternd, als würde er die Kontrolle verlieren. Ich drehte mich um, als Scheinwerfer aufblitzten; ein außer Kontrolle geratener Camaro schaffte kaum die Kurve, fuhr weit über dem Tempolimit und kam mitten auf der Kreuzung zum Stehen.

Der Typ ließ den Motor aufheulen und raste davon, ließ Rauch und Abgase zurück.

Ich drehte mich in meinem Sitz. „Woher wusstest du das?"

Tristan saß schweigend da, bis ich seinen Arm berührte. Er schreckte aus seinen Gedanken hoch und wandte sich mir zu. „Ich habe ihn vier Straßen weiter gehört."

„Das ist beeindruckend. Geht es dir gut? Tristan, du zitterst." Die Erschütterungen gingen durch seine Arme und Schultern, bis er es bemerkte und sie physisch abschüttelte.

„Ja, mir geht's gut. Ich bin okay. Tut mir leid."

„Ich kann fahren, wenn du dich nicht wohl fühlst. Ich bin ziemlich gut."

Seine Mundwinkel hoben sich und mein Herz schlug etwas schneller. Die Narbe verzog seine Lippe zu einem sexy Grinsen, als das Grübchen sich vertiefte und seinen jungenhaften Charme aktivierte. Meine Güte, er sah heiß aus.

„Du kannst Schaltwagen fahren?" Seine Augen weiteten sich.

„Ich fahre alle Arten von Stangen." Ich zwinkerte. „Und ich bin eine ausgezeichnete Fahrerin." Ich zog am Türgriff, sprang heraus und eilte um das Auto herum. Der Minirock und die High Heels schränkten meine Bewegungen auf winzige Schritte ein. Ich zog die hochhackige Verführer-Schuhe aus und öffnete die Fahrertür. „Komm schon. Du kannst mir vertrauen."

Sein Blick fiel auf meine Füße. „Barfuß?"

„Nicht das erste Mal." Ich streckte mein Lächeln zum breitestmöglichen Grinsen, und er gab nach.

Tristan stellte das GPS ein, das er wohl nie benutzt hatte, und ich folgte schweigend den Anweisungen, konzentriert auf die

Straße. Die sanfte Fahrt und die leeren Straßen führten nach Manhattan, wo die Lichter ein neues Leben einschalteten. Er lotste mich zu einem Parkplatz in einem Gebäude gegenüber dem Central Park.

Ich fuhr in die Tiefgarage und parkte auf einem privaten Platz in der Nähe des Aufzugs. Vier andere Bentleys, silbern und schwarz, standen an der Wand aufgereiht. Jeder glänzte mit einer frischen Schicht gewachsten Stolzes. Ich schaltete die Zündung aus und drehte mich in meinem Sitz. Er starrte auf meine Brüste und entblößten Oberschenkel.

Ich presste meine Knie zusammen.

„Das war heiß."

„Gern geschehen. Du solltest mal sehen, was ich mit einem Boot anstellen kann."

„Sag bloß nicht, dass du auch noch fliegen kannst."

Ich lachte. „Nein."

„Du hast mich heute Abend überrascht."

„Der Abend ist noch nicht vorbei, Mr. Silver."

Er schüttelte den Kopf und sah mich an, als hätte ich zu viele Haschkekse gegessen. Vielleicht war ich verrückt, aber ich brauchte ihn mehr, als ich es mir je hätte vorstellen können, jemanden zu brauchen. Ich straffte meinen Rücken. „Ich wollte es heute Abend eigentlich nicht ansprechen, aber was wird mit Wright passieren?"

„Er fliegt morgen aus der Stadt."

„Was? Wie das?"

„Er wird an der Westküste bleiben, bis wir Kendra befreit haben, und dann wird er in Handschellen gelegt. Er wird für lange Zeit weggesperrt werden, Allie."

Jahre der Angst platzten in einem nervösen Atemzug der Erleichterung und des Lachens heraus. War das, was er gesagt hatte, wirklich möglich? Aber warum sollte es nicht? Tristan Silver war Teil des Trifecta, und die Milliardäre bekamen immer, was sie wollten.

„Du fährst vorsichtig", sagte ich.

Seine Augenbrauen zogen sich zusammen.

„Ich meine, für jemanden, der einen Bentley fährt, weißt du. Du bist vorsichtig."

Eine Augenbraue hob sich, und dieses Grübchen grub sich wieder in seine Wange. Er fuhr mit den Fingern durch sein Haar, und ich schmolz dahin.

„Meine Mitbewohnerin sagt, das Auto, das ein Mann fährt, spiegelt seine Leistung im Bett wider." Ich biss mir auf die Lippe und krallte mich ans Lenkrad.

„Ich verspreche dir, es gibt keine Korrelation zwischen meinem Fahrstil und meinem Ficken."

„Ich wollte nicht andeuten-"

„Nein?"

Natürlich nicht.

„Hast du daran gedacht, wie ich dich in meinem Bett ficke?"

Ja. „Nein."

Tristans selbstgefälliges Grinsen, gepaart mit Sexappeal, blieb auf seinem Gesicht kleben, als er seinen Sicherheitsgurt löste und über meine Beine hinweg in eine Seitentasche in der Tür griff. Ich umklammerte die Seitenteile des Sitzes. Sein warmer Atem streifte meine Oberschenkel, und ich hätte schwören können, dass er in der Nähe meines Schoßes tiefer einatmete. Alles in mir wurde zu Brei. Mein Magen drehte sich, und ich biss mir auf die Lippe, als das süße Pochen zwischen meinen Beinen sich vertiefte. Tristan setzte sich auf, sein Kiefer fest und sein Schwanz hart. Mir stockte der Atem.

Konzentriere dich, Allie.

„Dieser Job erfordert, dass du rund um die Uhr im Dienst bist. Unterschreib das." Er reichte mir das Blatt.

„Was ist das?"

„Eine Verschwiegenheitserklärung. Du wirst mit niemandem über die Arbeit sprechen, die du für Silver Securities machst, verstanden?"

„Natürlich." Ich unterschrieb auf der letzten Zeile.

„Du hast es nicht gelesen."

„Ich vertraue dir."

„Fehler Nummer eins. Vertraue niemandem. Willst du diesen Job wirklich oder nicht?" Seine Augenbraue hob sich.

Der herrische Silver machte nicht so viel Spaß wie der flirtende, aber Tristan lag hier falsch.

„Du bist nicht irgendjemand, Tristan. Und wenn ich meinem Arbeitgeber nicht vertrauen kann, der mich beschützen soll, wem kann ich dann vertrauen?"

Die Stille zwischen uns knisterte vor Verlangen und Hormonen. Wäre nicht das Licht direkt über uns gewesen, hätte ich mich auf seinen Schoß gesetzt und die Narbe auf seiner Oberlippe gekostet, nur um ihn zu überzeugen, dass ich Recht hatte. Wir atmeten im Gleichklang. Das war es. Um erfolgreich zu sein, musste Tristan mir auch vertrauen.

„Es wird gefährlich sein." Die offensichtliche Zurückhaltung in seiner Stimme ließ mich erschaudern.

„Ich habe nie etwas anderes gedacht."

„Wenn etwas schief geht, könnten sie dich an einen Zuhälter verkaufen, der dich benutzt, um fünfzig Männer am Tag zu bedienen."

Mein Atem stockte. Menschenhandel zum Zweck der sexuellen Ausbeutung. Und er versuchte immer noch, mir Angst zu machen, denn Tristan würde niemals zulassen, dass ich verkauft würde.

„Dann ist es gut, dass wir einander vertrauen", flüsterte ich.

„Das tun wir, nicht wahr?"

Seine Augen wurden weicher, und die Spannung in seinem Nacken ließ nach. Und so sehr mein Verstand mich auch drängte, zweimal nachzudenken, jeder Nerv in meinem Körper leitete mich dazu, ihm mein Leben anzuvertrauen. Schließlich wäre es mein Leben, das wir verkaufen würden, oder? Aber wir würden auch Kendra retten.

„Woher wusstest du, wo ich sein würde?", fragte er.

„Du bist nicht der Einzige mit Quellen", sagte ich und erinnerte mich an die letzten paar Abende, die ich damit verbracht hatte, durch die Stadt zu fahren und nach einem Mann in einem Bentley zu fragen. „Warum hast du gesagt, eine Prostituierte?"

„Ich wollte sehen, ob du für einen ungewöhnlichen Job zu haben bist. Du hast es auf ein ganz neues Level gehoben, indem du Fremde auf der Straße gesucht hast."

„Du bist aber kein echter Fremder, oder?"

„Stimmt. Aber ich bin ein Mann mit Bedürfnissen, und du stellst sie alle auf die Probe." Der Ton in seiner Stimme traf mich unterhalb des Gürtels und mein Höschen wurde feucht. Der Druck, dem fleischlichen Verlangen nachzugeben, wuchs.

„Wie kannst du so viel Tequila vertragen?", fragte er aus heiterem Himmel.

Ich begrüßte den Themenwechsel und fragte mich, woher er wusste, woran ich dachte. „Übung."

„Das Trinken wird kein Problem sein, oder? Du solltest wissen, dass ich ein Problem mit Substanzmissbrauch habe."

„Trotzdem riechst du ständig nach Scotch." Ich verdrehte die Augen.

„Ein Schluck ist nicht dasselbe wie Sucht."

„Ich bin keine Süchtige. Und nein, es wird kein Problem sein. Ich mag vielleicht ein oder zwei Drinks ..."

„... oder drei." Er räusperte sich.

„Oder drei, wenn ich nicht im Dienst bin, aber ich nehme meine Arbeit ernst. Leben hängen davon ab, und ich würde nichts tun, um das Leben von Menschen zu gefährden."

„Das dachte ich mir." Er öffnete seine Tür, ging um das Auto herum zur Fahrerseite und öffnete meine. Ich nahm seine angebotene Hand und stieg so anmutig aus dem Fahrzeug, wie es der Mini mir erlaubte. „Wir werden die Details am Wochenende besprechen, aber heute Abend möchte ich die Realität vergessen."

Köstliche Schauer verbreiteten sich über meine Haut und

erinnerten mich daran, wie sehr ich mich nach seiner Berührung gesehnt hatte. Er hatte mich in Charleston nicht berührt, aber ich wollte, dass er es tat. Ich verlangte nach seiner Berührung mehr als nach Tequila, um mich zu beruhigen.

Tristan schloss das Auto ab und verstärkte seinen Griff um meine Hand. Mein Puls raste mit jedem Schritt. Der exklusive Aufzug öffnete sich, sobald wir uns näherten. Er führte mich mit einer leichten Berührung am unteren Rücken, und wir traten ein. Tristan scannte eine Karte und wählte das Penthouse.

„Willkommen zu Hause, Mr. Silver", ertönte eine automatische Stimme.

Der Aufzug hob sich gegen die Schwerkraft, und meine Füße drückten sich auf den Boden. Tristan drehte sich um und drückte mich gegen die verspiegelte Wand. Sein Blick brannte vor unbändiger Begierde. Sein Körper presste sich an meinen, seine Stärke überwältigte mich, und ich fand es schwer zu atmen. Gänsehaut überzog meine Haut, als das Verlangen tief in meinem Bauch wuchs.

„Wenn ich die Wahl hätte, würde ich dich nicht einstellen, Allie. Ich würde dich von dem Abschaum fernhalten. Ich würde dich für mich behalten. Aber du bist zu perfekt für den Job. Du bist schön, intelligent und stark. Und am wichtigsten, du hast den Mann, nach dem wir suchen, bereits gesehen."

Ich erinnerte mich an den Samstagnachmittag, als wäre es gestern gewesen, weil ich zugestimmt hatte, eine Schicht mit Laura zu tauschen. Normalerweise versuchten wir, uns an unsere Zeitpläne zu halten, da ein Wechsel für einen Tag oder so Schlafmangel bedeutete, aber ihr kleiner Junge hatte sich einen Infekt eingefangen, was sie zwang, zu Hause zu bleiben.

„Bist du sicher, dass Martinez unser Schlüssel ist, um Kendra zu finden?"

„Im Moment ist er unser Schlüssel. Sie werden Kendra bei einer von zwei Auktionen an den Höchstbietenden verkaufen.

Wenn er erfolgreich ist, werden wir unsere Chance verlieren, sie zu bekommen."

Ich zwang meinen Polizeiinstinkt, in mein Gehirn zurückzukehren. „Also gehen wir zur Auktion und holen sie zurück. Wo liegt das Problem?"

„Es ist nicht irgendeine Auktion, Allie. Wenn wir sie in dieser ersten Nacht nicht bekommen, wenn sie nicht dort ist, wirst du keine weitere Auktion besuchen können. Wir haben die Gruppe infiltriert, und wenn alles nach Plan läuft, wird James euch beide kaufen und ihr werdet vor Mitternacht zu Hause sein."

Wie Aschenputtel.

Ich erinnerte mich vage an James von der Polizeiwache, als ich seinen jüngeren Bruder verhaftet hatte.

„Ich vertraue dir, Tristan. Du wirst mich nicht im Stich lassen."

„Du erinnerst mich an jemanden, der so stark war wie du. Jemanden, den ich im Stich gelassen habe. Und – vertraue niemandem", sagte er.

„Wem vertraust du?"

„Meiner Familie. Genauso wie du. Und ich vertraue dir."

Merkte er, dass er ein Heuchler war? Ein niedlicher, also musste ich ihm verzeihen. Seine Worte entspannten mich, und Wärme erfüllte meine Brust, bevor ein teuflisches Grinsen auf seine Mundwinkel zurückkehrte.

„Hilf mir, heute Abend die Arbeit zu vergessen. Ich würde mich viel lieber auf dich konzentrieren."

Er ließ seine Hände an meinen nackten Armen hinaufgleiten und umfasste mein Gesicht, neigte meinen Kopf in den perfekten Winkel. Ich schloss die Augen und öffnete leicht meinen Mund. Seine Lippen fanden wie selbstverständlich die meinen. Der zarte Kuss ließ meine Knie weich werden und zwang meinen Körper, sich zur Unterstützung an ihn zu lehnen.

Es sollte nicht so sein. Er sollte keine solche Macht über mich haben. Du weißt schon, die Art, die mit deinem Kopf und Herzen spielt. Ich war eine Polizistin. Eine starke Polizistin, die von weinenden Babys, süßen Welpen und wunderschönen Milliardären in ihren Bentleys gequält wurde, die alles anboten, was sie besaßen und mehr. War das, was er anbot? Er hatte mehr erlebt als ich und die beschissenen Jahre des Lebens längst hinter sich gelassen. Er lebte nicht im Keller seiner Mutter und wusste, was er vom Leben wollte. Genau wie ich.

Er zog sich zurück, raubte mir seine Wärme und suchte mit seinen Augen die meinen ab.

„Wo bist du gerade, Allie? Ich wünschte, ich könnte deine Gedanken lesen." Sein Kieferknochen spannte sich an und seine Augen füllten sich mit Schmerz.

„Tristan, du bist persönlich in diesen Job involviert. Das ist keine gute Sache für dich oder irgendjemand anderen."

„Heute wird nicht über die Arbeit geredet. Also, was bekomme ich für zweitausend Dollar, Schätzchen?" Er senkte seinen Mund auf meinen für einen vielversprechenden Kuss, und alle Bedenken in meinem Kopf verschwanden auf seinen Lippen.

Gut. Ich konnte sein Spiel vorerst mitspielen.

„Was immer du willst."

Mein Körper hatte sich insgeheim nach seiner Berührung gesehnt, seit er den Hörsaal betreten hatte. Und dieser Kuss, den wir in seinem Auto geteilt hatten, und heute Abend, alles war wie ein neckischer Löffel Schokoladenkuchen. Ich wollte den ganzen Kuchen, nicht nur einen Bissen davon.

Tristan presste seinen Mund auf meinen, als hätte er mein Verlangen gehört. Er eroberte meinen Mund, als gehörte ich ihm, teilte meine Lippen mit seiner gierigen Zunge. Und in diesem Moment besaß er jedes einzelne Stück von mir.

Ein Hauch von Whisky hing an seinem Gaumen. Der Geschmack war mir vertraut geworden. Er packte meine Handgelenke und hob meine Arme über meinen Kopf. Seine fordernden Finger umschlossen meine Hände wie Handschellen. Der kraftvolle Griff weckte eine lang vergessene Sehnsucht in meinem Bauch. Tristan passte sich jeder meiner Bewegungen an und schluckte jedes meiner Stöhnen. Meines Atems beraubt, wurden meine Glieder zu Wackelpudding.

Er ließ von meinem Mund ab und fuhr mit seinen Lippen entlang meines Kiefers, über meine Wange und bis zu meinem Ohr, bevor er meinen Hals hinunterwanderte. Er drückte mich noch fester gegen die Wand. Ich atmete den Eichenduft auf seiner Haut und in seinem Haar ein. Es brachte mich noch mehr durcheinander.

Der Aufzug hielt an und Tristan schreckte hoch, als hätte er gerade erst realisiert, was er getan hatte. Und zum ersten Mal an diesem Abend schlichen sich Zweifel ein. Er lehnte seine Stirn gegen meine und schüttelte den Kopf, als hätte er den größten Fehler seines Lebens begangen.

„Das geht nicht. Ich bin deine Angestellte," flüsterte sie in meinen Mund, bevor ich ihr sagte, dass ich meine Hände nicht mehr von ihr lassen konnte. Der offene Aufzug klingelte zum dritten Mal. Das Verlangen, sie nach Hause zu bringen und in meinem Bett zu haben, wuchs.

„Dein Körper sagt, dass wir es tun können." Ich küsste sie erneut und zog sanft an ihrer Lippe. Meine Hände senkten sich auf ihre angeschwollenen Brüste. Ich ließ meine Daumen über ihre Kieselwarzen gleiten. Sie antwortete mit einem weiteren leisen Stöhnen, das mich verrückt machte. Das war so falsch und so richtig, aber ich wusste bereits in dem Moment, als ich sie in diesem Mini sah, was das Ergebnis dieses Abends sein würde. Ihr gewagtes Outfit war vielleicht das perfekte für eine Nutte, aber zu meiner Zeit trugen viele Mädchen Minis, was allerlei schmutzige Gedanken hervorrief. Der Drang, ihn von ihrem Arsch zu bekommen, wuchs genauso schnell wie mein Schwanz.

„Du hast Bedenken." Sie wand sich in meinem Griff und so hob ich sie in meine Arme.

„Ganz im Gegenteil, Allie. Und technisch gesehen wirst du erst dann eingestellt, wenn du die Papiere unterschrieben hast. Alles andere ist im Moment egal."

Ich küsste sie noch einmal und verließ den Aufzug. Als sich die Tür schloss, glitt sie an meinem Körper herunter und zog ihre Fick-mich-Pumps aus.

„Wir gehen jetzt auf die technischen Details ein?" sie fragte.

„Nein, wir richten uns nach Ihren Bedürfnissen. Alle Ihre Bedürfnisse."

Ich küsste sie noch einmal. Herrgott, ihr Geschmack erinnerte mich an sonnengewärmte, frisch gepflückte Sommererdbeeren. Sie war der Anfang, der meinen Kampf beenden konnte.

„Kommen." Ich nahm ihre Hand, warf die Schlüssel in die Schüssel und führte sie in die Küche. „Mach's dir bequem."

Ich öffnete den Kühlschrank und nahm den Champagner heraus, während Allie sich im Penthouse umsah.

„Ich glaube nicht, dass ich jemals etwas so Schickes betreten habe." Sie bewunderte die eleganten Möbel in Weiß- und Anthrazittönen und Scar Wagners in Rottönen gehaltene Kunstwerke, die an meinen Wänden hingen, bevor sie sich zu mir umdrehte. Ihr nervöses Gesicht und die markanten Sommersprossen strahlten. Sie atmete schwer ein und aus. „Warum habe ich das Gefühl, dass du weit außerhalb meiner Liga bist?"

Wusste sie überhaupt, wie falsch sie lag? Ich legte meinen Kopf zur Seite und nahm sie in mich auf. Ihr Körper, kraftvoll und zugleich zart, war eine Symphonie für meine Sinne. Ihre Bescheidenheit spiegelte all die Jahre wider, die ich damit verbracht hatte, zu erkennen, dass man mit Geld keine anständige Frau kaufen konnte, obwohl es sie trotzdem genug beeindrucken konnte, um mir eine Chance zu geben. Für uns beide war sie diejenige, die nicht in meiner Liga war.

„Komm her."

Ich stellte den Champagner auf die Küchentheke, legte meine Hände auf ihre Hüften und streichelte mit meinen ihre Lippen, neckte und bereitete sie vor und zeigte ihr, wie gut wir zusammenpassten. Sie schwoll bei jedem Kuss und jeder Berührung an, schlang ihre Arme um meinen Hals und fuhr mir anerkennend mit den Fingern durchs Haar. Ihre Fingerkuppen lösten die Spannung auf meiner Kopfhaut. Ich ließ meine Hand zu ihrem Oberschenkel gleiten und drückte ihren Mini nach oben, bis ich ein festgeschnalltes Holster erreichte. Ich lächelte gegen ihren Mund.

„Du bist vorbereitet."

„Man weiß nie, welchem Verrückten man auf der Straße begegnet."

Ich öffnete die Schnalle und legte ihr Stück auf den Tisch.

„Es ist gut, dass du heute Abend keinem über den Weg gelaufen bist." Ich fuhr mit meinem Daumen über ihre Unterlippe, während meine andere Hand zu ihrem Oberschenkel zurückkehrte. Ihre seidigen Schenkel machten mich verrückt.

„Richtig, das ist eine hervorragende Sache." Ich griff nach ihrem Rücken und ließ den Reißverschluss herunter. Der Mini rutschte ab und enthüllte einen schwarzen Spitzentanga. Mein Schwanz pulsierte stärker und spannte meine Hose. Ich packte sie am Arsch und hob sie zur Küchentheke.

Sie quietschte.

„Der Marmor ist kalt."

„Nicht mehr lange."

Sie lachte.

Ich erreichte ihren Röhrensaum und zog ihn über ihren Kopf. Ihre wunderschönen jungen Brüste hüpften vor meinem Gesicht. Ich umfasste sie und senkte meinen Mund auf ihren, stahl ihr den nächsten Atemzug, dann fuhr ich mit meinen Lippen über ihren Kiefer und ihren Hals hinunter. Ihr unterer Rücken wölbte sich, als sie ihre Brust herausstreckte. Ihr Kopf fiel zurück und sie schloss die Augen und wartete. Ich ließ eine Reihe von Küssen bis zum Tal zwischen ihren Brüsten laufen und kniff in die rosa Brustwarze. Sie zuckte unter meiner Berührung. Ich senkte mich zu ihrem Nabel und dem Rand ihres Höschens, wo ich eine Reihe von Küssen entlang des Spitzenrandes hinterließ. Ihre sonnenscheue Haut erblühte mit geröteten Hitzeflecken und gab meinem Mund und meiner Berührung nach. Ich riss mit meinen Zähnen den zarten Stoff auf und zog das Höschen von ihren Hüften. Ich hob ihre Füße auf die Oberseite der Theke und spreizte sie, um sie freizulegen. Ihre Muschi glitzerte vor Verlangen und ihre Haut sprühte vor Erregung. Zu diesem Zeitpunkt war mein Schwanz hart und bereit.

„Tristan", hauchte sie. „Bitte."

Ich küsste einen Abwärtspfad von ihrem inneren Knie bis zu ihrer wunderschön gewachsten Muschi.

Scheiße!

Sie pulsierte vor Ungeduld unter meinen Lippen und drängte mich, ihren geschwollenen Kitzler zu beruhigen. Ich schloss meine Lippen um sie und schnippte mit der Zunge. Ihre Hände flogen zu meinem Kopf und hielten mich fest über der Stelle. Ich schob einen Finger in sie hinein und dehnte sie, während ich sie verschlang. Der zarte Erdbeergeschmack machte mich wahnsinnig.

Ich summte gegen ihre Muschi: „Du bist verdammt lecker."

„Tris-tan!" Ihre Worte bekamen einen Schluckauf, als sie sich fester in meinen Mund drückte. Ich saugte an ihrer Klitoris und steckte einen weiteren Finger in sie hinein, bevor ich meinen Mund über der Knospe schloss. Ich ließ meine Zunge über das zarte Fleisch hin und her gleiten. Unter dem Klimpern meiner Zunge schwoll es an. Ich pumpte stärker in einem erbarmungslosen Rhythmus, bis ein Zittern durch ihren Körper lief. Gänsehaut überzog ihre Haut. Sie hielt beim nächsten Stoß den Atem an, bevor sie einen Schrei ausstieß.

„Tristan!"

Es war der schönste Schrei, den ich in meinem Leben gehört hatte.

Ich schloss meinen Mund über ihrer Klitoris und löste ihren vollen Orgasmus aus. Sie zitterte unter meinen Lippen und ich ließ nicht los, bis sie mein gesabbertes Gesicht von ihrer Muschi schob. Ich packte ihre Handgelenke, drückte sie an die Theke und tauchte noch einmal hinein, belebte ihren Orgasmus wieder und zwang einen stärkeren Orgasmus aus ihren Gliedmaßen, bis sie alle Kraft verlor und flach auf der Theke lag.

Ich schnappte mir ein Küchentuch, wischte mir den Mund ab und lauschte ihren erschöpften Atemzügen.

„Das war unglaublich."

„Die Nacht ist noch jung." Ich zog sie hoch und hob ihre zierliche Gestalt in meine Arme. Sie quietschte. Das war der zweitbeste Sound, den ich auf der Welt gehört habe. Ich war mir nicht sicher, was mit mir geschah, aber plötzlich wollte ich eine Sammlung aller Geräusche haben, die sie machte, als ich sie in jeder Hinsicht nahm.

„Ich will dich ficken, Allie. Hart."

„Es ist gut, dass du mit zweitausend Dollar verdammt viel Geld bekommst", hauchte sie. „Katie steht dir heute Abend voll und ganz zur Verfügung, Mr. Silver."

Gott, sie war gut. Zu gut. Sie erregte die falsche Aufmerksamkeit.

Ich trug sie durch die Wohnung in mein Schlafzimmer. Sie hielt sich an meinem Hals fest, fuhr mit ihren Fingern durch meine Haare, wickelte die einzelne genetische Silbersträhne, die ich mit meiner Familie teilte, um ihren Finger und atmete mich ein. Ich habe zweimal das Gleichgewicht verloren.

„Whoa, geht es dir gut?"

„Hast du schon einmal versucht, mit einem harten Schwanz in der Hose zu laufen? Ich empfehle es nicht."

Sie kicherte leicht, als sie an meinem Körper herunterrutschte und nach der Schnalle griff. Fünf Sekunden später sprang ich frei. Allie starrte auf meinen Schwanz und leckte sich die Lippen, und ich konnte es kaum erwarten, zu spüren, wie sie sich enger um mich schlang. Ihr Fokus richtete sich auf mein Hemd und sie öffnete die Knöpfe so schnell, wie ihre kleinen Finger es schafften. Ich trat einen Schritt vor und drückte sie auf mein Bett. Sie kletterte mit einem schwülen Blick rückwärts, der die Zeit verlangsamte und Sekunden stundenlang andauern ließ. Sie blickte unter ihren mit Wimperntusche bedeckten Wimpern hervor und blinzelte unschuldig. Ich nahm mir vor, das Make-up später abzuwaschen.

Ich ging um das Bett herum zum Nachttisch und öffnete die Schublade. Ich zog ein Kondom heraus, riss die Packung mit den Zähnen auf und rollte das Gummi über meinen Schwanz. Sie beobachtete aufmerksam, wie ich mich zu ihr aufs Bett setzte. Ich kroch, bis ich über ihr schwebte und mich an ihrem Eingang aufstellte. Ich legte meine Arme an ihre Seite und verband meine harten Muskeln mit ihrer warmen Haut, ihren frechen Brüsten und den nervösen Brustwarzen, die sich direkt an meiner Brust verhärteten. Sie gab mir nach und öffnete ihre Beine. Ihre Lippen öffneten sich, als ich in sie hineinglitt.

Sie schloss die Augen, schlang ihre Beine um meine Hüften und festigte ihren Griff um meinen Schwanz. Ich packte sie unter ihrem Rücken und hob sie in meine Arme, während ich mich wieder auf meine Beine setzte. Sie hielt meinen Hals fest und setzte sich rittlings auf mich: Körper an Körper, Haut an Haut. Ich stützte sie auf meinen Schenkeln und in meinem Griff und stürzte mich tiefer, besorgt über den Druck, den ihre zierliche Gestalt aushalten könnte. Das war, bis sie übernahm. Sie ritt mich, als wäre sie ein verdammter Cowgirl-Star. Ihre Hüften kontrollierten die Bewegung und sorgten dafür, dass meine Länge problemlos in ihre Muschi hinein und aus ihr heraus glitt. Sie nahm den Schwung auf. Der Geruch unseres Schweißes, meines Eau de Cologne und ihres blumigen Parfüms wehte um uns herum und verschmolz zu einer sexy Mischung. Sie warf ihren Kopf zurück, ihre wunderschönen braunen Locken glitten von ihrer Brust nach hinten.

Meine Eier spannten sich. Ein lustvolles Knurren vibrierte in meiner Brust, bevor es aus meiner Kehle entwich. Ich zog mich zurück, passte mein Kondom zu und ließ sie auf ihrer Seite auf das Bett sinken. Mit ihrem Rücken an meiner Brust strich ich mit meiner Hand über ihren weichen Hintern und glitt wieder in sie hinein. Sie stöhnte und neigte ihren birnenförmigen Hintern zu mir. Es war eine junge Birne, aber eine süße und großzügige.

Die sanften Schaukelbewegungen unserer Körper, die miteinander verschmolzen und zusammenarbeiteten, erreichten einen fieberhaften Höhepunkt. Ich ließ meine Hand nach vorne zu ihrer Brust gleiten und spielte mit ihrer Brustwarze. Sie neigte ihren Kopf nach hinten für einen sinnlichen Kuss. Ich hielt sie dort und ließ meine Hüften mit ihren arbeiten. Meine Hand glitt versehentlich an ihrem Bauch entlang und dann zu ihrer Muschi.

Sie schnappte nach Luft und ich drückte meinen Mund wieder auf ihren und schloss ihren Atem ab. Ich ließ meine Finger bis zu der Stelle gleiten, an der wir uns berührten, und zog die Feuchtigkeit nach oben zu ihrer Klitoris. Ihr Mund öffnete sich, sobald ich die Stelle berührte. Ich kreiste in Zeitlupe mit meinen Fingern. Ihr Körper gab meinem nach und bettelte um mehr.

„Fick mich, Tristan. Ich will, dass du mich fickst. Bitte."

Ihre Worte klangen wie eine Einladung, der ich nicht widerstehen konnte. Ich habe mich wieder zurückgezogen.

„Geh auf die Knie." Ich sagte.

Ich habe das rutschige Kondom angepasst. Das Richtige wäre, sich ein neues zu besorgen, aber als Allie auf die Knie ging und ihren geröteten Hintern herausstreckte, schwankte meine Aufmerksamkeit. Sie ließ sich auf die Ellbogen sinken. Ihre glatte Muschi war geschwollen. Ich packte ihren Arsch und küsste jede Wange, bevor ich hinter ihr auf die Knie ging. Ich ergriff ihre Hüften und glitt mit Leichtigkeit hinein. Der tiefere Eingang war alles, was mein Schwanz brauchte. Ich griff nach vorne zu ihrem Hals und bedeckte den Bereich mit meiner Handfläche. Ihr Puls pochte unter meinem Daumen, als ich die Vertiefung in ihrem Hals nachzeichnete. Sie gab meiner Berührung nach und mit ihrer Erlaubnis drückte ich meine Hüften im süßen Rhythmus ihres pochenden Pulses unter meinen Fingerspitzen. Sie stützte eine Hand gegen das Kopfteil.

Ich stieß nach vorne. Die Ohrfeigen hallten durch das Schlafzimmer. Zusammen mit ihrem lauten Jaulen entstand so ein Orchester. Da ich den Punkt spürte, an dem es kein Zurück mehr gab, hielt ich ihre Hüften fest. Jeder Stoß riss sie stärker nach vorne als der vorherige. Ich kreiste mit meinen Hüften und berührte ihre Tiefe. Der Klang ihrer Bedürfnisse, die sie mit jedem Stöhnen auslöste, machte mich verrückt. Wir bewegten uns im Einklang. Meine Finger gruben sich in die Haut an ihren Hüften. Allie blickte über ihre Schulter zurück und flüsterte: „Komm auf meinen Rücken."

Meine Eier zuckten auf ihren Befehl hin. Ich zog meinen Schwanz aus ihrer Muschi, streifte das Kondom ab und sah zu, wie ich über ihren Arsch und ihren Rücken spritzte. Sie beobachtete mich mit einem verschlagenen Lächeln, bis der letzte Tropfen ihre Haut traf.

„Das war unglaublich." Ich senkte mich, um sie zu küssen. Ich hatte schon lange nicht mehr so gelächelt.

„Da, wo das herkommt, gibt es noch mehr." Sie biss sich auf die Lippe.

„Wenn das so ist, verspreche ich dir, dass du morgen Schmerzen haben wirst." Ich nahm ihre Arschbacke in meine Handfläche und drückte sie so weit, dass ein heller Abdruck entstand. Sie zuckte überrascht zusammen und drehte ihren Kopf mit einem kalkulierten Blick in meine Richtung.

„Ich freue mich darauf, Herr Silver."

Ich schüttelte den Kopf. „Bleib dort. Ich hole ein Handtuch."

Ich räumte sie auf und drehte sie auf dem Bett um. Sie quietschte vor Glück.

„Du bist verdammt großartig." Ich ließ mich über ihrem zarten Körper schweben, stützte mein Gewicht auf meine Hände und küsste sie. Sie inhalierte meine Essenz, was meinen Schwanz wieder in seinen Bereitschaftszustand versetzte. Ich zentrierte meine Hüften zwischen ihren Beinen und glitt in sie hinein, während ich mit meinem Daumen ihre Augenbraue streichelte.

Ihre Augen funkelten vor Verwirrung, also senkte ich meinen Mund auf ihren und küsste sie erneut, in der Hoffnung, sie zu trösten. Sie stöhnte. Genuss färbte ihr Gesicht rosarot. Langsam und stetig rollte ich meine Hüften mit ihren, ihren zarten Bauch gegen mein Becken und ihre Brüste in der Mitte des Oberkörpers. Ich nahm sie in meine Arme. Ihr zartes Stöhnen bestätigte alles, was ich befürchtet hatte, was in meiner Brust passieren würde. Zweifel, Unsicherheit, Angst um ihre Sicherheit. Alles.

Als ich mich von ihr löste und sie ansah, kam es zu einer unausgesprochenen Einigung zwischen uns. So sollte es verdammt noch mal sein. Ich verlor mich in ihrem fesselnden Gesicht und dem langsamen Rhythmus unserer Körper.

Ihre Hüften reichten höher und rollten schneller. Sie rieb sich an meinem Schambein und ließ mir keine andere Wahl, als meine Stöße zu beschleunigen. Ich senkte meinen Mund auf ihre Brust und streichelte ihre Brustwarze. Ich rollte es mit meiner Zunge und drückte es mit meinen Lippen, zog es hoch und ließ es los. Die Knospe hüpfte über ihre Brust und ich nahm sie neckend zwischen meine Zähne. Sie stöhnte und ich drückte stärker. Die Brustwarze rutschte mir aus dem Mund, aber ich hatte keine Kraft, sie wieder aufzufangen. Stattdessen beobachtete ich, wie sich ihr wunderschöner Körper meinem Verlangen hingab. Auf meinem Bett. Bei mir zu Hause.

Und es war alles, was ich nie erwartet hätte.

Das nächste Zittern schoss durch meine Eier und schleuderte mich direkt in meinen Schaft, und bevor ich merkte, was passierte, verlor ich die Kontrolle. Meine Hüften gaben nach, und ich verharrte in ihr und verschüttete alles, was ich hatte.

Scheiße!

Mein Gesicht muss sich verzerrt haben wie das verdammte Frankensteins, als der Orgasmus den letzten Tropfen meiner Ficksahne direkt in ihre Gebärmutter drückte.

Scheiße!

„Hey, hey, hey!"

Sie brachte mich zurück in den Moment. Mir wurde klar, dass ich immer noch in ihrer warmen Muschi steckte, und ich zog sie so schnell heraus, wie sie es mir erlaubte.

„Hey, Tristan. Entspannen. Es ist okay. Ich habe eine Spirale."

„Scheiße!" Erleichterung tropfte von meinem Körper, zusammen mit dem Schweiß.

Ich ließ mich neben ihr aufs Bett fallen und drehte mich zu ihr um.

„Es ist nicht so, dass ich keine Kinder will. Aber sie machen das Leben komplizierter, und mein Leben ist kompliziert genug. Eigentlich gefährlich. Es wäre egoistisch, eine Familie gründen zu wollen."

„Ich stimme zu. Mein Mitbewohner hat ein Kleinkind. Er ist großartig, aber ich habe keine Ahnung, wie sie das alles macht."

„Eine alleinerziehende Mutter und ein Polizist?"

Sie gähnte lange: Sie war die beste Partnerin aller Zeiten. Ich werde sie vermissen.

Sie streckte ihre Arme aus und bemerkte das Chaos, das wir angerichtet hatten. „Morgen werde ich die Bettwäsche waschen."

Ich kicherte. „Du wirst was?"

„Morgen werde ich die Bettwäsche waschen." Sie gähnte erneut.

„Du wirst nichts dergleichen tun." Ich erhob mich auf die Knie und nahm sie in meine Arme.

„Tristan!" sie lachte. „Was machst du?"

„Dusche." Ich knurrte wie der Höhlenmensch, wie ich mich im Moment fühlte, und sie lachte erneut. Ich genoss den fröhlichen Klang immer mehr. Es war lange her, seit ich mich in einem Moment verloren hatte.

Ich setzte sie auf die erwärmten Fliesen und schaltete die Regendusche über dem Kopf ein. Sie legte ihren Kopf zurück unter Wasser. Haarspray und Make-up strömten über ihre Haut, während Dampf das Glasgehäuse füllte. Sie trat vor, öffnete die Augen, nahm mein Gesicht in ihre Hände, zog mich näher und schmeckte meinen Mund. Ich hob sie an ihrem nackten Hintern hoch. Ihre Beine schlangen sich um meine Taille und ich stützte sie gegen die Marmorwandfliese. Sie entfaltete langsam ihre Beine und glitt an meinem Körper hinunter, ihre sanften Kurven glitten über meine harten Muskeln, blasse Haut gegen meine Kiwi-Bräune, ließ meinen Mund nie los. Ihre Finger fuhren durch mein zerzaustes Haar und zogen leicht. Ich ließ sie widerwillig los und spritzte mir Shampoo in die Hände. Ich tupfte die Seife auf ihr nasses Haar und massierte sanft die Kopfhaut. Das Haarspray gab der Seifenlauge nach und ließ seinen letzten Halt los.

„Ich muss schrecklich aussehen", sagte sie durch die Seifenlauge, die ihr übers Gesicht lief.

„Du siehst wunderschön aus, Allie." Ich legte meine Lippen auf ihre und fuhr mit der Wäsche fort. Sie hielt sich an meinen Armen fest. Unter ihren zarten Fingern reiften meine Muskeln. Das Summen ihres Atems, der vom Wasser vibrierte, das über ihr Gesicht floss, war wunderschön. Ich ließ meine Hände über ihren Nacken und zu ihren Schultern gleiten, dann zu ihrer Brust und streichelte jede Brust mit meinen glatten Händen. Je tiefer meine Hand glitt, desto länger hielt sie den Atem an.

„Atme, Allie."

Sie sog Luft ein, als würde sie verschwinden. Ich senkte meine Hand zwischen ihre Beine.

„Bist du nass für mich, Allie, oder ist das nur das Wasser?"

„Für dich."

„Was für mich, Allie?" Ich zog meine Finger zwischen ihre Schamlippen.

„Du erregst mich, Tristan."

„Was soll ich dagegen tun?" Ich fragte.

Mir war vollkommen bewusst, wonach sie verlangte, denn

genau das wollte ich ihr geben: Aufmerksamkeit und Fürsorge und jede Menge Orgasmen.

Sie blickte durch ihre durchnässten Wimpern nach oben. „Wie schaffen wir das? Du solltest mein Chef sein."

„Jetzt macht es Spaß; später arbeiten." Ich ließ meinen Finger höher gleiten und wusch mich sanft und mit Absicht. „Ich dusche nicht jeden Tag so, Allie."

Mein Blick wurde härter. Sie beobachtete, wie sich meine Brust hob und senkte und auf mehr wartete. Und ich hatte noch so viel mehr zu geben.

„Du bist anders als jeder andere, den ich je getroffen habe. Ich – ich bin seit Jahren hier eingesperrt." Ich legte meine Hand auf mein Herz, wo die weiße Narbe meine Brust markierte. „Und du lässt mich ... alles vergessen."

Ich strich mit meinem Daumen über ihre geöffneten Lippen, wo noch ein Schatten ihres roten Lippenstifts zurückblieb. Sie hob ihre Handfläche zu meinem Herzen und fuhr mit dem Finger über die schwache Narbe. Ich holte scharf Luft und trat zurück, als hätte sie mich verbrannt. Bei der Erinnerung durchströmte der Schmerz meinen Körper.

„Was ist da passiert?" sie fragte.

„Autounfall." Ich senkte meinen Kopf. „Es ist lange her."

„Ist das der Grund, warum du die Geschwindigkeitsbegrenzungen nicht überschreitest?"

„Wahrscheinlich."

„Aber es steckt noch mehr dahinter. Ich kann es sagen."

Wie konnte sie das erkennen? Ich hatte nie über diesen Tag gesprochen. Es war schon schwierig genug, Hartley aus meinem Leben zu entfernen. Der tote Schatten meiner Verlobten folgte mir vom Morgen bis zum Abend. Ich wusste nicht, ob es an der Polizistin in Allie lag oder an ihrer Jugend und der ewigen Hoffnung, aber es lenkte mich von dem ganzen Mist ab, der auf meinem emotionalem Ballast. Allie hat mehr als nur eine Angestellte für mich gearbeitet.

„Kannst du es wirklich sagen?"

Sie nickte und wartete. Ich war mir nicht sicher, wo ich anfangen sollte. Der Schaden dieses Tages packte mein Herz und ließ es nicht mehr los.

„Vor fünfzehn Jahren war ich in einen Autounfall verwickelt. Wir fuhren in Österreich einen Berg hinauf und ich saß am Steuer. Die Bremsen versagten, sobald wir den Gipfel passierten, und wenn ich sage, es war ein Berg, dann war es ein Berg."

„Du bist von einer Klippe gefahren?"

„Technisch gesehen habe ich versucht, es nicht zu tun. Aber die Berge, die wir an diesem Tag überqueren wollten, waren steil und unerbittlich. Die Bremsen versagten. Das Cabrio überschlug sich, bevor es in einer Baumkrone landete. Mein Sicherheitsgurt hielt mich fest, der von Simone jedoch nicht. Meine Verlobte stürzte in den Tod. Am nächsten Tag fanden sie ihre verstümmelte Leiche. Ich habe nur zwei Narben davongetragen." Er zeigte auf seine Oberlippe und Brust. „Und ein zerbrochenes Herz."

„Es tut mir so leid." Allie legte ihre Hand auf ihre Lippen.

„Nachdem Simone gestorben war, vergaß ich mich ganz der Arbeit und … na ja … die Zeit verging wie im Flug, und es schien nie der richtige Zeitpunkt zu sein, jemanden in dieses verrückte Leben einzutauchen."

Ich wusste, dass ich das falsche Mädchen getroffen hatte. Zumindest sagten das alle um mich herum, aber ich habe Simone nie so gesehen. Wir waren neunzehn und albern. Wir waren jung und sorglos, blind vor Geilheit. Unsere Eltern verkehrten in ähnlichen Kreisen, bis die Spannungen zwischen unseren Familien uns auseinander rissen. Wir waren auf einer Party, als die Neuigkeiten über Jeffs Privatinsel und perverse Obsessionen bekannt wurden. Ich floh mit Simone auf einem Boot und versteckte mich, während ihr Vater einen mit ihr befreundeten Anwalt, Frank Wagner, beauftragte, das „Missverständnis" zu verteidigen. Er gewann den Fall, weil die Wagners nicht verloren, aber der Sieg hatte Konsequenzen. Hartleys Besessenheit hielt an. Dann kamen die Beerdigungen und Hartleys hässliche Scheidung. Ich wollte Simone vor all dem schützen, aber es gelang mir nicht.

Mein Herz schlug heftig in meiner Brust. Ich hatte nicht bemerkt, dass ich in der Vergangenheit verloren war, bis Allies Berührung mich zurückbrachte. Ihr Blick wurde weicher, während sie darauf wartete, dass ich fortfuhr.

„Viele meiner Freunde sind auch meine Feinde, und der Ansturm hört nie auf. Es gibt immer jemanden, der Hilfe benötigt. Ich liebe meine Arbeit, aber die Konsequenzen, die sich daraus ergeben, sind nicht die Happy Ends, von denen man in Büchern liest. Obwohl es sich finanziell lohnt, ist es schwierig, anstrengend und gefährlich."

Ich wartete auf ihre Reaktion und es kam mir vor, als ob Stunden vergingen, bis sie wieder sprach.

„Jeder hat Gepäck", sagte sie. „Und es sieht so aus, als ob deines genauso schwer ist wie meines. Wer soll ich also beurteilen?"

Sie konnte nicht fünfundzwanzig sein. Sie war zu reif für ihr Alter. Zu perfekt.

„Kendra verlässt sich auf uns und ich werde mein Bestes tun, um einen klaren Kopf zu behalten. Das verspreche ich dir."

„Ich weiß nicht, woher du diese Kraft nimmst, aber ich bin begeistert, dich in meinem Leben zu haben."

Es war lange her, dass irgendjemand dieses Maß an Komfort gebracht hatte. Ich senkte meinen Mund auf ihren, bevor sie noch etwas sagte. Allie hatte jetzt Priorität. Als sie sich zurückzog, spritzte ich Duschgel auf meine Handfläche und fuhr damit fort, den Schaum auf ihre Haut aufzutragen. Zum Glück erwähnte sie Kendra nicht noch einmal. Ich begann am Hals und ging über ihre Brüste und ihren Bauch bis hinunter zwischen ihre Beine. Sie zuckte zusammen, als ich sie dort berührte.

„Es tut weh?"

„Ja, aber es tut ziemlich weh. Und erschrick nicht, wenn du siehst, wie sich meine Haut verfärbt. Ich bekomme leicht blaue Flecken."

Gut.

Ich fuhr mit ihren Beinen und Füßen fort, bevor ich ihren Rücken schrubbte, die Seife abspülte und mich selbst wusch. Sie stand unter der Dusche und beobachtete mich. Leider hatte sie Fragen, auf die ich keine Antworten hatte. Augenblicke später lagen wir wieder im Bett, unter einer Schicht frischer Laken.

„Wie hast du das gemacht?" sie fragte.

„Ich nicht. Melissa."

„Wer ist Melissa?"

„Meine Haushälterin. Wenn du etwas brauchst, brülle einfach."

„Haushälterin. Rufen. Alles klar."

Müde legte sie ihren Kopf auf das Kissen. Ihre Gliedmaßen entspannten sich in der Matratze. Sie drehte sich zu mir um und schloss langsam lächelnd die Augen. Ich zog sie hinein und schlang meinen Körper um ihren. Sie lag an meiner Seite und legte ihren Kopf auf meine Brust. Mein Atem verlangsamte sich und mein Herz beruhigte sich. Es wäre die erste Nacht seit langer Zeit, in der ich vor dem Schlafengehen keinen Bourbon mehr getrunken habe, und dennoch schlichen sich Zweifel in mir ein. Ich wollte nicht, dass Allie verletzt wurde, und ich machte mir Sorgen, dass es ein Fehler gewesen sein könnte, sie bei der Auktion vorzustellen.

ristans Brust hob und senkte sich in gleichmäßigen Atemzügen. Das weiße Laken war um seine Hüften gewickelt und verdeckte alles, was die letzte Nacht absolut magisch gemacht hatte. Ich lag still neben ihm und beobachtete, wie seine Augen im Traum zuckten. Mein Herz schlug gleichmäßig in meiner Brust. Er war nicht wirklich Teil des Plans gewesen, aber wer war ich, mich gegen die gegenseitige Anziehung zu wehren? Zum ersten Mal in meinem Leben war es schön, keinen Plan zu haben. Aber er war mein Chef, und ich hatte einem seriösen Job zugestimmt. Den Rest konnten wir später klären.

Seine Wangen fielen ein und seine Augen bewegten sich unter den Lidern. Ich atmete tief ein und sog seinen Duft ein. Der Raum war noch erfüllt vom Duft unserer Leidenschaft. Die Digitaluhr an der Schlafzimmerdecke zeigte sechs Uhr morgens. Jenseits des Fensters glühte die Sonne nach oben und erhellte den Himmel von unten.

Die letzte Nacht hat sich so gelohnt.

Ich ließ meine Beine in Zeitlupe über die Bettkante gleiten und stellte mich auf die Zehenspitzen. Ich nahm Tristans längeren Pullover aus seinem begehbaren Kleiderschrank und zog ihn über. Obwohl er groß war, war er viel besser als das Schlauchoberteil, fast wie ein Minikleid.

Da seine Hose mindestens doppelt so groß war wie ich, zog ich den Minirock über meine Hüften und schlich auf Zehenspitzen zum großen Spiegel neben der Tür. Wie erwartet konnte man den Rock unter dem Pullover nicht sehen. Meine Sommersprossen traten hervor und meine Lippen waren geschwollen, aber das zentimeterdicke Make-up und das kiloschwere Haarspray waren letzte Nacht abgewaschen worden. Außerdem, wenn Pretty Woman es konnte, konnte ich es auch.

Ich knüllte das neongrelle Schlauchoberteil und den Slip in meiner Hand zusammen und schlich zur Schlafzimmertür.

„Wo glaubst du, gehst du hin?"

Ich erstarrte mitten im Schritt und drehte mich wie in Zeitlupe um. Tristan sprang nackt aus dem Bett und eilte durch den Raum, um mich in seine Arme zu nehmen. Ich verlor meinen Griff um das Schlauchoberteil und die Schuhe, als er mich ins Badezimmer trug.

„Was machst du da?"

„Ich stelle sicher, dass du nicht gehst."

„Aber-"

„Genau."

Der eiskalte Wasserstrahl traf mich, bevor ich begriff, was er getan hatte.

„Tristan!"

„Wunderschön." Er küsste mich über die Schulter und zog seinen durchnässten, übergroßen Pullover durch den weiten Ausschnitt an meinem Körper herunter. Mein Kopf rollte zurück und das Wasser strömte über mein Gesicht.

„Tristan", hauchte ich.

Als Nächstes ging der Minirock runter und schon stand ich nackt vor ihm. Er drehte mich mit einer schnellen Bewegung um. Ich stützte meine Hände gegen die Wand und streckte meinen

Hintern für ihn nach oben, als wüsste ich genau, worauf er aus war. Er legte seine rechte Hand um meine Vorderseite und hielt mich mit der linken an der Hüfte fest. Seine ganze Hand umfasste meine Scham. Er spreizte seine Finger durch meine Falten und umkreiste meine Klitoris. Ich schloss die Augen und drängte mich in seine Berührung, kreiste mit meinen Hüften zur sanften Reibung.

Himmel, das fühlte sich unglaublich an!

Das zärtliche Tätscheln und Stupsen erweckte mein Verlangen. Er streichelte mich mit sanften Bewegungen und wurde langsam schneller. Meine Spitze schwoll durch die Reibung an. Ich presste meine Stirn gegen die Duschkacheln.

Er bewegte sich und sein Schwanz streifte über meinen Hintern. Ich sah zurück, gerade als er seine Länge meine Spalte hinunter und zwischen meine Schenkel zog. Ich verlagerte mein Gewicht und spreizte meine Beine.

„Sag mir, was du willst, Allie."

„Ich ... ich will dich in mir spüren."

Er rammte sich ohne Vorwarnung in mich und traf mich in voller Tiefe.

„Ahh!"

Er blieb gegen mich gepresst. „Alles in Ordnung?"

„Ja", keuchte ich. „Härter."

Er stieß erneut zu und ich zuckte nach oben. Tristan hielt still, seine Brust an meinem Rücken, meine Vorderseite flach an der Wand und sein Schwanz tief in mir.

Mein Puls beschleunigte sich. Er packte meine Hüften und hielt sich fest, fand einen sich aufbauenden Rhythmus. Ich stützte meine Hände gegen die Kacheln und senkte meinen Oberkörper, die Beine weit gespreizt. Mein Hintern ragte heraus und sein köstlich langsames Tempo nahm zu. Meine Brüste wippten in der Luft. Erregung zog sich unterhalb meiner Taille zusammen, während ich Tristans nackte Füße hinter meinen stehen sah.

„Du bist so verdammt eng." Sein gnadenloser Rhythmus trieb mich in den Wahnsinn.

„Sei still und bring mich zum Höhepunkt." Oh Gott! Was passierte mit mir?

Tristan war so viel. Er war alles auf einmal.

„Sei vorsichtig mit dem, was du dir wünschst." Er zog sich aus mir zurück und drehte mich um, ließ sich auf die Knie sinken.

Er sah mit einem Grinsen zu mir auf. „Wir nennen das MzM-Verwöhnung."

„MzM-Verwöhnung?"

„Mund-zu-Muschi-Verwöhnung."

Er hob mein Bein an und legte es über seine Schulter. Sein Atem streifte meinen Oberschenkel, als er zwei Finger in mich gleiten ließ. Er beobachtete mich von unten, während er seinen Mund über meine Pussy schloss und seine Zunge ihr Wunder vollbrachte. Oh mein Gott, diese Zunge! Er schwelgte in meinen Falten und saugte an der empfindlichen Spitze. Mit jedem Zungenschlag durchzuckte mich die Lust. Ich streckte meine Arme zur Seite aus, verzweifelt nach Halt suchend, aber die Dusche war zu breit. Meine Zehen krümmten sich, und ich packte Tristans Schultern, grub meine Finger in seine Haut. Mein Rücken bog sich, als ich mich seinem Gesicht und seinem unnachgiebigen Mund entgegenpresste.

Tristan gönnte sich keine Pause, während er an meiner geschwollenen Klit saugte. Der empfindliche Punkt reifte unter seiner vibrierenden Zunge. Er pumpte seine Finger so schnell, dass ich kaum wusste, was geschah. Ich verengte mich um seine Finger. Er krümmte seine Fingerspitze und drückte gegen einen Punkt an meiner inneren Wand. Meine Haut entflammte, und mein Mund öffnete sich zu einem Lachen aus der Tiefe meines Bauches. Ich packte seinen Kopf, presste ihn an mich und explodierte in seinen Mund. Mein Körper zuckte, bis ich nicht mehr stehen konnte.

Er stand auf und hielt meinen erschöpften Körper an sich gedrückt.

„Eigentlich wollte ich Frühstück in der Küche machen, aber das hier war um Längen besser."

Meine Augenbraue hob sich. Ich wischte mir das tropfende Wasser aus dem Gesicht und wackelte mit meinem Oberschenkel, wo er hart gegen mein Bein drückte. „Ist das Teil des Frühstücks?"

„Wenn du möchtest, könnte es das sein." Der verschmitzte Blick auf seinem Gesicht ließ mein Herz einen Schlag aussetzen, als ich mir vorstellte, ihn als mein Frühstück zu haben.

Der Duft einer Schokoladen-Vanille-Mischung wehte in die Dusche.

„Ist das Kaffee?"

„Wie gesagt – ich hatte Frühstück geplant."

Er küsste meine Nasenspitze und berührte mich sanft zwischen den Beinen. „Bist du wund?"

Ich war es, aber nicht wund genug, um ihn abzuweisen, also schüttelte ich den Kopf.

„Lügnerin", lachte er. „Komm schon, wir haben heute einen langen Tag vor uns."

„Ich weiß. Ich gehe nach Hause und reiche meine Kündigung ein."

Er senkte seine Lippen auf meine, und plötzlich war diese Kündigung nicht mehr so wichtig wie noch einen Moment zuvor. Ein bedürftiges Grollen vibrierte in seiner Kehle. Tristan löste sich widerwillig von meinem Mund.

„Was ist los?"

„Du bist zu Hause, und wir brauchen Frühstück."

Mein Herz stockte. Hatte ich ihn richtig verstanden? Und wenn ja, was meinte er damit?

Er wickelte ein Handtuch um meine Haare und trocknete sich selbst halb mit einem anderen ab, dann legte er mir einen übergroßen flauschigen Bademantel um die Schultern.

„Den kannst du vorerst anziehen." Er schlüpfte in eine Jogginghose. Ich starrte ihn an, als würde ich das Leben eines anderen führen.

Noch nie in meinem Leben war ich so willig gewesen ... mit niemandem. Nicht so, und definitiv nicht so schnell. Bindung war nicht mein Ding, aber andererseits hatte mich auch niemand verstanden bis Tristan. Ich hatte meinen Weg festgelegt, fokussiert auf Wrights und Mamas Wohlergehen. Das Leben einer Polizistin und rachsüchtigen Tochter ließ keinen Luxus für neue Dinge und Beziehungen zu. Doch hier war Tristan und bot mir anscheinend alles. Ich nahm seinen muskulösen Körper in Augenschein. Die Reife, Erfahrung und Stabilität waren definitiv ein Bonus, den ich nie erwartet hätte. Es gab keinen Bullshit. Tristan wusste, was er wollte, und arbeitete hart für das, was er hatte. Nach der Narbe in der Nähe seines Herzens und dem Trauma durch seinen Unfall zu urteilen, hatte er Momente durchlebt, die so hart waren wie meine. Manche vielleicht sogar härter.

Ich ließ meinen Blick seinen skulpturierten Körper hinabwandern bis zu der Stelle, wo sich seine Morgenlatte gelegt hatte. Bei dem Gedanken, ihn wieder hart zu machen, kehrte das Verlangen in meinen Schoß zurück.

Nein, nein, nein.

Das war kein verdammter Urlaubsflirt. Das war Silver, und er war mein Chef.

Ich räusperte mich. „Macht Melissa das Frühstück?"

„Nein. Ich mache es. Frühstück ist die wichtigste Mahlzeit des Tages."

Ich lachte. „Das ist altmodisch."

„Lass uns nochmal reden, nachdem du mein Omelett probiert hast."

Ich wollte definitiv etwas von ihm probieren, aber es war nicht sein Omelett.

Ich folgte ihm ins Schlafzimmer, wo er barfuß ums Bett ging und die Laken glatt strich. Nun, ich kannte nicht viele fünfundzwanzigjährige Männer, die ihr Bett machten, geschweige denn solche, die für sich selbst sorgten. Im Gegensatz dazu war hier Tristan ... und machte das Bett. Die meisten Männer, die ich kannte, lebten im Keller ihrer Mutter. Also ja, Mr. Silver kam mit allen möglichen Boni.

„Ist das etwas, was deine Eltern gefördert haben?"

Er sah mich verwirrt an. „Was? Das Bettenmachen?"

Ich nickte.

„Nein, das ist von Admiral McRaven. YouTube. Er sagt, wenn man sonst nichts am Tag schafft, hat man wenigstens etwas erreicht."

„Ich werde es mir ansehen."

„Es ist aus einer Abschlussrede. Er ist ein kluger Mann. Du hattest keine Allergien in deiner Akte aufgeführt."

Er winkte mich mit seinem Zeigefinger zu sich. Ich hüpfte über das Bett und schlenderte zu ihm. Das verschmitzte Grinsen auf seinem Gesicht enthielt Versprechen, die ich nicht lesen konnte. Er senkte seinen Mund auf meinen, wo er einen ermutigenden Kuss hinterließ.

„Wie magst du deinen Kaffee?"

Dieses Grübchen, die Narbe auf seiner Lippe und das ständig aufrichtige Lächeln brachten mich ganz durcheinander. Was passierte da mit mir?

„Stand das nicht in meiner Akte?"

Er küsste mich hart und zog die Antwort direkt aus meinen Lungen.

„Schwarz. Bitte."

Er nahm meine Hand und führte mich durch den Flur in den Hauptwohnbereich, der mit der Küche verbunden war. Gestern Abend, als wir uns küssend den Weg ins Schlafzimmer bahnten, hatte ich all die luxuriösen Details nicht bemerkt. Jetzt, da meine

Sinne einigermaßen wieder funktionieren, konnte ich den Luxus seines Zuhauses würdigen. Weiße und anthrazitfarbene Töne ließen die hellen Möbel mit den dunklen Wänden kontrastieren. Das offene Konzept des Hauses vermittelte die Illusion von mehr Raum, als tatsächlich vorhanden war – nicht, dass es klein gewesen wäre. Tatsächlich war das Wohnzimmer allein größer als meine Wohnung. Dekorative Gardinen hingen an den Fensterseiten und fielen bis zum Holzboden, wo sie in der klimatisierten Brise flatterten. Die Sonne strahlte durch die raumhohen Fenster. Dahinter dominierte der atemberaubende Blick auf den Central Park mit seinen Herbstfarben, der perfekte Hintergrund für Tristans monochromes Penthouse.

„Wenn es eine Möglichkeit gibt, ein Mädchen zu beeindrucken, dann ist es wohl das hier." Ich starrte aus dem riesigen Fenster.

„Gut, dass es dir gefällt – das hier ist ab jetzt dein Zuhause."

„Was?" Ich drehte mich ruckartig um und folgte ihm in die Küche.

„Das gehört zum Job."

„Wie praktisch."

„Die Auktion findet in Manhattan statt, und es ist privater als ein Hotel."

So sehr ich auch daran zweifelte, dass dies sein wahrer Grund war, mich in seinem Penthouse unterzubringen, die Begründung ergab Sinn. Laura würde die Zeit, die sie mit dem Baby haben würde, zu schätzen wissen, und ich würde die erholsame Nachtruhe hier ... mit Tristan genießen.

Die Kaffeemaschine piepste, als die letzten Tropfen in die Kanne tröpfelten. Tristan goss zwei Tassen Kaffee ein und stellte sie auf die Küchentheke. Es gab nichts Besseres als den ersten Schluck Morgenkaffee. Okay, vielleicht gab es doch etwas Besseres, und Tristan hatte es letzte Nacht und heute Morgen bewiesen, aber dieser erste Schluck kam dem verdammt nahe.

„Na gut, ich gebe zu, ich habe auch ein egoistisches Motiv,

aber ich verspreche dir, du wirst von diesen Motiven profitieren, wenn ich dich nachts mit meiner Zunge verwöhne."

Sofort durchflutete mich eine Hitzewelle.

Tristan zog einen Hocker unter der Theke hervor und bedeutete mir, mich zu setzen. Der Ledersitz machte mir plötzlich bewusst, dass ich keine Unterwäsche trug. Er musste mein Unbehagen bemerkt haben und warf einen Blick auf die Uhr. „Keine Sorge. Die Kleidung ist unterwegs."

Welche Kleidung?

Tristan war einer dieser Menschen, die auf alles und jedes vorbereitet waren. Der Gedanke beruhigte meine Seele, denn plötzlich fühlte ich mich zum ersten Mal in meinem Leben auf gar nichts vorbereitet. Er beugte sich über die Theke, stützte sich auf die Ellbogen und umklammerte die Kaffeetasse mit seinen Händen.

„Weißt du, ich hatte noch nie eine Frau, die freiwillig mein Bett verlassen hat."

Daran zweifelte ich nicht. Ich zweifelte auch nicht daran, dass es vor mir schon einige Frauen hier gegeben hatte und dass ich nicht die letzte sein würde. Was mich zu einer weiteren wichtigen Frage führte. Ich verschränkte die Arme vor der Brust. „War letzte Nacht ein Fehler?"

„Die Geräusche, die aus deinem Mund kamen, klangen für mich sehr richtig."

„Ich meine es ernst, Tristan. Ich will meinen Job nicht gefährden."

„Ach, Sex mit dem Chef. Ich denke, darüber sind wir schon hinaus, Allie, oder?"

Was bedeutete das?

„Also ... was sind wir? Denn ich -"

„Du denkst zu viel nach, also lass mich die Verwirrung beseitigen. Ich bin nicht dein Chef. Silver Securities ist es, was mich zu deinem" – seine Augen wanderten nach links und oben, als ob er nach dem richtigen Wort suchte – „es macht mich zu deinem

Partner. Ich bin dein Partner, und du bist meine Partnerin. So einfach ist das. Dein Leben hängt von mir ab, und meines von dir."

Kein Druck.

„Berufst du dich schon wieder auf irgendeine Formalität?", fragte ich. „Denn technisch gesehen gehört dir Silver Securities."

„Formalitäten retten Leben."

Ich verdrehte die Augen und ließ das Thema fallen.

„Also, kannst du mir mehr Details zu diesem Job geben?"

Er stellte seinen Kaffee beiseite und ging zum Kühlschrank, aus dem er Eier, Gemüse, Kräuter und Käse holte und die Zutaten auf die Theke legte.

„Wir beginnen dieses Wochenende mit den Proben für den Auktionstag und morgen mit dem Training. Du wirst die Art, wie du atmest, gehst und sprichst, verändern. Moment."

Tristan eilte in den Eingangsbereich und kam mit seinem Handy zurück. Er schrieb jemandem eine Nachricht, während er vor sich hin murmelte. „80C..." Er musterte mich, als wäre ich ein Artikel in einem Lebensmittelgeschäft, und fuhr fort. „70, 90, 39."

„Was machst du da?", fragte ich neugierig.

„Es sei denn, du möchtest dieses verdammt heiße Outfit, das du gestern Abend getragen hast, zum Abendessen bei meinen Eltern heute Abend anziehen, besorge ich gerade deine Garderobe."

Ich sprang von meinem Sitz auf. „Garderobe?"

„Keine Panik. Es ist für die Arbeit. Und du möchtest doch nicht, dass deine Mutter dich in meinen Hemden sieht, oder?"

Richtig – wir würden an einem Abendessen mit seiner Familie teilnehmen.

„Meine Mutter wird da sein? Heute Abend?"

Er nickte.

„Danke, Tristan", flüsterte ich und nahm sein Gesicht zwischen meine Hände, küsste ihn und vergaß dabei völlig die Garderobe.

„Gern geschehen." Er atmete gegen meine Lippen. „Die Leute, mit denen wir es zu tun haben werden, bedienen die Reichen und Gestörten. Deine Outfits werden maßgeschneidert sein. Außerdem möchte ich dich hier haben. Bei mir."

Tristan nahm ein Messer aus der Halterung auf der Arbeitsplatte und machte sich an das Gemüse.

„Ich komme kaum zum Kochen." Er lächelte.

„Sieht aus, als würdest du es genießen."

Ich beobachtete, wie er Paprika und Zwiebeln anbriet. Er schlug zwei Eier in die Pfanne, ohne das Eigelb zu zerbrechen. Langsam rührte er um, kochte das Eiweiß und zerbrach das Eigelb erst im letzten Moment, wobei er die Cremigkeit zwischen dem Eiweiß verteilte. Das Gemüse fügte wunderschöne Farben hinzu. Mir lief das Wasser im Mund zusammen.

„Meine Großmutter hat sie immer so zubereitet."

„Sie ist nicht mehr da?"

„Es ist schon eine Weile her. Leberversagen. Scheint in den Genen zu liegen. Nicht in meinen allerdings. Es ist vorherrschend auf der Seite unserer Cousins."

„Das tut mir leid."

„Danke." Er zog an einem Schubladengriff, griff hinein und holte einen Ordner heraus, den er vor mich hinlegte.

„Wir können den Papierkram gleich hier erledigen. Lies es durch und unterschreibe."

„Du hattest eine Extrakopie in deiner Küchenschublade?"

„Ich bin gerne vorbereitet."

Ich las die Vereinbarung durch, während Tristan meinen Kaffee nachfüllte und das Gemüse schnitt.

„Keine Klausel gegen sexuelle Belästigung?", fragte ich.

„Nein. Ich kann dich belästigen, wann immer ich will. Wird das ein Problem sein?"

Das einzige Problem, das ich sehen konnte, war mein in Stücke zerspringendes Herz.

„Kein Problem." Ich blätterte um.

Tristan zog einen Hocker heran, setzte sich neben mich und drehte meinen Körper so, dass ich ihm zugewandt war. Seine Knie umschlossen meine Beine. Er nahm meine Hände in seine, und sein Gesicht wurde ernst. Seine haselnussbraunen Augen verdunkelten sich.

„Allie, der Job wird gefährlich sein."

„Ich verstehe." Ich drückte seine Hand. „Und ich habe keine Angst, Tristan."

Er atmete tief ein und ließ die Luft langsam entweichen.

„Das solltest du aber. Ein bisschen Angst ist gut für jeden. Sie hält uns wachsam. Die Hunde, mit denen wir es zu tun haben, können eine Falle kilometerweit riechen, und das Mädchen, das du spielen wirst, muss Angst haben. Stell dir vor – keine Zukunft; und wenn es eine gibt, ist sie ein Albtraum."

Ich erschauderte.

Tristan griff nach seinem Handy und öffnete eine Fotogalerie. Das erste Bild zeigte ein wunderschönes Mädchen. Die späte Nachmittagssonne erhellte die Seite ihres bronzefarbenen Gesichts, während sie ihren Arm hob, um ein paar wehende rotbraune Strähnen aus dem Blick zu entfernen. Das unbeschwerte Foto fing einen gestohlenen Moment ihres Lebens ein.

„Das ist Kendra. Sie haben sie vor drei Wochen entführt, und sie sieht jetzt wahrscheinlich anders aus. Dünner und mit blauen Flecken. Ich glaube nicht, dass sie sich die Mühe machen werden, ihre Wunden zu verbergen. Aber meine Quellen sagen mir, dass sie noch am Leben ist."

Er griff erneut in die Küchenschublade, die anscheinend als sein Büro diente, und reichte mir einen Ordner. Ich blätterte durch die Papiere und überflog jede Seite. Adrenalin schoss durch meine Adern und weckte die Polizistin in mir. Ich würde die Details später noch genauer durchgehen müssen, aber für den Moment stachen einige Wörter mehr heraus als andere. Ich zuckte zusammen. Kendra sollte auf einer Privatinsel zum Besitz eines einzelnen Mannes werden, wo sie ihm als Sexsklavin dienen würde.

„Wir treffen deinen Betreuer in ein paar Tagen. Freitagabend. Wenn deine Mitbewohnerin Zeit hat, lade sie auch ein."

Ich blätterte um zu einem Foto eines luxuriösen Raumes und einer Reihe nackter Frauen. Meine Haut kribbelte von all dem, was man nicht auf seinem Körper kribbeln haben möchte.

„Kendra wird bei einer von zwei Auktionen sein, und ich hoffe, es ist die erste. Sobald du oder James sie erkennt, holen wir euch beide raus."

„Und wenn sie nicht da ist?"

„Du kommst so oder so nach Hause." Sein angespannter Kiefer betonte die gemeißelten Wangen. „Er fragte nachdrücklich: 'Bist du dir wirklich sicher, dass du das machen willst?"

Kendra musste eine besondere Klientin sein, um den Aufwand wert zu sein, aber war nicht jede Frau es wert? Mir wurde übel bei dem plötzlichen Drang, jede Seele vor diesen lüsternen Männern zu retten. Als ich für Tristan auf Erkundung ging und Portia traf, hatte ich Straßen gesehen, die mit Minderjährigen gesäumt waren. Frauen jeden Alters, jeder Form und Größe füllten dunkle Gassen, während ihre Zuhälter in der Nähe lauerten. Menschenhandel war eine Kombination aus Sklaverei und Prostitution. Einmal drin, gab es keinen Ausweg – es sei denn, man kannte jemanden wie Tristan Silver oder ihre vermisste Klientin Kendra.

„Wir werden sie rausholen, Tristan. Ich weiß, dass wir das schaffen. Aber was ist mit den anderen?"

Seine Schultern entspannten sich. Sein Handy gab einen Benachrichtigungston von sich.

„Moment." Er wischte ein paarmal mit dem Finger über den Bildschirm, bevor er sein Handy beiseite legte. „Tut mir leid deswegen."

Ich legte meine Hand auf mein Herz. „Bricht es dir nicht das

Herz zu wissen, dass du den anderen nicht von der Straße helfen kannst?"

„Mit jedem Herzschlag. Ich hoffe, sobald Kendra in Sicherheit ist, können wir die Ressourcen von Silver für die Sache einsetzen."

Ein festes Klopfen an der Haustür ließ mich zusammenzucken.

„Aha!", rief Tristan, sprang vom Hocker und eilte durch den Flur zur Tür.

„Du fragst nicht, wer da ist?"

„Ich weiß schon, wer es ist."

Er öffnete die Tür weit. Ein zufriedenes Lächeln breitete sich auf seinem Gesicht aus. „Stellt alles ins Wohnzimmer."

Eine Entourage marschierte in das Penthouse. Sie trugen Kartons und schoben Kleiderständer herein, die sie überall im Wohnzimmer aufstellten, bis kein Platz mehr frei war. Alles geschah so schnell, dass ich kaum reagieren konnte. Momente später waren Tristan und ich allein in etwas, das wie die Damenabteilung eines berühmten Modehauses aussah, dessen Namen ich nicht aussprechen konnte.

„Ist das alles nötig?"

Aber Tristan antwortete nicht.

„Ich meine, es ist zu viel."

Ich ging zwischen den Kartons mit der Aufschrift Stiefel, Toilettenartikel und Dessous hin und her.

„Du willst wirklich, dass ich einziehe, oder?" Ich konnte nicht anders, als mich wieder ganz aufgeregt zu fühlen. So etwas war mir noch nie passiert. Ich dachte, ich hätte diese herzklopfenden Teenager-Momente verpasst, und hier war ich nun, mit Herzklopfen für einen Mann, den ich für immer in meinem Leben sehen konnte.

Das ist nur ein Job, redete ich mir verzweifelt ein.

Aber war es das?

„Es macht Sinn, weißt du ... arbeitstechnisch. Apropos, ich habe ein Meeting."

„Darf ich fragen, mit wem?"

„Jeffrey Hartley. Wir haben einige geschäftliche Dinge zu klären."

„Der Jeff Hartley? Der Immobilien-Milliardär?"

„Ja. Ein und derselbe."

„Wurde er nicht wegen Pornografie oder so angeklagt?"

„Er wurde tatsächlich wegen mehr angeklagt, aber Wagner hat ihn aufgrund von Formfehlern freigesprochen. Er hatte keine Wahl."

„Ich dachte, du hättest gesagt, Formalitäten retten Leben."

„Stimmt auch in diesem Fall. Formalitäten haben Jeffs Leben gerettet, obwohl er es nicht verdient zu leben. Er ist geschützt, und wir können nicht an ihn herankommen, bis sein Sicherheitsnetz weg ist."

„Klingt persönlich."

Aber er antwortete nicht, was bedeutete, dass es persönlich war. Und ... war das Nervosität, die ich in seiner Stimme gehört hatte? Tristan wurde nicht nervös, was mich zum ersten Mal ein wenig beunruhigte.

„Stimmt. Das macht Sinn."

„Das Frühstück ist fertig."

Er stellte ein Omelett mit Toast vor mich hin. Ich füllte unsere Kaffeetassen nach, dankbar, dass Tristans Kaffeesucht meiner ebenbürtig war. Mit seiner luxuriösen Kaffeemaschine zu Hause würde ich nie wieder ein Café besuchen müssen. Aber das war nicht für immer. Das war Arbeit. Und Sex. Mit den atemberaubendsten Orgasmen, nach denen ich mich jedes Mal sehnte, wenn ich an ihn zwischen meinen Beinen dachte.

Nach dem Frühstück ging Tristan zu seinem Meeting, während ich in seinem Penthouse in Manhattan blieb, als wäre ich ... seine. Ich schüttelte die Dummheit ab, sortierte die Kleidung, zog mich um und ging nach unten, um Blumen und Wein für das Silver-Dinner morgen Nachmittag zu besorgen.

Als ich durch den Privatladen in Tristans Gebäude ging, ließ mich das unheimliche Gefühl nicht los, dass mir jemand folgte und mich beobachtete. Ich blieb bei der Blumenabteilung stehen und suchte nach dem perfekten Strauß. Ein Mädchen mit ihrer Mutter betrat den Blumenladen, ein älterer Herr lüftete seinen Hut mit einem „Guten Tag", und eine elegante Frau mit platinblondem Haar und Sonnenbrille wählte einen Strauß Teerosen aus. Aber ich konnte niemanden Verdächtiges sehen.

Ein Uber hielt vor meinem Mietwagen und blockierte die Einfahrt. Simone sprang mit einem Rucksack über der Schulter aus dem Fahrzeug und schloss die Tür. Sie lief eilig zu mir, ihr aufgehelltes blondes Haar wehte genauso lebendig wie ihr Gang. Sie ließ die Tasche fallen und sprang in meine Arme, klammerte sich wie ein Oktopus an mich und küsste mich heftig. Ich genoss ihren Kuss und ihre Umarmung und wünschte, ich hätte nicht so lange gebraucht, um ihr einen Antrag zu machen. Ich wollte Simone jetzt und für immer in meinem Haus und in meinem Bett haben, aber ihr Vater hatte die verdammte vorgefasste Meinung, dass ein Paar heiraten sollte, bevor es zusammenzieht. Also würde ich das tun.

Ich hatte Simone als Teenager kennengelernt. Unsere Familien verbrachten jeden Urlaub zusammen. Aber als wir uns verliebten, häuften sich Hartleys kriminelle Geheimnisse. Candice Hartley, jetzt Watson, ließ sich von ihrem Mann scheiden, und Simone distanzierte sich von ihrem Vater. Und dafür gab Hartley mir die Schuld.

Bei der rapiden Verschlechterung unserer Familienbeziehungen war eine freundschaftliche Hochzeit unmöglich, also beschlossen wir, in den Alpen durchzubrennen.

„Hey, ich dachte, ich würde dich im Resort abholen?"

„Ich habe meinen Brüdern gesagt, ich würde mit meinem Vater fahren und umgekehrt."

„Das wird funktionieren." Ich lachte.

Ich hatte ein abgelegenes Häuschen an einem Bach unten im Tal gemietet, und es hatte alles außer der Familie Hartley. Es war perfekt.

„Du weißt, sie werden mich umbringen und dich in einem Schloss einsperren wollen, wenn sie hören, was wir getan haben."

Sie lachte. „Sie haben kein Schloss."

Vielleicht kein Schloss, aber die Hartleys hatten Verliese und Ketten, wo sie kleine Mädchen festhielten. Der Gedanke daran machte mich jedes Mal krank.

Die Nachrichten, die Ace Wagner letzte Woche verkündet hatte, hatten die ganze Familie angewidert. Es würde nicht lange dauern, bis die Medien Jeff Hartleys widerliche Aktivitäten aufdecken würden. Während Simones Vater sie vor dem Rampenlicht geschützt hatte, schwor ich, sie vor ihm zu schützen.

„Sobald ich Mrs. Silver bin, werden sie nichts mehr zu sagen haben."

„Wenn wir zurückkommen, ziehst du aus. Es ist Zeit."

„Ich weiß. Ich kann es kaum erwarten, Privatsphäre und ein Zuhause zu haben und keine Brüder in der Küche, wenn ich morgens runterkomme."

Ich wollte den Gedanken an Simones Geschwister für das Wochenende loswerden. Die Familie blieb in einem Thermalresort weiter oben in den Bergen. Ein Grund mehr, warum die nächsten Tage in Österreich, allein mit meiner Verlobten, so kostbar waren. „Ich bin froh, dass du hier bist. Aber wir überprüfen ihre Reisepläne dreimal, bevor wir das nächste Mal wegfahren."

„Ich war mir sicher, dass mein Vater vorhatte, auf die Malediven zu fahren."

„Vielleicht hatte er das zu einem Zeitpunkt vor."

Simone war miserabel darin, Geheimnisse für sich zu behalten. Jeff Hartley war nach Österreich gekommen, um mich wegen irgendwelcher Beweise gegen seine Organisation zur Rede zu stellen. Er wusste nicht, dass die Adresse, von der er dachte, wir hätten sie gebucht, eine Finte war. Eine Beziehung mit der Tochter eines Kriminellen zu führen, hatte seine Fallstricke, und dieser Ausflug weg von den Hartleys kam zu keinem besseren Zeitpunkt.

„Ich bin bereit loszufahren, wenn du es bist. Spring rein."

Sie sprang über die Tür und rutschte auf den Beifahrersitz, den Rucksack zwischen ihren Beinen sichernd.

„Wir können das in den Kofferraum legen."

„Nein, es ist gut hier. Ich bin bereit, wenn du es bist. Lass uns fahren." Sie umklammerte ihre zitternden Knie.

Ich sprang in den Miata und fuhr aus der Einfahrt. Die Straße den Berg hinauf wand sich in engen Kurven die steile Klippe hinauf. Der spärliche Verkehr beruhigte meine Nerven während der Fahrt. Bei jedem Blick in eine bodenlose Schlucht stieg der Adrenalinspiegel. Diese Straße endete hinter dem zweiten Gipfel am Thermalresort, aber nichts konnte unser geheimes Ziel schlagen. Das Häuschen lag versteckt an einem Bach tief im Tal.

Ich drehte das Radio lauter. Simones Haar flatterte im Takt des Windes, aber sie war traurig. An einem normalen Tag hätte sie lauthals ABBA mitgegrölt und wild mit den Armen gefuchtelt, doch jetzt saß sie einfach da und achtete auf die Straße. Ich fuhr an einem geparkten leeren SUV auf der Bergspitze vorbei. Simone lehnte ihren Ellbogen auf die Türkante und quietschte, als ich auf unser Ziel unten zeigte.

Das Auto raste den Hügel hinunter, und ich spürte, dass vor der nächsten Kurve etwas Schlimmes passieren würde. Ich trat auf die Bremsen, aber sie funktionierten nicht. Ich pumpte meinen Fuß härter und härter, aber es war klar, dass sie versagt hatten. Die Reifen quietschten, als ich scharf nach links einlenkte.

„Tristan!" Simone krallte sich in den Sitz.

„Die Bremsen!"

Ich verlangsamte das Auto mit den Gängen, aber es reichte nicht. Die Handbremse versagte in der nächsten Kurve ebenfalls. Das Auto kippte und prallte beim Abbiegen wieder auf seine Räder zurück. Schwarzer Rauch und ein deutlicher Geruch von brennendem Öl stiegen von der Motorhaube auf. Die Reifen quietschten und brannten den Klang eines dauerhaften Traumas in mein Gehirn. Wir würden die schärfere Kurve vor uns nicht schaffen.

„Tristan!"

„Es tut mir leid, Simone. Es tut mir so leid."

⌔

DURCHNÄSSTE LAKEN WICKELTEN sich um meinen Körper. Ich wälzte mich stöhnend hin und her, während ich versuchte, mich aus ihnen zu befreien. Der Albtraum pulsierte durch meinen Kopf, und ich griff in mein Haar, zog an den langen Strähnen, als könnte der Schmerz mich in die Gegenwart zurückbringen und die Erinnerungen auslöschen. Die Panik ließ nach, aber das Grauen blieb. 5:00 Uhr blinkte auf der Uhr. Ich duschte und war gerade dabei, meine Hose zuzumachen, als mein Telefon klingelte. Es war eine Weile her, seit ich die vertraute Nummer gesehen hatte.

„Joe? Was ist los?"

„Sie sind im Magnet. Kamen vor etwa zehn Minuten rein." Joe, einer meiner Überwachungsleute, hatte den Elitetreff monatelang beobachtet.

„Wie viele?"

„Alle drei Brüder. Plus ihre Söhne, Donaldson und seine Gäste ebenfalls. Ich habe Sie sofort angerufen, konnte Sie aber nicht erreichen, also habe ich auch Julian informiert. Er ist unterwegs."

„Gut. Danke. Lass es mich wissen, wenn sie gehen."

Ich zog mir Jeans und einen Pullover an und eilte die Treppe hinunter. Der zehnminütige zügige Spaziergang die 5th Avenue hinunter zum Magnet, dem exklusiven Milliardärsclub, brannte in meinen Lungen und klärte meinen Kopf.

„Guten Morgen, Herr Silver. Das Übliche?" Walter löste das rote Absperrseil und ich ging hindurch.

„Guten Morgen, Walter. Nur einen Kaffee und eine private Nische."

„Ihr Bruder ist bereits hier. Folgen Sie mir bitte."

Walter arbeitete seit drei Jahrzehnten im Club. Nur wenige wussten, dass mein Onkel Jacob ihm den Job verschafft hatte, und Walters Loyalität zu den Silvers war nie ins Wanken geraten. Er kannte jeden, der durch die Vordertür des Magnets ging. Er führte mich zu Julians Tisch, wo ich meine Hand auf seine Schulter legte und mich näher zu ihm beugte. „Schalten Sie die Kameras im Flur bei den Toiletten aus."

Er nickte kurz. „Sir, es war eine neue Frau hier."

„Wer?"

Er neigte den Kopf. „Es war nicht meine Schicht und niemand hat sie eingetragen. Jemand hat die Kameraaufnahmen gelöscht."

Die verdammten Logbücher waren für'n Arsch. Seit den Neunzigern hatte sich niemand mehr eingetragen, mich eingeschlossen.

„Sonst noch etwas?"

„Sie hat nie gesprochen. Nur zugehört und beobachtet."

„Würden Sie sie wiedererkennen?"

„Ich habe ihr Gesicht nie gesehen, Sir. Sie trug einen übergroßen Hut und lange Handschuhe; zeigte kaum Haut. Sehr elegant."

„Danke."

Ich schlüpfte durch den Vorhang in die Nische, wo Julian bereits eine Kanne Kaffee aufgesetzt hatte.

„Morgen. Sieht da drinnen aus wie ein verdammtes Paten-Treffen." Er goss mir eine Tasse ein und schob sie zu mir rüber.

„Das ist unsere geringste Sorge. Es gibt eine neue Schlampe in der Stadt, und sie ist gerissener als Hartley und Martinez zusammen."

„Keine Namen?"

„Noch nicht. Hartley plant verdammt nochmal einen neuen Austausch, aber ich habe keine Details. Ich habe ein neues Team angefordert, aber ich habe das Gefühl, er versucht uns abzulenken. Außerdem ist Wright aus seiner Wohnung verschwunden."

„Scheiße."

„Aber rate mal, wo er ist?" Er schob mir sein Handy mit einem Screenshot zu.

„Arbeitet mit Hartley?"

„Donaldson hat ihn in die Sache reingezogen. Es ist ein perfektes Setup. Falls er auftaucht. James ist auch dabei. Die Prothese sieht großartig aus. Wir haben ihn als Verkäufer und Käufer eingeschleust."

„Gut."

„Du zögerst."

„Ich muss Allie sagen, dass Wright dort sein könnte, aber wenn ich das tue-"

„Wird sie abhauen?"

„Ich weiß es nicht." Ich knackte mit dem Nacken von einer Seite zur anderen. „Aber es bringt nichts, sie zu beunruhigen, wenn er nicht auftaucht. Du musst heute Abend cool bleiben, Bruder."

„Ich bin hier für Kendra, und ich kenne meine Grenzen."

„Was machen wir mit Hartley? Ich habe so eine Vorahnung, dass er etwas im Schilde führt. Es wäre klug, einen Durchsuchungsbefehl zu besorgen." Ich schob den Vorhang beiseite und überprüfte unsere Privatsphäre.

„Du und ich beide, aber wir können die Polizei nicht einschalten, bis Kendra in Sicherheit ist."

„Er kommt einfach mit allem davon. Simone, Joanne und jetzt Kendra."

Mein Bruder rutschte auf seinem Sitz hin und her. Ich hatte einen wunden Punkt getroffen, der uns beide schmerzte.

„Hat Walter dir von der Frau erzählt? Könnte jemand Neues auf der Bildfläche sein."

„Oder jemand, der sich gut versteckt." Ich nippte an meinem Kaffee. Der erste Schluck Koffein weckte mich auf.

„Möglicherweise ein neues Maultier - jemand, der Drogen oder andere illegale Waren schmuggelt."

Mein Bruder füllte seine Tasse nach und nahm sein Handy aus der Tasche. Er steckte sich einen Ohrhörer ins Ohr und gab mir den anderen.

„Wir sortieren gerade frische Mädchen aus, also lass es mich wissen, was du auf der Speisekarte haben möchtest." Er stieß mit seinem Champagnerglas an Donaldsons an. „Jung, weiß, braun, schwarz, erfahren, Jungfrau, du nennst es."

„Und wann wählen wir aus?"

„In ein paar Wochen. Das Flugzeug wird nach der Auktion betankt und bereit für die Insel sein."

„Perfekt."

Ich entfernte den Ohrhörer. „Klingt, als stünde es kurz bevor."

„Es kann nicht schnell genug sein. Der Plan muss funktionieren. Wenn Hartley Kendra erst mal auf diese gottverdammte Insel gebracht hat, können wir sie abschreiben."

Ich lugte durch einen Spalt im Vorhang und stellte meinen Kaffee ab. „Eins nach dem anderen, Bruder. Hör weiter zu und warte hier. Hartley ist in Bewegung."

Julian blieb in der Nische, während ich den hinteren Flur zur Toilette nahm. Hartley bog Momente später um die Ecke.

„Familientreffen?", fragte ich und lehnte mich gegen die Wand. Es war Jahre her, seit ich ihn zuletzt gesehen hatte.

Hartley zögerte. Er richtete seinen Anzug und trat näher. Ich richtete mich auf und festigte meinen Stand.

„Silver. Ich habe mich schon gefragt, wann Sie auftauchen. Sie sollten sich zu uns gesellen und einen Drink nehmen."

„Nein, danke. Ich atme lieber."

„Wissen Sie, wäre dieser Unfall nicht passiert, glaube ich, wir wären ausgezeichnete Partner geworden."

„Sie sind ein verdammter Irrer. Ihre Tochter ist bei diesem Unfall gestorben." Hartley hatte vielleicht Nerven.

„Es war eine Tragödie. Simone hätte nicht in diesem Auto sein sollen."

„Richtig. Weil die manipulierten Bremsen und das undichte Getriebe nur für mich gedacht waren."

„Lassen Sie Vergangenes ruhen, Silver. Und Sie sind nicht der Einzige, der um meine Tochter getrauert hat."

„Sie haben Ihre Tochter getötet."

„Fangen Sie schon wieder damit an? Es gab kein Verbrechen."

„Weil Sie verdammt nochmal mein Auto beseitigt haben. Simone wollte nichts mit Ihnen zu tun haben."

„Ich wünschte, sie wäre hier, sodass wir sie fragen könnten. Und Sie würden endlich die Hartley-Familie so sehen, wie wir wirklich sind."

Hartley war genau der, vor dem ich mich fürchtete: zu allem fähig.

„Sie vergessen, dass ich Sie seit Jahrzehnten kenne", spottete ich. „Und Sie wissen nicht mal ansatzweise, was Familie bedeutet. Familien verkaufen keine minderjährigen Mädchen an Raubtiere oder brennen Clubs in der Innenstadt nieder."

„Wissen Sie, was Ihr Problem ist, Silver? Sie genießen es, haltlose Anschuldigungen zu machen. Ich hatte nichts mit Wagners Club zu tun."

Ich hielt das für Bullshit. Bleib beim Plan, koste es, was es wolle. Sobald wir Kendra hatten, würde Hartley bekommen, was er verdiente: lebenslänglich.

„Was kauft Donaldson jetzt von Ihnen?", fragte ich.

„Es ist nur ein freundschaftliches Treffen und geht Sie nichts an."

„Ihr Kongressabgeordneter wird überwacht, und das FBI hört unser Gespräch gerade mit."

„Glauben Sie, das wäre neu für mich?"

War es nicht. Ich angelte, und Hartley war dabei, in meine Falle zu tappen.

„Donaldson wird für lange Zeit weggesperrt, und sobald er Gefängnis vor Augen hat, wird er auspacken und alles ausplaudern."

Hartley lachte, bevor sich sein Gesicht verdüsterte und er ein paar Zentimeter von meinem Gesicht entfernt stehen blieb. Ich ballte meine Hände zu Fäusten und atmete durch die Nase.

„Quak, quak."

Sein Gesicht lief rot an. „Sie spinnen sich was zusammen, genau wie damals, als Simone noch lebte. Sie waren einfach nicht gut genug für meine Tochter, und Sie werden verdammt nochmal nie gut genug für sie sein. Blut ist dicker als Blut, Silver, und Simone wusste das. Gerade Sie sollten das auch wissen."

Ich trat vor und drängte ihn gegen die Wand. „Sie wollte nichts mit Ihnen und Ihrer Familie zu tun haben."

Hartley stieß gegen meine Brust. „Nehmen Sie sich in Acht, Bürschchen, oder Sie enden da, wo Sie schon längst sein sollten. Simone hätte nie mit Ihnen in dieses Auto steigen sollen. Mörder. Sie hätten Ihnen den Führerschein entziehen sollen. Und hören Sie auf, Donaldson zu überwachen. Ich werde mich nicht wiederholen."

Simones Tod war für uns beide eine schwere Strafe gewesen, aber Hartleys kleine Vorstellung darüber, wie sehr er sie geliebt hatte, war genau das: eine Vorstellung. Hartley hatte an meinem Fahrzeug herumgepfuscht. Ich musste nur den Beweis finden, was ich nicht geschafft hatte, also konzentrierte ich mich darauf, ihn wegen des Menschenhandels dranzukriegen.

„Donaldson kommt ins Gefängnis. Sobald er dort ist, wird er auspacken."

Er grinste höhnisch. „Es ist über zehn Jahre her, Silver-"

„Fünfzehn."

„Es wird Zeit, es ruhen zu lassen."

„Irgendwas sagt mir, es ist Zeit, es wieder aufzunehmen. Die ganze Familie ist hier. Der Staatsanwalt wird diesen Haftbefehl in dem Moment ausstellen, in dem wir es ihm sagen."

„Sie haben nichts. Sollten Sie sich nicht lieber um Ihre vermisste Freundin kümmern?"

Ich biss die Zähne zusammen, bis mir der hinterste Backenzahn schmerzte. Ich massierte die Stelle an meinem Hals, wo sich die Jugularvene verdickte.

„Lassen Sie Kendra gehen, bevor es zu spät ist. Das ist alles."

„Wer ist Kendra? Ich gebe den Schlampen, die ich ficke, keine Namen."

Mein gezielter Schwinger traf sein Kinn, ehe er auch nur blinzeln konnte. Das Krachen meiner Faust hallte wider. Hartley schlug zurück, aber nicht, bevor ein zweiter Schlag in seinen Bauch eindrang. Er krümmte sich stöhnend.

„Dafür wirst du bezahlen, Silver."

„Geh zum Teufel."

Ich drehte mich um und ging. Ich hatte bereits bezahlt. Ich hatte die Frau verloren, die ich liebte.

Die Auffahrt schlängelte sich in drei Kurven vor dem Haupttor entlang. Eichen säumten beide Seiten des gepflasterten Eingangs, wobei jeder Stamm mindestens sechs Armlängen umfasste. Überwachungskameras markierten jeden Laternenpfahl. Ich ließ das Fenster herunter. Warmer Wind zerzauste mein Haar. Das gepflegte Gelände erinnerte mich an einen Golfplatz, nur luxuriöser. Makellos gepflegter Rasen, filigran geschnittene Bäume, kunstvolle Statuen, strategisch platzierte Ruhebänke und elegante Vogelbäder verliehen der Landschaft die prachtvolle Aura des Schlosses von Versailles; zumindest bis wir neben einem Aufsitzrasenmäher in der Garage parkten. Der Duft von frischem Gras vermischte sich mit einem wohlriechenden Bouquet überblühter Rosen und erfüllte die Luft.

Tristan stellte den Motor ab, und mein Blick wurde von zwei Rottweilern angezogen, die auf das Fahrzeug zuliefen. Die Hunde setzten sich vor die Motorhaube und warteten geduldig. Tristan öffnete die Tür und stieg selbstsicher aus, während ich in meinem bequemen Herbstkleid sitzen blieb, eines der Outfits, die Tristans Entourage heute Morgen gebracht hatte. Ich mochte das

Ensemble so sehr, dass ich es vorzog, es nicht in Fetzen reißen zu lassen.

Er ging nach vorne. Die Hunde wedelten mit ihren Schwänzen und wirbelten Staub in die Luft. Sie erinnerten mich an meine Schokoladen-Labradorhündin Millie.

„Sie sind freundlich." Tristan bückte sich und kraulte ihre Köpfe.

Ich öffnete die Autotür, und Tristan verlor ihre Aufmerksamkeit. Sie liefen um das Auto herum, schnüffelten und umkreisten mich.

„Pebbles, Bamm-Bamm, sitz", befahl er.

W-was? Ich riss meinen Kopf in seine Richtung.

„Familie Feuerstein? Ernsthaft?" Ich ging mit den Hunden zu Tristan, einer auf jeder Seite, und kraulte sie hinter den Ohren.

„Meine kleine Schwester hat sie benannt. Sie waren ein Geschenk, also gehören sie technisch gesehen ihr."

Ich hockte mich auf den Boden. Das war ein Fehler. Pebbles steckte seine Nase direkt zwischen meine Beine, und der andere lief hinter mich und schnüffelte an meinem Hintern. Ich nahm Tristans angebotene Hand.

„Pebbles, Bamm-Bamm. Aus!"

Mein Kopf flog hoch zu einem jungen Mädchen, das auf der Veranda stand. Sie trug einen Cowboyhut, passende braune Stiefel und Sie trug einen Cowboyhut, passende braune Stiefel und extrem kurze Jeansshorts. Sie stemmte die Hände in die Hüften und neigte den Kopf zur Seite. Ich ließ Tristans Hand los, als hätte ich mich verbrannt.

„Locker bleiben. Das ist Emma. Und glaub bloß nicht, dass sie so unschuldig ist, wie sie aussieht."

Der Teenager hüpfte auf uns zu, wie ein Filmstar. Die Gene in der Familie Silver waren definitiv von Filmstar-Qualität.

„Allie, das ist meine kleine Schwester Emma. Emma, Allie."

Emma streckte ihre Hand aus, während ich einfach dastand

und ihr bezauberndes Lächeln anstarrte. Sie trug den Charme und das Aussehen einer Großstadt und das Herz des ganzen Landes in sich. Die Meeresbrise ließ ihr Haar flattern. Eine braune Strähne, ein einzelnes dunkles Highlight zwischen den blonden Strähnen, kitzelte ihr Gesicht, und sie strich sie hinter ihr Ohr.

„Ist alles okay mit ihr?", fragte Emma, und Tristan drückte meine Hand.

„Ähm... ja. Mir geht's gut. Tut mir leid. Hi, Emma. Ich bin Allie. Ich habe schon viel von dir gehört."

„Gleichfalls."

Meine Stirn runzelte sich.

„Oh, deine Mutter hat es mir erzählt", erklärte sie. „Sie ist toll, was bedeutet, dass du auch toll sein musst. Willkommen in Casa Silver."

„Sie steht auf Spanisch." Tristan lehnte sich von der Seite zu mir.

„Oh, das ist toll! Schön, dich kennenzulernen, Emma."

„Und Italienisch, Deutsch, Französisch, Mandarin... Ich glaube, ich habe eine vergessen, aber ich bin sicher, sie wird dir alles darüber erzählen, wenn du fragst."

„Wow! Tut mir leid, dich zu enttäuschen, aber ich spreche nur Englisch."

„Ich auch." Tristan lachte. „Emma ist schlau und besonders."

„Er meint damit, dass ich das Baby der Familie bin, oder zumindest werde ich so behandelt. Sie lassen mich nie etwas Spaßiges machen. Okay, das ist gelogen. Sie tun es schon, aber weißt du, nicht ihre Art von Spaß. Bootsfahrten, Tauchen, Motorräder, Fallschirmspringen, nach Schätzen tauchen. Das ist der echte Spaß."

„Du bist vierzehn, Emma."

„Fast fünfzehn. Ich kann Auto und Boot fahren und ich habe erfolgreich einen... " Sie hielt inne und warf ihrem Bruder einen schnellen Blick zu. „Nun, darüber kann ich eigentlich nicht reden."

Ihre Augenbrauen zogen sich zusammen, aber nach einer zweifelnden Pause hellte sie auf. „Zumindest nicht, bis du zur Familie gehörst, wenn du weißt, was ich meine?"

Hatte ich 'ne Ahnung, was sie meinte?

Wenn sie meinte, dass ich einen Mann heiraten würde, den ich kaum kannte, dann lebte Emma in einem größeren Märchen als ich. Klar, ich mochte Tristans Gesellschaft – wahrscheinlich sogar zu sehr –, aber hey, er war mein Chef. Und ich war seine Angestellte. Fast. Heirat stand aus so vielen Gründen nicht zur Debatte.

Tristans Finger streiften meinen Arm und holten mich in die Gegenwart zurück. „Es stimmt. Sie kann Auto und Boot fahren, aber sie hat auch eine blühende Fantasie. Wir tauchen nicht nach Schätzen. Wir tun es, weil wir es können. Lass uns reingehen."

Aber Emma streckte ihre Hand aus und blockierte unseren Weg.

„Warte! Ich muss etwas klarstellen, weil sie sich da drinnen alle streiten. Seid ihr zwei zusammen?" Sie zeigte dann zwischen mir und Tristan hin und her und wackelte mit den Augenbrauen, als sollte ich ihre Gedankenwellen lesen.

„Wer streitet worüber, Emma?"

„Julian hat mit James gewettet, dass ihr miteinander geschlafen habt."

„Geschlafen?"

Tristans Handy vibrierte.

„Austin Powers."

Richtig.

Sie nahm meine Hand, führte uns zur Veranda und fuhr fort: „Meine Brüder bringen nie jemanden mit nach Hause. Sie sagen, es sei zu meinem Besten und ich solle mit Kindern in meinem Alter abhängen, aber die sind langweilig. Also habe ich mal eine

Spionagekamera an Tristans Krawatte befestigt, aber die Verbindung auf meinem Handy brach ab, und als es endlich wieder funktionierte, hatte Tristan etwas verschüttet, sodass ich nichts sehen konnte, aber ich hörte ein Mädchen sagen, sie würde gerne sein..."

„Ich glaube, das reicht, Emma!", unterbrach Tristan, bevor er sich wieder seinem Handy widmete. „Entschuldigt mich kurz."

Er ließ meine Hand los und trat beiseite. Emmas fester Griff blieb an meiner anderen Hand, als sie die Haustür der Villa öffnete. Das gemütliche Äußere setzte sich im Inneren fort. Ein ovaler Eingangsbereich mit Oberlichtern brachte die Natur ins Haus. Mein Blick folgte der schwebenden Treppe zum Balkon darüber, aber Emma lenkte meine Aufmerksamkeit schnell zurück auf ihr Gesicht.

„Ich wollte sagen, das Mädchen wollte seine Bentley-Sammlung sehen. Geht ihr beiden auf ein Date? Meine Mutter sagt, sie macht dir die Haare, und ich möchte wirklich helfen, wenn du mich lässt. Biiiitteee."

Ich blickte über meine Schulter zu Tristan, der in ein Telefongespräch vertieft war, und nickte Emma zu, die ihr langes Flehen beendete, bevor ihr die Luft ausging.

„Juhu! Endlich ist der Fluch gebrochen! Als ich Tristans Haare geschnitten und ihm Strähnchen gemacht habe, ist mir ein kleiner Fehler unterlaufen." Sie kniff die Augen zusammen. „Aber das Lila ist ziemlich schnell rausgewaschen. Ich weiß nicht, warum Tristan darauf bestand, einen Monat lang von zu Hause aus zu arbeiten. Er sah richtig gut aus."

Emma führte mich durch die Eingangshalle, und bevor ich fragen konnte, wohin wir gingen, fuhr sie fort: „Tristan findet dunkelhaarige Frauen heißer als Blondinen. Julian auch. Ich denke, Blondinen haben mehr Spaß, oder? Ich hatte es, als wir in Neuseeland waren. Ich gab mich als Junge aus, also trug ich eine Baseballkappe. Es war das erste Mal, dass meine Brüder mich an einem Job teilnehmen ließen, und ich war großartig. Du solltest sie fragen. Eigentlich, frag sie nicht. Ich stehe unter strengster Geheimhaltung, also solltest du das technisch gesehen gar nicht wissen."

Ich vermutete, dass der Hang zu Technikalitäten in der Familie lag.

„Deshalb denke ich, dass Blondinen mehr Spaß haben." Sie ließ meine Hand los und nahm eine Strähne meiner Haare zwischen ihre Finger. „Na ja, glaub mir einfach. Wenn du hier bleibst, kannst du übernachten. Du kannst mein Zimmer benutzen. Ich habe nichts dagegen zu teilen."

„Danke."

Ich stellte mir vor, dass die Silvers Gästezimmer hatten, weil meine Mutter übernachtete, aber ich schätzte das Angebot. Wir hielten gemeinsam im Flur inne, und ich lächelte. Emmas Eifer, erwachsen zu werden, zeigte sich in jeder ihrer Bewegungen und Worte. Sie erzählte mir, wie sehr sie sich wünschte, früher als später ins Familiengeschäft einsteigen zu können, und ich liebte es, jedem ihrer Worte zu lauschen. Ich hatte gar nicht bemerkt, dass wir uns auf die unterste Stufe der Scarlett-O'Hara-Treppe gesetzt hatten, weil sie mich absolut in ihren Bann zog.

„Aber sie sind die besten Brüder überhaupt, weil sie mich die ganze Zeit mit ihren Gadgets spielen lassen, weil ich Geheimnisse mit ins Grab nehme."

Wie um Himmels willen konnte so ein Plappermaul jemals ein Geheimnis für sich behalten?

Sie erstarrte mitten im Satz, vergewisserte sich, dass niemand in der Nähe war, und beugte sich näher zu mir, während sie ihre Stimme senkte. „Ich will so was von Tante werden, aber dafür muss erst mal einer von den Jungs heiraten und 'n Baby kriegen. Was falsch ist, weil Onkel James nicht verheiratet ist und ein Baby hat. Manchmal erzählen sie mir Dinge, die nicht wahr sind, aber wenn du Tristan heiratest, könntest du meine Schwägerin werden." Ihre Augen verdoppelten sich fast in ihrer Größe, und meine auch. Sie sah sich noch einmal auffällig im Raum um und beugte sich vor, um diesmal direkt in mein Ohr zu flüstern. „Tristan liebt schwarze Dessous. Frauen denken, er mag rot, aber er liebt wirklich schwarz."

Meine Wangen erhitzten sich. Und mit einem abschließenden Zwinkern und einem ernsten Gesicht plante Emma mein Leben und arrangierte möglicherweise unsere Heirat.

„Tristan ist nur mein-"

„Freund."

Ich wollte Chef sagen, aber seine Version gefiel mir besser als meine. Er stand in der Tür. Die Sonne schien durch das Oberlicht und umriss ihn wie einen Heiligenschein. Er zog eine kleine Schachtel aus seiner Tasche und präsentierte das Geschenk auf seiner Handfläche.

„Ich habe etwas für dich, Emma."

Sie eilte von der Stufe, schnappte sich die Schachtel, sprang hoch, um ihn auf die Wange zu küssen, und umarmte ihn fest. „Du bist der beste Bruder aller Zeiten!"

Nachdem wir nun die Geheimnisse meiner arrangierten Ehe und Tristans Dessous-Vorlieben geteilt hatten, drehte sie sich um, zwinkerte mir zu und rannte schreiend davon: „Mama! Tristan hat eine Freundin! Und sie ist süß, und sie wird meine Tante!"

Ich brach in Gelächter aus. Tristans Schwester war meine Emma. Egal, was meine Zukunft bringen würde und was zwischen Tristan und mir passieren würde, ich würde dafür sorgen, dass dieses kleine Mädchen für immer in meinem Leben blieb. Er schlang seine Arme um mich und zog mich eng an seinen Körper. Ich beruhigte mich an seiner stabilen Brust.

„Es tut mir leid."

„Muss es nicht. Sie ist großartig. Ich glaube, ich liebe sie jetzt schon." Ich lächelte. „Es ist nur... weißt du... mir wird bewusst, dass meine Schwester ungefähr in ihrem Alter wäre, und das bringt all diese Gefühle in mir hoch, und ich... ich werde ängstlich."

Er zog sich leicht zurück. „Sie hat dir nichts Unangemessenes gesagt, oder? Denn sie hat so eine Art mit ihrem Mundwerk, und-"

„Nein. Überhaupt nicht. Sie ist perfekt. Du bist ein glücklicher Bruder. Vergiss, dass ich etwas gesagt habe." Ich winkte abwehrend. „Also... Freund?"

„Ich dachte, das klingt besser als ,ich vögele meinen Chef'." Er senkte seine Hände auf meine Hüften und zog mich zu einem vollen Kuss heran. Ich hätte mich für immer in diesen Lippen verlieren können, aber der Trubel im hinteren Teil des Hauses wurde lauter, also zog ich mich zurück.

„Nein, das ist nicht zu forsch. Wir sollten wohl gehen. Wo kann ich den Wein hinstellen?"

„Ähm..." Jemand räusperte sich, und Tristan nahm mir die Flasche aus der Hand.

„Und du kennst Julian ja schon."

Tristans älterer Bruder trug einen V-Ausschnitt-Pullover ohne Unterhemd und hätte als sein Zwilling durchgehen können. Abgesehen von der Narbe auf Tristans Lippe; die unterschied sie definitiv. Obwohl es für einen Spätsommer noch zu warm für einen Pullover war, war es schwer, nicht auf seine straffe Figur zu starren.

„Ein bisschen besser als ich sollte." Ich erinnerte mich daran, wie ich ihn im Planters Inn in Charleston geküsst hatte.

Tristan zog mich an seine Seite, als wüsste er, wohin meine Gedanken gewandert waren.

„Woher kennst du Julian?", platzte Emma wieder in den Flur. Sie eilte auf mich zu und zog an meiner Hand, sodass ich Tristan loslassen musste.

„Allie hier weigert sich, mich so nett zu begrüßen wie vorher", neckte Julian.

Emma hielt inne. „Warum?"

Ich warf ihm einen bösen Blick zu, bevor ich erklärte: „Wir sind uns in einem Hotel über den Weg gelaufen, und ich habe Julian mit Tristan verwechselt."

„Oh, das passiert dauernd. Die Mädchen mögen normalerweise den einen und denken, es sei der andere. Meine Brüder hatten früher Doppelverabredungen, aber wenn du mich fragst, zählt es nicht als Doppelverabredung, wenn einer mit einem Mädchen ausgeht und der andere in der nächsten Woche mit demselben. Sie sagen ‚Teilen ist Fürsorge‘, und ich sage ‚Männer sind verwirrend‘, und-"

„Wie gefällt dir dein neues Spielzeug, Emma?", fragte Tristan.

Wow!

Ich wusste, dass ich sie aus gutem Grund mochte. Seltsamerweise erinnerte sie mich auch an eine jüngere Version von Laura. Ohne die Statistiken führte Emma mich zum hinteren Teil des Hauses, wo der Duft köstlicher Aromen ein Festmahl ankündigte.

„Ich liebe es. Und ich habe vor herauszufinden, wie es bei euch beiden funktioniert." Sie zeigte zwischen den Brüdern hin und her.

Julian beschleunigte seine Schritte und versperrte uns den Weg. „Hey, hey. Was hast du ihr geschenkt? Ich bin immer noch nicht über die Drohne hinweg."

Tristan klopfte ihm auf die Schulter. „Keine Sorge. Es ist voreingestellt."

„Ich habe die Werkseinstellungen bereits deaktiviert und es zu meinem eigenen gemacht." Emmas unwiderstehliches Lächeln zog an den Saiten meines Herzens, und ich verstand vollkommen, wie gut sie ihre Brüder um den Finger gewickelt hatte.

Julian neigte seinen Kopf zur Seite und machte ein Ich-hab's-dir-ja-gesagt-Gesicht.

Wir betraten, was ich als den Traum eines jeden Kochs bezeichnen würde. Ein hölzernes „Willkommen in Steinzeit"-Schild fiel mir über einem Fenster auf. Der Duft von Barbecue-

Marinade, Gebäck und frischem Obst erfüllte die Luft, und ein vertrautes Lächeln begrüßte mich von der Spüle her.

„Mom!" Ich eilte zur Arbeitsplatte, wo sie das Geschirr abtrocknete, und nahm sie bei den Schultern, musterte sie, als hätte ich sie wochenlang nicht gesehen. „Alles in Ordnung bei dir?"

Ich umarmte sie.

„Natürlich geht es mir gut. Die Silvers waren wunderbar. Ich wohne in ihrem Gästehaus, fünfmal so groß wie meine Wohnung. Ich möchte nur nicht zur Last fallen."

„Ach, Peg, sei nicht albern. Wir lieben es, dich hier zu haben." Eine Dame mit einem auffälligen Haarschnitt für ihr rötliches Haar mit blonden Strähnen drehte sich um. Sie wischte sich die Hände an einem Handtuch ab und eilte herüber, um mich in eine Umarmung zu ziehen, die ich nur als mütterlich beschreiben konnte. Ich schmolz in ihrer Umarmung dahin, als wäre sie meine eigene Mutter.

„Willkommen im Hause Silver, Allie. Ich bin Maggie Silver, aber alle in der Familie nennen mich Wilma." Ihre Arme wurden fester. „Wir freuen uns sehr, dich hier zu haben. Ich habe so lange auf diesen Moment gewartet!"

„Mom! Hör auf!", warnte Tristan.

„Allie wird mich zur Tante machen."

Mein Mund klappte auf, und der Raum verstummte. Aller Aufmerksamkeit richtete sich auf Emma, dann auf meinen Bauch.

„Sie macht Witze. Emma, bitte sag ihnen, dass du Witze machst."

„Aber ich mache keine Witze. Ihr zwei datet offensichtlich. Ihr wisst schon, erst kommt die Liebe, dann die Heirat... und ihr kennt den Rest, und der Rest macht mich zur Tante. Ich werde es nicht anders haben." Sie hob ihr Kinn und verließ dramatisch den Raum in Richtung Hinterhof.

„Die sind für dich." Ich überreichte Wilma den Strauß

Sonnenblumen, den ich im Laden im Erdgeschoss gekauft hatte. Die Manhattan-Preise waren definitiv nur für Milliardäre geeignet, aber ich konnte dem leuchtenden Bund nicht widerstehen.

„Danke. Oh, sie sind wunderschön! Danke. Aber ein Baby wäre doch nicht so schlecht, oder?", fragte Wilma.

„Oh, so weit sind wir noch nicht", lachte ich.

„Aber wir können sofort damit anfangen." Tristan schlang seine Arme von hinten um mich und ähnelte in nichts dem professionellen Leibwächter aus dem Auditorium, obwohl es derselbe Körper war, der mich sicher gehalten und mich bequem hatte fühlen lassen. Ich hätte es eigentlich kapieren müssen, in was für ein Schlamassel ich mich da reingeritten habe, als ich ihn in diesem ausgebrannten Club gesehen hab.

Wilmas Wangen färbten sich rosig. Sie eilte zur Spüle, wo sie eine Vase mit Wasser füllte.

„Gästehaus?", flüsterte ich und sah über meine Schulter nach oben. „Meine Mutter ist im Gästehaus? Ich meine, ich liebe sie und so, aber das ist zu viel."

„Was ist der Sinn eines Gästehauses, wenn man keine Gäste haben kann?" Er ließ mich los und ging zur Spüle.

„Peg war der perfekte Gast." Wilma holte einen Sack Kartoffeln unter der Spüle hervor und stellte ihn auf die Arbeitsplatte. „Außerdem ist die Sicherheit in Casa Silver erstklassig. Es ist der sicherste Ort, an dem sie sein kann, bis die Jungs beenden, was sie angefangen haben."

Beenden, was sie angefangen haben?

Ich neigte meinen Kopf. In letzter Zeit erwischte ich mich oft dabei, das zu tun.

„Hey, Mom, brauchst du Hilfe?", fragte Tristan.

„Wasch die kleinen Kartoffeln, misch sie in der riesigen Schüssel da drüben und füge Olivenöl, Meersalz und schwarzen Pfeffer hinzu. Pack sie ein und Fred wird sie auf den Grill legen."

Während Tristan sich mit den Kartoffeln beschäftigte, half ich meiner Mutter beim Abtrocknen und Wegräumen des Geschirrs.

Sie bewegte sich in der Küche, als hätte sie schon jahrelang dort gelebt. Kleine Glasschälchen voller Gewürze säumten die Marmorarbeitsplatte. In einer Pfanne köchelte etwas vor sich hin, und ich schnupperte: Pilze und Zwiebeln. Mrs. Silver hob den Deckel an, rührte um und drehte dann das Gas herunter.

Weiter hinten auf der Arbeitsplatte fiel mir eine Obstschale in Form eines Pfaus auf, die aus Ananas, Wassermelone und Beeren bestand.

„Wow! Wer hat das gemacht?", fragte ich.

„Das war alles Wilma!", zwitscherte meine Mutter.

„Sie hat als verdeckte Köchin gearbeitet." Tristan bewegte den Schäler über die Schale, als hätte er selbst einige kulinarische Erfahrungen.

„Das hat sie beruflich gemacht?"

„Silver Securities ist ein Familienunternehmen."

Familie.

Das war heute schon das zweite Mal, dass ich ein Flattern in meinem Bauch spürte.

Aber jedes Mal, wenn ich Tristan ansah oder mich fragte, wann mich jemand ohrfeigen und in die Realität zurückholen würde, schien er ... perfekt. Verdammt zu perfekt.

„Wilma!", dröhnte eine Stimme aus dem Garten.

„Okay, was soll das mit die Flintstones?", fragte ich.

„Das ist ein Insider-Witz, den niemand versteht. Er nennt sie Wilma und sie nennt ihn Fred, wenn nur die Familie da ist. Ansonsten sind es Maggie und John."

Ein älterer Herr, der definitiv nicht sein Alter zeigte, trat durch die Gartentür.

„Ich dachte, ich hätte dich auf dem Monitor gehört! Ist das die reizende Allie?" Seine Bärenarme umschlossen mich und er hielt mich länger fest, als ich erwartet hatte. Etwas Tiefes wallte in meiner Brust auf, und ich reiste in der Zeit zurück, als ich in den Armen meines Vaters verweilt hatte.

Er ließ mich los und hinterließ ein warmes, wohliges Gefühl.

„Es freut mich, Sie kennenzulernen, Mr. Silver." Ich stand aufrecht.

Er hob den Finger und warnte: „Lass dich von diesem Jungen nicht herumkommandieren. Hör auf dein Bauchgefühl. Es gibt nichts Besseres als den Instinkt einer Frau."

„Einverstanden", sagte Mrs. Silver, während sie sich vom Herd abwandte, wo sie gerade umgerührt hatte.

„Ich bin fertig mit den Kartoffeln."

„So schnell?"

Ich sah, wie Emma die Arbeit fortsetzte, die er nicht beendet hatte.

„Keine Sorge, Allie. Sie wird dafür bezahlt. Das ist gut für sie. Mom? Arbeit jetzt oder später?" Tristan küsste seine Mutter auf die Wange.

„Geh und mach, was du zu tun hast. Das Essen ist in vierzig Minuten fertig. Wir treffen uns draußen." Sie wischte sich die Hände an ihrer Schürze ab und nahm ihm den Ersatzschäler aus der Hand. „Ich helfe Emma."

„Danke."

Tristan nahm meine Hand und führte mich zu einem Küchenschrank, wo wir anhielten.

„Was machen wir?"

Ich starrte auf den Schrank, als er sanft gegen die Schranktür drückte. Die Regale sprangen auf und offenbarten einen Eingang. Dahinter führte eine Treppe nach unten. Ich folgte Julian, und Tristan schloss die Tür hinter uns. Ein automatisches Licht ging an. Wir erreichten eine Tür, wo Julian einen Code eingab, eine weitere Tür öffnete und wir einen anderen Raum betraten. Im Geheimraum flackerten die Lichter an.

Fotos, Karten und Skizzen schmückten eine Wand. Eine Reihe von Aufnahmen der rothaarigen Frau, Kendra, war in einer Reihe angeheftet. Die grauenhafte Entwicklung ihres sich verschlechternden Gesundheitszustands verdrehte mir den Magen. Das ungepflegte Haar, die eingefallenen Wangen und der hohle Blick in ihren Augen zupften an meinen Herzfäden. Unter ihr war ein Foto des Typen, an den ich mich vor einem Monat aus dem Park erinnerte.

„Martinez?", fragte ich.

„Ja", antwortete Tristan.

Ich hatte mir seine buschigen Augenbrauen und den tödlichen Blick beim ersten Mal eingeprägt. Martinez hatte die Art von Gesicht, das man einmal sah und sich merkte. Es war das Gesicht eines Arschlochs, dem man niemals begegnen sollte. Der gnadenlose Blick ließ mir einen Schauer über den Rücken laufen.

An der nächsten Wand stand ein Schreibtisch mit einer Reihe von Monitoren.

„Hast du sie schon getaggt?", fragte Julian.

Ich drehte mich beim Geräusch von Julian um, der sich einen Latexhandschuh überzog. „Was?"

„Offensichtlich nicht", antwortete Tristan, bevor er mein verdutztes Gesicht ansah. „Wir implantieren dir ein Ortungsgerät in deinen Nacken, direkt unter dem Haaransatz."

„Würde ein Knopf an einem Kleid nicht genauso gut funktionieren?"

Die Brüder tauschten einen wissenden Blick aus.

„Wir haben festgestellt, dass Knöpfe und Schmuck leicht verloren gehen können. Und was, wenn sie dich nackt ausziehen?"

„Ausziehen?"

„Hat mein Bruder dir den Job nicht erklärt?" Julian nahm eine Metallspritze in die Hand.

War das Ding für Elefanten gemacht?

„Doch, hat er-", begann ich.

„Ich habe das Ortungsgerät nicht erwähnt. Tut mir leid."

Tristan ergriff meine Hand. Ich war mir fast sicher, dass ich nicht zitterte, bis dahin. „Es ist zu deiner Sicherheit."

„Leg dich auf den Bauch." Julian zeigte auf den langen Sitz. „Haare hoch."

Tristan saß am Ende, näher an meinem Kopf, und hielt meine Haare zur Seite. Ein Tupfer Alkohol verdunstete in meinem Nacken, gefolgt von einem scharfen Stechen. Der Druck war unangenehm, aber nicht zu schmerzhaft. Julian zog die dicke Nadel aus meiner Haut und entsorgte die Spitze. Er zog seine Handschuhe aus und nahm sein Handy. Nach ein paar Tastendrücken markierte eine Reihe von Pieptönen meine Position.

„Alles gut. Der blaue Fleck wird in ein paar Tagen verschwinden", sagte er. „Allie, danke, dass du das machst. Danke, dass du Kendra hilfst."

„Wir werden sie finden", versicherte ich ihm.

„Ich weiß, dass wir das werden."

Ich setzte mich auf und berührte meinen Nacken, wo die Beule unter meiner Haut pulsierte.

„Wann hast du das letzte Mal Jiu-Jitsu trainiert?", fragte Julian, während er seine Handschuhe auszog und seine Hände desinfizierte, während er den Raum durchquerte.

„Ich trainiere jeden Tag." Ich bemerkte seine lauernden Schritte. „Julian, ich verspreche dir, ich kann mich verteidigen."

Ich wollte ihn nicht verletzen, aber ich würde es tun, wenn er mir keine andere Wahl ließe. Er ging um die Bank herum, auf der ich saß, und hielt seine Arme vor der Brust verschränkt. Wenn er mich einschüchtern wollte, müsste er sich schon mehr anstrengen. Tristan wich zur Seite aus und gab uns Raum, während er mich aufmerksam beobachtete. Als Julian hinter mich trat, veränderte sich etwas in der Luft. Mein Instinkt kickte ein. Blitzschnell. Unter Julians Arm weg. Er griff nach mir. Zu spät. Sein Hals schon in meinem Griff. Bank als Stütze. Sein ganzes Gewicht über meine Schulter. Bam! Auf der Matte gelandet.

Er stöhnte vor Schmerz auf, aber ich fühlte kein Mitleid. Wenn er nicht bereit für die Konsequenzen war, hätte er nicht angreifen sollen.

„Die blauen Flecken werden in ein paar Tagen verschwinden." Ich stand auf und tippte mit meinem nackten Fuß auf Julians

Brust. „Wenn du noch einen Kuss von mir willst, Schätzchen, musst du dich schon mehr anstrengen."

Ein breites Grinsen breitete sich auf Tristans Gesicht aus, bevor er in schallendes Gelächter ausbrach. „Ich hab dir doch gesagt, sie ist gut."

„Autsch!", stöhnte Julian.

„Sei kein Baby. Ich hab dir nicht wirklich wehgetan."

Und bevor ich realisierte, was geschah, schwang er seinen Arm zur Seite und fegte meinen anderen Fuß unter mir weg. Ich flog auf meinen Hintern und rollte dann über meinen Kopf in eine Hocke, die ich gerne Kung-Fu Panda nannte, alles dank der Überstunden, die ich mit Sensei Paul verbracht hatte. Ich machte mir 'ne gedankliche Notiz, ihm 'nen fetten Geschenkkorb zu schicken, denn die Trainingsstunden waren jeden verblüfften Blick auf den Gesichtern der Brüder wert.

Tristan hörte auf zu lachen. „Heilige Scheiße! Das war verdammt genial!"

Ich streckte meine Hand aus, um Julian zu helfen, die er ergriff.

„Ja, sie wird es tun." Julian setzte sich langsam auf, und ich ließ meine Muskeln entspannen.

„‚Sie wird es tun'?" Ich senkte meinen Blick. „Ich lasse zu, dass du mich mit einer Nadel stichst, die aussieht wie ein Viehprod. Du bekommst eine Tracht Prügel, und ich kriege nur ein ‚Sie wird es tun'?"

„Tut mir leid. Ich meinte es nicht so. Aber die Männer, mit denen du es zu tun haben wirst, sind stärker als ich. Und sie werden Waffen haben."

„Ja, mit denen bin ich vertraut."

„Sie haben auch Drogen. Die meisten mit Fentanyl versetzt. Ein Hauch davon und dein Karate oder was auch immer das Schicke gerade war, wird dir nicht helfen."

Ich nahm seine Hand in beide von meinen, und unsere Blicke

trafen sich. Der Schmerz, der in seinen Augen schwamm, hatte sich auch darunter festgesetzt.

„Ich bin mir der Gefahren sehr wohl bewusst, Julian, aber ich kann mich behaupten. Wir werden Kendra zurückholen. Konzentriere dich darauf."

„In Ordnung." Er blickte zu seinem Bruder auf. „Sie ist dabei. Komm schon, Green. Ich hoffe, du magst Grillrippchen und Hähnchen. Es ist das Lieblingsessen der Feuersteins."

Ich hätte nichts Geringeres als eine königlich gedeckte Tafel erwartet. Meine Mutter hatte die Terrasse mit funkelnden Lichtern, üppig blühenden cremefarbenen Blumen, die ich aus ihrem eigenen Garten kannte, weißen Decken und Kissen geschmückt. Mit der golden untergehenden Sonne über dem Rasen und dem sanften Rauschen der Meereswellen stand Allie an der Schwelle zum Anwesen meiner Eltern und den dahinterliegenden Gärten, den Mund weit geöffnet. Das Anwesen mochte riesig sein, aber an Wärme und Liebe fehlte es nie.

Ich führte Allie zum Tisch und ließ sie ihre Umgebung auf sich wirken. Peggy beobachtete sie mit demselben Staunen, das ich empfunden hatte. Sobald Allie sich an den Tisch setzte, nahm Wilma den Platz zu ihrer Rechten ein und Emma den zu ihrer Linken. Ich verdrehte die Augen. Ihre kleine Verschwörung, um für mich eine Frau zu finden, die die eine zur Großmutter und die andere zur Tante machen könnte, ging mir langsam auf die Nerven. Allie war nur wegen eines Jobs hier; das war alles. Und ich würde diese Lüge weiter aufrechterhalten, bis Hartley all die Gerechtigkeit erfahren hatte, die ihm zustand. Ich ging um den Tisch herum und setzte mich Allie gegenüber.

„Bon appétit!", jubelte Emma.

„Ich will nichts mehr auf dem Tisch sehen!", sagte Wilma und zeigte mit dem Finger auf jedes Familienmitglied, wobei sie am Ende zwinkerte. „Niemand steht auf, bis das Essen weg ist. Punkt."

Ich liebte meine Mutter. Ich vermisste meine Familie, und es gab Zeiten, in denen ich es bereute, so weit weg in einem Apartment zu wohnen. Long Island war mein Zuhause, und mein Herz gehörte hierher. Julian lebte auf dem Grundstück neben dem meiner Eltern, die auf seiner anderen Seite ein Haus für Emma gekauft hatten. Sie wusste es nur noch nicht, weil sie entschlossen waren, sie so lange wie möglich zu Hause zu behalten.

Unser Plappermaul hatte den Mund voller Rippchen.

Ich beobachtete, wie Allie ein Stück aufnahm und um den Knochen herum biss. Sie bemerkte meinen Blick und hielt ihm stand. Das kleine Zucken in ihrem Mundwinkel, ein Schmunzeln, das sie sich für mich aufhob, um mich zu necken, spielte mit jedem Grund, warum ich sie als Spielfigur angeheuert hatte. Es gab mir auch jeden Grund, sie nicht als Spielfigur zu benutzen. Diese zarten Finger hielten das Fleisch, als wäre es das kostbarste Gut der Welt. Und dann umschlossen ihre Lippen den Knochen wie...

Meine Güte!

Ich wusste, dass sie mich völlig verrückt machen würde. Aber sie passte auch zu dem Geist, dem Abenteuer und dem Sinn für Zielstrebigkeit, die durch meine Adern flossen. Sie erinnerte mich an alles, was ich verloren hatte. Als wäre eine Art Reinkarnation von Simone wieder in mein Leben getreten. Nur besser.

Ich schüttelte physisch den Kopf.

Mein Bruder bemerkte mein Unbehagen neben mir und lehnte sich näher. „Alles klar, Mann?"

„Ja, nur die Vergangenheit, die mir im Kopf herumspukt."

„Dir und mir beiden."

Julians Teller blieb leer, und nach seinem Gesichtsausdruck zu urteilen, hatte er keinen Appetit.

„Mom wird sauer sein, wenn du so weitermachst."

„Ich muss ständig an sie denken. Was sie durchmacht ... und ehrlich gesagt, ob sie überhaupt noch am Leben ist."

„Wir sind heute näher dran als gestern", erinnerte ich ihn.

„Du hast Simone verloren, und Gabe hat Joanne verloren. Ich kann nicht anders, als mich zu fragen, ob Kendra die Nächste ist."

„Das wird nicht passieren, Bruder. Wir schaffen das mit Allies Hilfe."

Ich sah über den Tisch zu Allie. Sie wackelte als Antwort mit den Augenbrauen und schnaubte, als sie das Fleisch vom Knochen zog. Darauf folgte ein langer Schluck von dem Ruirita, den meine Mutter ihr gemacht hatte. Das orangenaromatisierte Tequila-Getränk war offiziell Allies Lieblingsdrink, aber ich war mir sicher, dass sie seine Stärke unterschätzte.

Es war alles wert, um zu sehen, wie sie sich bei meiner Familie einlebte.

„Ich verstehe das nicht, Silver. Warum lebst du in einem Penthouse in Manhattan, wenn du das hier hast?"

„Das sage ich schon seit Jahren", mischte sich Wilma mit hoher Stimme ein. „Wir brauchen ihn näher bei uns. Ein Vögelchen hat mir gezwitschert, dass die Jacobs darüber nachdenken, ihr Grundstück zu verkaufen."

Meine Mutter wollte das Grundstück neben ihrem kaufen, aber die Jacobs hatten es vor über dreißig Jahren gebaut, und ich bezweifelte, dass sie es aufgeben würden. Also bestand ich darauf, von meinem Penthouse in Manhattan aus zu arbeiten. Der Standort hatte seine Vorteile, wenn ich mich mit gerissenen Eliten austauschte. Sie dachten irgendwie, sie wüssten, wer ich war, aber sie hatten keine verdammte Ahnung. Wir hatten die Organisation infiltriert, und wenn wir es richtig anstellten, würden wir Leben retten. Während Long Island ein Traum von mir war, machte Manhattan Sinn.

„Sie ‚denken schon seit Jahren darüber nach‘, Mom."

„Meine Quelle ist ziemlich zuverlässig." Sie zwinkerte Emma zu, die zurückzwinkerte.

Ich trommelte mit den Fingern auf den Tisch. Wenn meine kleine Schwester, die davon lebte, jedermanns Geschäfte zu kennen, die Quelle war, könnte es sich lohnen, mit den Jacobs zu sprechen.

„Denn wenn du hier leben würdest, könnte ich mit den Kindern helfen."

„Ich habe keine Kinder."

„Na ja, vielleicht hättest du welche, wenn du eine Dame richtig behandeln würdest. Ich meine, Tristan, du bist fast vierzig. Die biologische Uhr tickt." Sie tippte auf ihr Handgelenk, als trüge sie tatsächlich eine Uhr, was sie nicht tat.

Jetzt geht das wieder los.

„Meine Jungs bleiben ewig fit, Mom."

„Schau dir James an. Er ist so glücklich mit Laila und so ein guter Vater."

„Und ich habe wegen ihm einen Job", warf Emma ein.

„Du arbeitest?", wandte sich Allie ihr zu.

„Babysitten. Leider ist das alles, was sie mich machen lassen."

„Meine Mitbewohnerin braucht manchmal einen Babysitter. Wenn du möchtest -"

„Voll krass! Oh mein Gott! Echt jetzt? Danke, Allie. Ich brauche so dringend einen Job. Ich wusste, du würdest die beste Schwägerin aller Zeiten sein."

Allie sah meine kleine Schwester an, als hätte sie den Verstand verloren. Emma schien nicht zu wissen, dass sie im Paradies lebte und es ihr an nichts mangelte. Um fair zu sein, Emma bestand darauf, sich selbst zu kleiden und in ihre eigenen Handys und Gadgets zu investieren.

„Ignorier sie einfach." Ich winkte ab, aber meine Mutter sah eine Gelegenheit und ließ sie sich nicht entgehen.

„Also, Allie -"

„Komm schon, Wilma." Fred unterbrach sie. „Lass es gut sein. Die Natur wird ihren Lauf nehmen, wenn du nur aufhörst zu reden." Er nahm einen Maiskolben und bestrich die Körner mit Butter. Die Rippchen auf seinem Teller glänzten vor Sauce neben der dampfenden Ofenkartoffel mit Beilagen.

„Nun, ich hoffe nur, ihr Jungs holt Kendra rechtzeitig raus. Ihr wisst schon, für Julian. Und beendet diese Scheiße ein für alle Mal. Hartley hat es verdient, hinter Gittern zu bleiben und denen zu dienen, die im Gefängnis über ihm stehen."

Sie hatte Recht, außer dass wir in einem Punkt anderer Meinung waren: Hartley hatte es nicht verdient zu leben.

„Wilma? Komm und hilf mir mit dem Nachtisch." Fred legte seinen Mais beiseite, wischte sich die Hände an der Serviette ab und wandte sich zum Tisch. „Ich habe ein paar spezielle Brownies gebacken. Wir sind gleich wieder da."

Hatte Allie bemerkt, dass er Mom absichtlich vom Tisch weggeholt hatte?

„Warte mal ... Julian und Kendra?", formte Allie lautlos mit den Lippen.

„Es ist kompliziert", antwortete ich ebenso lautlos und rieb mir die Brust, wo der stechende Schmerz des Unfalls seine Spuren auf meinem Herzen hinterlassen hatte. Es war gut, sich an manche Fehler zu erinnern. Meine hatten mir eine ordentliche Ohrfeige verpasst.

„Hat dein Vater gerade gesagt, er hätte spezielle Brownies gebacken?"

„Ja, das hat er."

Fred konnte es nie erwarten, seine Brownies zu teilen. Er hatte mit diesem Hobby angefangen, als er vor ein paar Jahren in Rente ging, und hatte nie zurückgeblickt. Ich hingegen brauchte Allie nüchtern, weil ich keine bekifften Frauen ausnutzte. Und heute Abend wollte ich jeden Vorteil mit ihr nutzen, den ich kriegen konnte.

„Ich denke, es wäre klug, mit dem Abendessen anzufangen."

Sie folgte meiner Führung und griff nach einem weiteren Rippchen. Sie streckte sich vor, mit einem breiten Lächeln im Gesicht, und sagte: „Prost."

Ich berührte mein Fleisch mit ihrem, und ihr Lächeln verwandelte sich in ein verschmitztes Grinsen. Sie senkte ihre Lippen auf das Rippchen und saugte langsam kleine Stücke ab. Bissen für Bissen verschlang sie das Fleisch vom Knochen, als wäre es das Beste, was ihre Lippen je geschmeckt hatten, und erinnerte mich an ihren Mund an meinem Schwanz.

Ich musste Mom zugestehen – ihre Ahorn-Chipotle-Sauce war der Hammer –, aber es war alles andere als einfach, Allie beim Fleischessen zuzusehen. Sie zog genüsslich das letzte Stück ab und leckte den Knochen sauber, bevor sie sich jeden einzelnen Finger ableckte, ohne mich dabei aus den Augen zu lassen.

Verdammt nochmal.

Ich streckte meinen Fuß vor und ließ meine Zehe an ihrer Wade hochgleiten, über ihr Knie hinaus, auf dem Weg zu der quälenden Stelle. Ihre Sommersprossen traten hervor und ihre Augen weiteten sich. Dieser Anflug von Verlangen, der ihre Haut in dunkleren Rosatönen färbte, spielte mit meinem Kopf.

Mein Schwanz drückte gegen meine Shorts.

Sie revanchierte sich mit ihrem Fuß, ließ ihre Zehe an meinem Bein hochgleiten, direkt bis zu meinem harten Schwanz. Sie lächelte, als sie meine Beule erreichte, und ich sehnte mich nach Zeit allein mit Allie.

„Warum machst du so ein komisches Gesicht, Tristan?", fragte Emma, während sie ihre Finger sauber leckte.

„Ich bin hungrig", knurrte ich.

„Na, dann nimm doch ein Chicken-Waffle. Peg hat sie gemacht."

Bei der Erwähnung des Namens ihrer Mutter zog Allie ihren Fuß weg. Ich senkte meinen und suchte nach einem Ausweg, als Fred mit seinen Brownies herumkam.

Allie lehnte ab. „Sie riechen köstlich, Fred. Wäre es in Ordnung, wenn ich einen mit nach Hause nehme?"

„Einen? Ich packe dir ein paar ein. Sie sind gut für..." Sein scharfer Blick fiel auf seine Jüngste. „Nun, ich bin sicher, ihr Kids könnt euch das denken."

„Er meinte Sex", sagte Emma und setzte sich kerzengerade hin.

„Emma!", stieß Wilma aus. „Das ist genau der Grund, warum ich nicht mag, dass sie mit euch Jungs rumhängt. Sie sollte mit Kindern in ihrem Alter zusammen sein."

„Lass mich das klarstellen." Emma stand von ihrem Stuhl auf. „Kinder in meinem Alter sind scheiße. Deshalb gibt es Cowboy-Romanzen."

Ich stand auf und lehnte mich über den Tisch. „Willst du für einen Moment hier raus?"

„Das wäre wunderbar."

Ich eilte zu ihrer Seite und half Allie, aus ihrem Stuhl zu rutschen.

„Mama, das Essen war wie immer köstlich. Ich möchte Allie gerne herumführen, aber ich verspreche, zum Nachtisch zurück zu sein."

Bevor meine Mutter und meine Schwester begriffen, was los war, entführte ich Allie für mich allein. Es war der beste Coup des Tages. Wir schlenderten durch den hinteren Garten zum Ufer. Die Sonne war bereits untergegangen, aber der Sonnenaufgang war der Knaller auf dieser Seite der Welt.

„Es ist wunderschön hier", flüsterte sie.

„Mein Vater kümmert sich um die Landschaftsgestaltung. Mit etwas Hilfe natürlich. Ich meine, das Grundstück erstreckt sich... nun, ziemlich weit."

„Und der Gemüsegarten? Ich habe gesehen, dass wir auf dem Weg daran vorbeigekommen sind."

„Das ist Wilmas Baby. Die Kartoffeln, der Kürbis, die Paprika und alles andere, was wir heute Abend hatten, waren von ihr. Einschließlich der Hühner. Der Stall ist weiter hinten."

„Und die Rippchen?"

„Gekauft. Fred kennt einen Metzger am Fluss."

„Metzger am Fluss." Sie kicherte. „Ihr habt das Land in die Stadt gebracht."

„Findest du das witzig?"

„Nein. Es ist einfach echt. Unglaublich eigentlich. Ich meine, ich hätte nie gedacht, dass ich den Atlantik in Steinwurfweite auf Long Island hören und mich trotzdem fühlen würde, als wäre ich hunderte Kilometer im Landesinneren auf einem Bauernhof. Genau deshalb zieht es Emma aufs Land."

„Emma zieht es zu vielen Dingen hin, einschließlich unserer Ranch."

„Ranch?"

„Was kann ich tun, um dich von all dem abzulenken?", fragte ich und wartete nicht auf ihre Antwort. Stattdessen ergriff ich ihre Hand und drehte sie im Kreis zur fernen Musik. Leider hatte ich vergessen, wie nah wir an den Rand des Grundstücks gekommen waren, und als ich Allies sich drehenden Körper vom Elektrozaun weglenkte, verlor sie das Gleichgewicht und rutschte aus, wobei der Zaun ihren Hintern streifte.

Ein Alarm ging los. Ich holte schnell mein Handy aus der Tasche und schaltete ihn aus, wobei ich eine Familien-Nachricht sendete, dass es ein Versehen war.

„Au!" Sie griff sich an die Pobacke. „Was zum Teufel war das?"

„Du wirst schon in Ordnung kommen. Komm. Ich denke, wir sollten woanders hingehen."

Ich packte sie um die Taille und zog sie unter eine riesige Weide beim Bootshaus. Sie quietschte vor Freude, als ich sie gegen die Rinde drückte und ihre Nase, Wangen und Lippen küsste. Sie fühlte sich so klein und zerbrechlich in meinem Griff an.

„Angelst du?", fragte sie aus heiterem Himmel. „Ich habe das Boot am Steg gesehen."

„Ja, das tue ich."

„Mein Vater liebte das Angeln. Er hätte deine Familie geliebt. Sie sind alle toll."

Ihre Brüste hoben und senkten sich mit ihrem schweren Atem. Ich senkte meine Nase in die Kuhle zwischen ihrer Schulter und ihrem Hals und atmete ein. Der verführerische Duft von Erdbeeren strömte von ihrer Haut. Sie schmolz fast in meinem Griff, und ich würde niemanden zulassen, der ihr Schaden zufügte.

„Du passt perfekt hierher. Allie, Süße, vielleicht sollten wir das mit der Auktion nochmal überdenken?"

„Oh nein. Ich ziehe mich nicht zurück. Das ist wichtig. Für alle und aus so vielen Gründen, dass ich niemals gehen könnte, ohne es zumindest zu versuchen."

Sie konnte nicht gewusst haben, was sie riskierte, und ich würde für den Rest meines Lebens in ihrer Schuld stehen.

„Danke."

„Das ist es, was Familien tun, oder?"

Ich schluckte schwer und bemerkte erst jetzt die Traurigkeit, die in ihren Augen schwamm.

„Hey, alles in Ordnung?" Ich hob ihr Kinn mit meinem Finger.

„Ja, mir geht's gut. Ich liebe deine Familie. Sie sind großartig-"

„Aber?"

„Aber es fühlt sich an, als würde alles verschwinden."

Die Weidenzweige tanzten um uns herum im abendlichen Wind. Der Geruch von Feuerholz lag in der Luft, und ich nahm an, dass Fred die Feuerstelle für den Abend angezündet hatte. Und die ganze Zeit hatte ich mir Allie an meiner Seite vorgestellt, das Geschäft auf geradem Weg und alle, die für Kendras und Allies Leid verantwortlich waren, zur Rechenschaft gezogen.

„Du bist albern, Schatz. Es muss nicht verschwinden. Ich meine, ich sehe keinen Grund, warum das nicht weitergehen sollte." Ich senkte meinen Mund auf ihren und küsste sie genau so, wie sie es mochte. Ihr typischer Erdbeergeschmack ließ mich innehalten, ich kostete sie, als wäre es das erste Mal, und wollte, dass dieser Moment ewig dauert. Ihr Körper schmiegte sich an meinen. Arme um meinen Nacken, Lippen geschwollen und brennend nach mehr, Brust an meinen Bauchmuskeln und ihre Pussy, die sich an meinem Oberschenkel rieb. Mein Reißverschluss juckte gegen meinen Schwanz.

Sie befreite sich aus meinem Griff und stand einfach da, als versuchte sie, die Kontrolle zurückzugewinnen, die keiner von uns hatte.

„Lass uns zum Bootshaus gehen. Dort ist es bequemer." Ich hauchte das Angebot in ihren Mund, legte dann meine Stirn an ihre und wartete.

„Wie kann jemand wie du Single bleiben? Ich verstehe das nicht."

„Ist es das, worüber du dir Sorgen machst? Eine andere Frau? Denn ich verspreche dir, es gibt keine."

„Nein, darum geht es nicht, Mr. Silver. Aber ich bin neugierig, wo du mein ganzes Leben lang warst. Ich versuche mir zu erklären, dass Männer wie du sich keine Mädchen wie mich aussuchen."

Ich bewegte meinen Oberschenkel, stimulierte sie, rieb ihre Klitoris. Ich wollte diese verdammten Höschen aus, und zwar sofort. Ihr Atem füllte sich mit stärkerem Verlangen. Sie fuhr mit ihrer Zunge über meine Oberlippe und biss dann in die Unterlippe. Wir würden es nicht bis zum Bootshaus schaffen.

„Du meinst stark, klug, schön und selbstlos?", fragte ich, wartete aber nicht auf ihre Antwort. Stattdessen packte ich ihr Kleid und schob es nach oben, wobei ich sanft über ihre nackten Oberschenkel kratzte. Sie gab sich meinen Händen hin wie eine Marionette, willig und unglaublich lüstern. Ihre glatte Haut wurde auf dem Weg nach oben weicher. Sie packte mein Handgelenk, bevor ich ihre Pussy erreichte. Meine Finger blieben an diesem weichen Teil ihres Oberschenkels, fast da.

„Ich muss die Wahrheit wissen. Suchst du mehr als eine Partnerin, Mr. Silver?"

„Ich weiß nicht. Wenn man nicht danach sucht-"

„Suchst du nach einer?" Sie schluckte schwer. Während ich das leichte Zittern in ihrer Stimme liebte, wollte ich die Zweifel beseitigen. Ich wollte, dass meine Absichten klar sind.

„Nein. Tue ich nicht. Ich habe sie bereits gefunden."

Ich presste meinen Mund und meinen Körper an ihren und ignorierte die Baumrinde hinter ihrem Rücken. Zum Glück geben uns die hängenden Äste der alten Weide Privatsphäre. Ich konnte es verdammt nochmal kaum erwarten, sie zu ficken.

Ihre zarten Finger fummelten an meinem Reißverschluss. Er sprang unter dem Druck auf und mein Schwanz schnellte heraus. Ihre kühle Hand umschloss meine heiße Haut. Sie leckte sich die Lippen, sah zu mir auf und ging auf die Knie. Ich zog sie wieder hoch. Der Wind blies und kühlte meine erhitzte Haut.

„Oh nein, Baby! Wir machen das auf meine Art."

„Ja, Mr. Silver."

Ich knurrte, drehte sie um und hob ihren Rock. Mondlicht beleuchtete ihren wunderschönen Hintern. Ich packte ihre Pobacke und drückte fest genug zu, um einen Abdruck zu hinterlassen.

„Nennst du mich absichtlich Mr. Silver, weil ich dir gesagt habe, dass es sexy ist?"

Sie blickte über ihre Schulter zurück, selbstgefällig und selbstbewusst, mit all ihren Sommersprossen. „Natürlich, Mr. Silver."

Ich strich mit meiner Hand über ihren schattigen Hintern, nahe der Stelle, wo sich ihr schwarzer Tanga in die Mitte schnitt. Ich knurrte und hakte meinen Finger darunter, zog ihn leicht und gab ihrer Muschi einen köstlichen Wedgie.

Sie wand sich und stöhnte, bis ich den Tanga losließ und den Druck gegen ihre geschwollene Muschi aufhob.

Ich zog meine Lippen ihren Hals hinunter und zu ihrer Schulter, dann zu ihrem Rückgrat, wo ich verweilte. Ich hielt sie fest und atmete gegen ihre Haut. „Spreiz deine Beine für mich, Babe."

Sie verbreiterte ihre Haltung und sah absolut hinreißend aus, wie sie den Baum umarmte. Ich richtete mich an ihrer heißen Muschi aus und stieß hart in sie hinein. Sie stieß einen Schrei aus, aber sie war bereit und stützte sich fester gegen den Stamm, als ich sie von hinten nahm. Wir fanden einen angenehmen Rhythmus. Meine Hände ließen ihre Hüften los und schlängelten sich ihren Körper hinauf, wo sie ihre Brustwarzen zu Steinen gereizt hatte. Ich übernahm die rechte und drückte härter. Ihr Gesicht presste sich gegen die Baumrinde. Sie beobachtete über ihre Schulter, wie mein Schwanz in sie glitt, ihre Augen und Lippen flehten um Erlösung.

Ich zwickte die Brustwarze und sie schrie auf, dann erstarrte sie.

„Keine Sorge. Wir sind am Meer. Du kannst so viel schreien, wie du willst. Niemand wird uns hören, und ich bin sicher, Emma hat die Hunde inzwischen an der Leine. Die Kojoten kommen manchmal raus."

„Kojoten?"

„Daher der Elektrozaun. Den sie überspringen."

„Ich dachte, der wäre für Einbrecher."

„Das auch."

„Und was, wenn deine Eltern hören-"

„Sie werden wahrscheinlich feiern und uns in Ruhe lassen. Vertrau mir, Allie. Wir sind sicher."

Ich massierte ihren Hintern mit meinen Handflächen, während mein Schwanz quälend langsam ein- und ausglitt. Sie hatte nichts dagegen, dass meine Hand von vorne zwischen ihren Bauch und den Baum glitt und hinunter zu ihrer geschwollenen

Muschi. Ich schob meine Finger unter die Spitze und rieb ihre Klitoris, während ich sie von hinten fickte.

Sie stieß bei jedem Stoß kleine Stöhner aus, wie eine mystische Sirene, nur dass sie direkt für meinen Schwanz sang. Jeder einzelne Atemzug entließ mehr Töne, und ich wurde trunken von ihrer Melodie.

„Ich komme gleich", hauchte sie schließlich und brachte mich an den Rand des Wahnsinns. Allie zitterte in meinem Griff, meine Eier zuckten und zogen sich zusammen, und ich ergoss mich tief in sie. Gott sei Dank für Spiralen. Ich nahm kaum wahr, wie mein linker Arm sie vor dem Baum schützte. Ich hielt sie an meinen Körper gedrückt, mein Schwanz kuschelig in ihrer Wärme, und rieb sie mit meiner rechten Hand durch ihren länger anhaltenden Orgasmus. Sekunden später zuckte sie erneut in meinem Griff, bebend. Gerade als sie sich beruhigte, strich ich wieder über ihr empfindliches Fleisch. Sie zitterte in meinem Griff und drückte ihre Hüften in meine Hand, bis sie sich an einem meiner Finger niederließ und ich fühlen konnte, was ich mit ihrer Muschi angestellt hatte. Ich hatte sie komplett fertig gemacht. Ich hob meine Hand und neigte ihren Mund zu meinem für einen langen Kuss. Sie fuhr mit ihrer teuflischen Zunge über meine Lippennaht.

„Wir können immer noch das Bootshaus besichtigen." Ich wusste, dass sie das wollte. Heute Abend bedeutete es alles, sie in meinem Elternhaus zu haben.

„Tristan? Stimmt etwas nicht?"

„Nein. Nichts. Weißt du, wie lange keine Frau mehr hier war? Bedenke, ich werde in drei Jahren vierzig."

Sie schüttelte den Kopf, blinzelte und wartete. Ich liebte diese Verletzlichkeit und dieses Vertrauen verdammt nochmal. Das Leben hatte ihr noch nicht in den Arsch getreten, aber wenn ich Hartley richtig spielte, müsste es das auch nicht.

Sie lächelte. „Vierzig ist das neue Dreißig. Danke, dass du

mich heute hierher gebracht hast. Ich liebe es, aber wir sollten zurückgehen. Wilma will mir die Haare färben."

„In Ordnung, aber wir werden das zu Hause fortsetzen, denn ich kann verdammt nochmal nicht genug von dir bekommen, Allie Green."

„Ich auch nicht, Mr. Silver."

Ich zog mich zurück, seltsam stolz auf mein Sperma, das aus ihrer Muschi tropfte. Ich zog ihr den Slip aus, der ohnehin keine Bedeckung bot, und steckte den Stoff in meine Tasche. Allie benutzte das Gäste-WC im Bootshaus, um sich frisch zu machen, und gesellte sich dann zu meiner Mutter im Kellerstudio.

Wir blieben im Familienzimmer im Obergeschoss. Julian saß mit einem Glas Bourbon in der Hand auf der Couch.

„Ich kann's einfach nicht fassen, dass ich sie verloren habe." Er nippte an seinem Bourbon.

„Hast du nicht. Wir holen sie zurück."

„Kannst du dich lange genug zusammenreißen, damit wir das durchziehen können?"

„Was zum Teufel ist dein Problem?"

„Hör zu, es tut mir leid. Ich bin einfach gestresst."

„Warum nimmst du dir nicht ein paar Tage frei? Allie wird bereit sein, das verspreche ich dir. Und ich weiß, wie viel dir K bedeutet."

„Sie ist kaum mehr als ein Kind. Ich hätte sie nie mit hineinziehen dürfen."

„Sie ist eine erwachsene Frau und weiß, was sie will."

„Ich könnte ihr Vater sein."

„Ich denke, die Erfahrung ist ein Teil deiner Anziehungskraft, Bruder. Wir haben das schon besprochen. Hör auf zu leugnen, was der Rest von uns weiß. Du und Kendra, ihr seid füreinander bestimmt."

Mein Handy klingelte und zeigte den Namen meines Cousins an. Ich wischte mit dem Finger über den Bildschirm.

„James? Wir sind bei meinen Eltern."

„Ich weiß. Es ist ein Notfall." Ich hörte, wie er am anderen Ende der Leitung einatmete. „Die Auktion wurde auf nächstes Wochenende vorverlegt."

Tristan saß auf dem Sofa, sein Hemd offen, die Krawatte gelöst und einen Scotch in der Hand. Der Duft des teuren Alkohols erfüllte den Raum. Die halb leere Flasche warf einen orangefarbenen Schein. Wir hatten die Silvers verlassen, sobald meine Haare gewaschen waren. Wilma hatte meinen frischen Schnitt in ein Handtuch gewickelt, und ich duschte, sobald wir ankamen, aber Tristan hatte den Haarschnitt noch nicht gesehen. Emma sagte, ein Telefonat hätte ihn abgelenkt.

Ich machte drei Schritte nach vorne und öffnete den Reißverschluss an der Seite meines roten Kleides. Ich ließ es zu Boden gleiten und enthüllte langsam meine neue seidene schwarze Unterwäsche, die wenig der Fantasie überließ. Das flackernde Kerzenlicht umspielte meinen Körper und betonte die zarten Stellen, an denen Spitze auf Haut traf. Tristan war den ganzen Heimweg über still gewesen, und ich konnte spüren, dass der Anruf ihn gestört hatte. Er atmete tief und kontrolliert, während er mich mit seinem Blick auszog. Ich zog meine High Heels aus und ging barfuß zum weichen Teppich am Fuße des Sofas. Er neigte das halb leere Glas zu seinen Lippen und leerte den Scotch in einem langen und definitiv schmerzhaften Zug. Das Glas hallte nach, als er es beiseite stellte. Ich erhob mich auf das Sofa, setzte mich rittlings auf ihn und beobachtete, wie er meine neuen Haare zu einer Faust packte und sie einatmete.

„Sie riechen noch nicht nach dir. Aber das sollten sie."

Ich zog die Augenbrauen zusammen. „Sie sind frisch gefärbt. Der Geruch verfliegt in ein paar Tagen. Tristan, was ist los?"

Woher kam diese Unruhe?

„Nichts." Er schlängelte seine Hände um meinen Rücken, wo er meinen BH öffnete, die Träger von meinen Schultern streifte und die Cups von meinen Brüsten zog. Seine Brust vibrierte, und er zog mich an seinen Körper, hielt mich Haut an Haut und atmete mich ein, als wäre ich seine persönliche Droge. Ich balancierte auf dem schmalen Grat zwischen Vernunft und Leidenschaft, berauscht von seinem Duft und seinen Berührungen. Die wandernden Finger über meinem Rücken und die bedürftigen Augen hielten mich in einer Fantasiewelt gefangen.

Er küsste sich von meinem Mund zu meiner Brust und Brustwarze. Er zog seine Zunge um die verhärtete Spitze, packte sie zwischen seine Zähne und schnippte dagegen. Ein scharfer Schmerz schoss durch mich, zentrierte sich tief zwischen meinen Beinen. Die Empfindung verwandelte sich schnell von einem Zucken in ein Rinnsal, das sich in meinem Höschen verstärkte. Er zog die Brustwarze weiter heraus und ließ sie wieder los.

„Lass mich dich sehen." Seine Brust vibrierte. „Steh nochmal auf."

Ich erhob mich von ihm und stand einen Fuß entfernt, während er mich musterte und den Kopf schüttelte.

„Du siehst umwerfend aus, Allie. Ich fürchte, ich werde es bei der Auktion schwer haben."

„Dann ist es gut, dass wir Zeit haben, uns vorzubereiten."

„Das ist aber das Problem. Wir haben keine. Die Auktion ist nächsten Sonntag. Deshalb sind wir früher gegangen. Es tut mir leid."

Ich atmete langsam aus und beruhigte die plötzlichen Nerven. Das Letzte, was ich wollte, war, dass Tristan in Panik gerät und mich von dem Job abzieht. Jenseits von Tristans Sorge glitzerte die Westseite von Manhattans Skyline in der Nacht.

„Wofür entschuldigst du dich? Ist es nicht das, worauf du gewartet hast? Unsere Chance, Kendra zu befreien, ist da."

„Stimmt."

„Also stell dich der Sache. Gib dein Bestes, und wenn du es vorher verdrängen willst, lass mich dir dabei helfen."

Seine Augen wanderten vom Boden zu meinen. Ich ließ meinen Blick zu meiner Hand und an meinem Bauchnabel vorbei wandern, als ich meine Handfläche unter mein Höschen schob und mich zwischen meinen Beinen berührte. Eine Welle der Lust durchzog meinen Bauch. Die Berührung war schmerzhaft angenehm. Tristans Mund öffnete sich. Die Kerzen, die er angezündet hatte, spiegelten sich in seinen Augen. Meine Atemzüge wurden kürzer, ihre Lautstärke schien die von jemand anderem zu sein. Mit der freien Hand umfasste ich meine linke Brust und kniff in die Brustwarze, genauso wie er es tun würde.

Das Geräusch seiner sich öffnenden Schnalle lenkte meine Aufmerksamkeit auf seinen Schritt. Er schob seine Hand in seine Shorts und holte seinen Schwanz heraus. Tristan lehnte sich gegen das Sofa zurück und während er mich beobachtete, umfasste er sich selbst und strich auf und ab. Das Fleisch schwoll unter seiner Handfläche an. Ich leckte mir über die Lippen, griff tiefer in mein Höschen und zog die Hitze mit meinen verspielten Fingerspitzen zu meiner Klitoris.

Tristans Streicheln wurde schneller, während meine Finger immer schneller kreisten. Während ich ihm dabei zusah, wie er sich selbst befriedigte, schnippte ich gegen meine Knospe und ahmte die geschmeidigen Bewegungen seiner Zunge nach. Ich stellte meine Füße fest auf den Boden und öffnete meine Beine weit genug, damit die kühle Luft meine erhitzte Haut streifen konnte. Ich folgte seinen verlockenden Streichelbewegungen und umfasste meine linke Brust. Das Verlangen wuchs, und ich masturbierte zu seinen rhythmischen Pumpbewegungen... so nah... und so schnell...

„Stopp", befahl er, und ich erstarrte, zog meine Hand in Zeitlupe von meiner Muschi weg. Der Schmerz eines verwehrten Orgasmus durchzog meinen Körper. Meine Handfläche zuckte vor Ungeduld, aber ich wartete. Die Belohnung, dass er mich zum Höhepunkt bringen würde, würde die momentane Qual übertrumpfen. Ein Lecken und ich wäre fertig, schwelgend in einem überwältigenden Orgasmus.

Tristan ließ von seinem Schwanz ab, stand auf und schritt auf mich zu. Er umfasste meinen Hintern und ließ sich auf die Knie sinken, vor meiner Muschi. Er atmete nah an meinem Höschen ein, und ich zitterte.

„Du riechst verdammt köstlich." Er zog seine Zunge über den Stoff und biss ein wenig zu. Er hätte genauso gut direkt über meine Spalte lecken können. Ich drückte mich fester gegen ihn und wollte nur noch eine Berührung mehr, aber er sah von unten zu mir auf.

Ich stöhnte ungeduldig, und wie auf Kommando vibrierten seine Lippen und Lust breitete sich von seinem neckenden Mund wie ein verheißungsvoller Strom aus. Seine Finger strichen über meine Hüfte und wanderten an meinem Oberschenkel entlang. Ich spreizte meine Beine und hielt den Atem an, wartend darauf, dass er mich mit den Fingern verwöhnte. Als er endlich meinen Slip zur Seite schob, drehte sich der Raum und ich keuchte.

Tristans Finger glitten in mich hinein. Ich umschloss seine Finger fest, aber es war nicht genug. Ich drängte ihn, sie herauszuziehen, und zog meinen Slip herunter. Er kroch an meinem Körper hoch und küsste meine feuchte Hand.

Verdammt noch mal, das war heiß.

Ich packte das weiße Hemd, das über seine Schultern hing, und streifte es von seinem durchtrainierten Körper. Es fiel zu Boden. Ich streckte mich nach seinen Haaren und fuhr mit meinen Fingern über seine Kopfhaut. Er schloss die Augen. Wir standen Brust an Brust, oder besser gesagt, meine Brüste an seinem Oberkörper. Er stützte mein Gewicht am unteren Rücken, während er sein Gewicht nach vorne verlagerte und mich sanft auf den weichen Teppich legte. Mein Rücken versank in den weichen Fasern. Erst jetzt bemerkte ich die beruhigende Musik aus den Lautsprechern. Es klang nach den Achtzigern. Sexy und lässig, wie Tristan Silver. Ich hätte nie gedacht, dass ein älterer Mann so viel Sexappeal ausstrahlen könnte.

Er nahm sein Handy aus der Gesäßtasche und tippte auf den Bildschirm. An der Wand flackerte ein Kamin auf. Die Kristallsteine darin verströmten ein warmes Glühen. Er legte das Handy beiseite und senkte sich auf seine Ellbogen, über mir schwebend. Mein Verlangen wirbelte in meinem Bauch, als seine Lippen mein Ohrläppchen streiften, dann zu meiner Kieferlinie wanderten und sich meinem Mund bis auf einen Atemzug näherten.

Ich beugte meine Knie und zog mit den Füßen an seiner Jeans. „Zieh die aus. Ich brauche dich in mir." Ich streckte meine Beine an seinen entlang, und Tristan half mit dem Rest.

Er strich mit seiner Hand über meine Wange und mit dem Daumen über meine Unterlippe. Sein Mundwinkel verzog sich zu einem schelmischen Lächeln. In seinen schützenden Armen eingeschlossen fühlte ich mich sicherer als je zuvor in meinem Leben.

„Ich erkenne dich kaum wieder." Seine Stimme senkte sich zu einem intimen Flüstern. Seine haselnussbraunen Augen funkelten vor tiefem Verlangen.

„Ich erkenne mich auch kaum wieder. Wilma hat meinen Lippen eine dauerhafte Tönung verpasst, und die Augenbrauen und Wimpern sind auch neu."

„Wunderschön."

Er positionierte sich zwischen meinen Hüften und bewegte sich in Zeitlupe vorwärts, bis er mich ganz ausfüllte. Er verharrte dort und senkte seinen Mund auf meinen, um meine Lippen erneut in Besitz zu nehmen. Er biss sanft in den Mundwinkel, bevor er den Weg entlang meines Kiefers zum Ohr einschlug, wo er flüsterte: „Willst du mich so, in dir drin?"

Ich blinzelte und lächelte, grub meine Finger in seine Bizepse und neigte meine Hüften, um ihn noch tiefer aufzunehmen. Sein Mund kehrte zu meinem zurück für einen langen Kuss. Er setzte die sinnliche Kussreise über jede Augenbraue und jedes Auge fort, bevor er sich wieder auf meinen Mund konzentrierte. Seine Lippen übernahmen die Kontrolle und trösteten mich gleichzeitig.

Er weiß genau, wie er mich anzufassen hat.

Während sein Mund meine Sinne vernebelte, leiteten seine erfahrenen Hände meinen Körper dazu, sich ihm hinzugeben. Und ich liebte jede Minute seiner Berührungen. Ich liebte es, die ständige Kontrolle loszulassen, zu der mein Leben geworden war. Dieser Mann hatte alles geplant. Für uns beide.

Mit Tristan ständig an meiner Seite wurde es immer schwieriger, die Grenze zwischen Zuhause und Arbeit zu ziehen. Und ich war noch nicht einmal in seinen Büros ein paar Blocks weiter südlich gewesen. Aber alles verschmolz zu diesem Bedürfnis, all meine Zeit mit diesem normalerweise einsamen und zurückgezogenen Mann zu verbringen.

„Nach der Auktion möchte ich, dass du hier bleibst. Bei mir."

„Du meinst, einziehen?"

„Ja, ich liebe es, dich hier zu haben. In meinem Bett. Ich könnte mich wirklich daran gewöhnen."

Ich mich auch.

Friedliche Nächte ohne weinende Kleinkinder. Na ja, zumindest einige friedliche Nächte, denn bisher war jede Nacht, die ich im Penthouse verbracht hatte, alles andere als friedlich gewesen. Befriedigend, ja, aber ich vermisste Laura und Foxy.

Er stieß ganz in mich hinein und traf genau den Punkt, der mich zu ihm zurückbrachte. Sein verführerisches Tempo hielt mich in seinem Bann und meine Konzentration auf das

Anschwellen zwischen meinen Beinen. Ich schloss die Augen. Sein erbarmungsloses Stoßen und das rhythmische Schaukeln rieben meinen Kitzler in schmerzhaften Strichen.

„Sieh mich an, Baby. Ich will dein Gesicht sehen, wenn du kommst."

Ich öffnete meine Augen und wölbte meinen unteren Rücken. Seine gebräunte Haut glänzte im Licht des Kaminfeuers. Mit jedem gezielten Stoß wuchs die Spannung in mir. Ich krallte mich an seine Arme, meine Nägel bohrten sich in seine Haut, als wollte ich mich ewig in ihm verankern. Tristan knirschte mit den Zähnen und stieß härter zu. Ich rieb mich an ihm, bis allein der Gedanke daran, mit Tristan in mir zu kommen, mich zum Höhepunkt brachte. Ich zitterte in seinem Griff, während er in mir innehielt, sein Blick konzentriert auf meine Augen und meine Lippen gerichtet, in die ich dummerweise albern biss. Das gefiel ihm. Irgendwo in meinem Hinterkopf frohlockte ich, als er mein Inneres mit seinem Sperma markierte. Wie dumm war das denn? Und doch mochte ich es. Es fühlte sich gleichzeitig besitzergreifend und unterwürfig an.

Er zog sich langsam zurück und legte sich neben mich auf den Teppich. Er zog eine Decke über uns beide, und ich fand eine bequeme Position auf meiner Seite, seinen Arm an seine Brust und sein Herz gedrückt, wo die weiße Narbe die Haut anhob. Ich fuhr mit meinem Finger über die Narbe, und er erstarrte, als hätte ich ihn verbrannt.

„Es tut mir leid. Ich weiß, dass damit Erinnerungen verbunden sind." Das Bild von Tristan, wie er auf dem Boden lag und aus dem Herzen blutete, ließ meine Brust schmerzen.

„Das ist es nicht. Ich glaube, die Wahrheit ist ein bisschen peinlich." Er stützte sich auf seinen Ellbogen und wandte sich mir zu. „Deine Berührung macht mich geil, und ich möchte nur einen Moment nutzen, um dir zu sagen-"

„Warte." Ich drückte meinen Finger auf seine Lippen. Ich war noch nicht bereit dafür. Nicht so schnell. „Ich glaube, ich bin noch nicht bereit zu hören, was du sagen willst."

„Dass ich sehr dankbar für deine Hilfe und deine Gesellschaft bin?"

„Was?" Ich zuckte von seiner Berührung zurück. Eben noch war ich ihm näher gekommen, und jetzt war ich nur seine Gesellschaft?

„Tristan, was läuft wirklich zwischen uns?", fragte ich.

„Ich dachte, wir hätten die Situation geklärt, als ich Emma bestätigt habe, dass wir zusammen sind."

„Also date ich meinen Chef? Das muss gegen die Personalvorschriften verstoßen. Weißt du, warum ich eigentlich noch nie in deinem Büro war?"

„Du wirst nach der Auktion ins Hauptquartier kommen." Er wartete einen Moment. „Ich würde dich gerne nach dem Fall bei uns behalten. Wenn du möchtest, natürlich."

Natürlich wollte ich das.

„Sobald wir die Gruppe enttarnt haben, werden wir alle Hände voll zu tun haben."

„Klingt ... geschäftig. Bist du sicher, dass du Zeit für solche Dinge finden wirst?"

„Du meinst, dich zu küssen und mit dir zu schlafen?"

„Vielleicht."

„Ich werde immer Zeit für dich finden."

Tristan hob sein Bein über mich und setzte sich rittlings auf mich. Sein Schwanz ruhte an der Seite seines Oberschenkels, aber ich konnte schon sehen, wie er härter wurde. „Ich liebe es, deinen Körper zu spüren. Ich liebe, wie sich die Spitze auf deiner Haut anfühlt. Ich liebe es, dich kommen zu sehen und dich hier zu haben, Allie. Du wirst in meinen Armen zu einer anderen Frau. Zu meiner Frau. Du passt zu meinem Etwas, und ich weiß nicht, was dieses Etwas ist, aber es ist ... es ist definitiv etwas."

Ich lachte. „Etwas?"

„Eine verletzliche Frau, die ich gerne verwöhne, wenn sie in meinen Armen liegt, aber eine starke Frau am Tag. Furchtlos und selbstlos."

„Stark, sagst du?" Ich spannte jeden Muskel in meinem Bauch an, um mich unter ihm hervorzuziehen und schlang meine Arme um seinen Nacken.

Rittlings auf ihm sitzend, starrte ich in seine verschleierten Augen und fragte mich, welche Geheimnisse er dort verborgen hatte. Kendra war eine Klientin, die Silver Securities nicht hatte schützen können. Alle in der Familie arbeiteten an dem Fall, und Tristan war diese Woche öfter als sonst in seinem Büro gewesen. Obendrein klang diese Hartley-Familie wie eine elitäre organisierte Verbrechergruppe, mit der niemand zu tun haben wollte. Außer Tristan.

„Das war ein außergewöhnlicher Zug. Was ist los?" Er strich sanft mit seinem Handrücken über meine Wange.

„Ich muss Laura sehen."

„Deine Mitbewohnerin?"

„Ja. Ich möchte für einen Tag oder so nach Hause fahren. Weißt du, vor der Auktion. Ich muss etwas Dampf ablassen und mich entspannen."

„Ich dachte, was wir taten, wäre entspannend."

„Ich sage nicht, dass es das nicht ist."

„Ich beschuldige dich nicht."

„Es tut mir leid. Ich glaube, ich bin ein bisschen gestresst, und leider wird keine Menge an Orgasmen das ändern."

„Also gut, ich mache dir einen Vorschlag."

Ich hob eine einzelne Augenbraue. „Du hast meine Aufmerksamkeit."

„Ich werde dich in mein Bett tragen, wo ich dir eine Massage geben werde."

Ich lachte. „Ich wusste, wir würden in deinem Bett landen."

Er blickte nach draußen, wo der Mond über den Fluss schien. „Es ist Nacht, und mein Bett ist genau der Ort, wo du sein solltest. Ich meine es ernst, Allie. Lass uns ins Bett gehen."

Er wartete nicht auf meine Antwort und hob mich mit einer schnellen Bewegung in seine Arme.

Ich quietschte in seinem festen Griff und lachte.

„Ich verspreche dir, du wirst danach schlafen wie ein Baby. Ich nehme dich morgen früh mit, um den Stress abzubauen, und bringe dich gegen zehn zur Wohnung. Du wirst mit Laura abhängen und sie überreden, sich uns am Abend zum Essen anzuschließen."

Meinte er das ernst?

Ich drehte sein Gesicht physisch zu mir. „Wirklich?"

„Ja. Wir haben doch gesagt, wir machen ein Doppeldate, oder?"

„Haben wir, aber es ist so kurzfristig, und sie hat ein Kleinkind. Ich habe früher schon gefragt, aber ihr Babysitter hat keine Zeit und ... oh mein Gott! Vergiss es. Ich glaube, ich habe gerade einen Babysitter für sie gefunden."

„Toll!"

„Toll! Aber du musst mich nicht nach Long Island fahren. Ich liebe es, den Zug zu nehmen."

Er lachte. „Im Ernst, Allie. Je schneller du dich daran gewöhnst, dass ich dich überall hinfahre, desto besser. Das ist nicht verhandelbar. Also steht morgen?"

„Klingt, als wäre es genau das, was ich brauche." Ich küsste ihn.

Tristans versprochene Massage übertraf alle Erwartungen. Ich schlief irgendwann ein, nachdem er die Ganzkörperbehandlung an meinen Füßen beendet hatte, wobei er in meine Fußsohlen drückte, als wären sie der geheime Eingang zu meinem Herzen. In dieser Nacht träumte ich davon, wie er dasselbe tat, nur dass er mehr als mein Chef war. Er war mein Ehemann.

Ich fuhr auf den mit zwei Müllcontainern gekennzeichneten Kiesplatz und parkte meinen Bentley neben dem Metallgebäude, das das dringend einen neuen Anstrich brauchte. Die Farbschichten blätterten von den Wänden ab. Ich musterte die kahle Fläche davor. Rostige Rohre und Ketten lagen zur Seite gestapelt. Überreste zerbrochener Fenster lehnten an einem Stapel Betonblöcke und Holzbalken. Auch gebrauchte Farbeimer waren zurückgelassen worden. Es sah aus, als hätte Garry noch Arbeit vor sich. Weiter hinten jagten sich zwei streunende Katzen zwischen den vertrockneten Gräsern und Unkräutern.

„Diese Gegend?"

„Die Außenrenovierungen werden vor Weihnachten fertig sein. Innen ist alles erledigt, und hier wirst du deinen ganzen Stress loswerden."

„Ich dachte, das haben wir gestern Nacht schon gemacht." Diesmal errötete sie nicht, sie strahlte.

„Und die Nacht davor." Ich zog die Augenbrauen hoch und runter und sie kicherte. „Klingt, als sollten wir die Tradition fortführen."

„Das gefällt mir. Aber was ist das hier für ein Ort?"

„Von außen sieht es rau aus, aber du wirst das Innere lieben."

„Du machst mich neugierig, Mr. Silver."

Dieses vertraute Unbehagen, als sich meine Eier in meiner Boxershorts zusammenzogen, zwang mich dazu, mich zurechtzurücken, bevor ich die Tür öffnete und sie hineinließ. Die alten Scharniere quietschten nicht mehr und der Schutt und Staub waren verschwunden. Wir hatten das Lagerhaus vor zehn Jahren in ein wunderschönes Gemeinschafts-Fitnessstudio verwandelt, und Garry beaufsichtigte die Renovierungen. Der Geruch von Leder und Metall vermischte sich mit ein wenig Fett und Farbe, als ich die neue Ausstattung begutachtete. Allie stand mit weit geöffnetem Mund da. Ich war nicht überrascht – das Silver-Gemeinschafts-Fitnessstudio war erstklassig und der Traum eines jeden Trainers. Sie hätte mal die Gesichter der Kinder sehen sollen, als wir es zum ersten Mal eröffneten.

„Wow. Das ist unglaublich. Und definitiv nicht das, was ich erwartet hatte." Sie drehte sich auf dem Absatz zum Ende des Raumes. „Moment mal, boxen wir?"

„Wir können machen, was du willst."

Sie trat von einem Fuß auf den anderen und biss sich auf die Unterlippe. „Ich habe seit Jahren nicht mehr geboxt."

„Du hast früher geboxt?"

„Oh, das stand nicht in meiner Akte?" Sie grinste stolz. „Ja, ich kann mich ganz gut behaupten."

Ihr Selbstvertrauen verriet mir, dass sie wahrscheinlich mehr als nur gut war.

„Das ist ja ein Teufelskerl, den du da hast, Silver!" Ich drehte mich um, als ich Garrys Stimme hörte.

„Danke, Garry. Du hast Recht. Sie ist definitiv etwas Besonderes."

Allie rutschte an meine Seite und ich beugte mich zu ihr. „Garry ist ein enger Freund der Familie. Julian und ich haben als Kinder bei ihm trainiert, zusammen mit unseren Cousins. Es war wie ein zweites Zuhause und ich bin froh, dass wir einige Verbesserungen vorgenommen haben."

„Das alles ist kostenlos für die Gemeinschaft?"

„Ja, das war schon immer das Ziel. Hält die Kinder von der Straße fern."

„Wo sind sie jetzt?"

„Wahrscheinlich in der Schule."

Sie verdrehte die Augen über sich selbst. „Richtig."

„Die große Eröffnung ist nächste Woche." Ich hoffte insgeheim, dass wir bis dahin noch mehr zu feiern hätten, einschließlich Hartleys Kopf und Eiern auf einem Silbertablett.

„Lass mich raten – Silver Securities sponsert das?"

„Nein." Ich lachte. „Wir haben es für Garry gekauft. Es gehört ihm. Wir helfen nur."

Sie verdrehte wieder die Augen, aber diesmal über mich. Garry kam direkt auf Allie zu und umarmte sie. Ich räusperte mich, als die Umarmung ein bisschen zu lang dauerte. Der alte Mann zog sich mit einem Kichern zurück.

„Schön, dich kennenzulernen. Bist du diejenige, von der Tristan die ganze Zeit redet?"

Sie blickte nervös zu mir und ich nickte. Natürlich war sie diejenige, von der ich geredet hatte.

„Ich schätze schon. Es ist mir eine Freude, Sie kennenzulernen, Garry."

„Die ist aber hübsch, Tristan." Er musterte Allie auf die gleiche Weise, wie ich es getan hatte, als ich sie zum ersten Mal traf. Der zierliche Körperbau passte nicht zu ihrer wahren Stärke und Fähigkeit.

„Sie ist auch vergeben."

„Von wem? Von dir? Ich sehe keinen Ring an diesem Finger, du Narr, und das macht eine Frau so frei wie ein Vogel."

„Ein Ring definiert kein Paar."

„Erzähl dir diesen Schwachsinn weiter und du endest wie ich.

Alt und allein." Dann wandte er sich an Allie. „Sag mir bitte, dass du ihm heute in den Hintern treten wirst."

„Ich werde mein Bestes geben." Sie lachte.

Garry küsste sie auf die Wange und ging.

„Ich mag ihn."

„Ich weiß nicht, warum ich es vorher nicht kapiert habe, aber du hast was für ältere Männer übrig. Ich fühle mich wie ein Baby neben Garry, und trotzdem magst du ihn."

„Moment mal, ich bin kein Panther. Ich mag Garry schon, aber ganz sicher nicht so wie dich."

Ihre Wangen färbten sich rosa.

„Panther?"

„Du weißt schon – Frauen, die auf ältere Männer stehen. Das Gegenteil von Cougar."

Ich kicherte.

„Ich dachte, wir hätten das schon geklärt, Tristan. Oder versuchst du nur, dich vor dem Boxen mit mir zu drücken, weil ich dir in den Hintern treten werde?"

Sie machte es so einfach, in ihrer Nähe zu sein. Trotzdem war die animalische Spannung zwischen uns unglaublich.

„Na dann, lass es uns drauf ankommen." Ich spürte ein Prickeln in meiner Brust, und es schien ihr zu gefallen.

Ich hob den Medizinball vom Boden auf und warf ihn ihr zu. Sie fing ihn mit einem Grunzen. Der Aufprall auf ihrer Brust wirkte eher wie der eines Steins. Sie beugte die Knie, stemmte die Füße in den Boden und streckte die Arme aus, um den Ball mit ihrem ganzen Gewicht zu mir zurückzustoßen.

„Nicht schlecht."

Wir warfen den Ball ein Dutzend Mal hin und her, bis sie schließlich sagte: „Ich bezweifle, dass bei der Auktion Medizin-bälle geworfen werden, Tristan."

Ich legte den Ball beiseite und nahm zwei Springseile von der Wand, von denen ich ihr eines reichte. „Lass uns aufwärmen."

„Weichei", hustete sie in ihre Hand.

„Willst du das wirklich durchziehen?" Ich legte meinen Kopf schräg.

„Versuch's doch." Sie stemmte die Hände in die Hüften.

„Na gut", ich nahm die kleineren Boxhandschuhe von den Haken. „Nimm die hier und komm in den Ring. Die Helme sind auf den Regalen. Nimm den mit dem Gesichtsschutz."

Sie lachte. „Okay."

„Was ist so lustig?"

„Du glaubst wirklich, dass du mich treffen wirst."

„Du bist ganz schön von dir überzeugt, was? Denkst du wirklich, ich könnte dich nicht treffen?" Ich folgte ihr durch die Ringseile und wischte dann mit dem Finger über den Handybildschirm. Meine Lieblingsplaylist dröhnte aus den Lautsprechern über uns.

„Ich nehme an, du bist ein Fan der Achtziger."

„Die besten Jahre meines Lebens. Weißt du, wenn man Teenager ist und frei. Manchmal stecke ich monatelang in diesem Jahrzehnt fest."

Sie rümpfte die Nase. „Das müssen wir ändern. Ich hätte auch nichts dagegen, deiner Garderobe ein Update zu verpassen."

„Was stimmt denn nicht mit meiner Garderobe?"

Ich bewegte meine Füße seitwärts und begann einen kleinen Aufwärmjog, während Allie mich neugierig anstarrte.

„Wann hast du das letzte Mal eingekauft?"

„Dafür hab ich Leute."

„Ich sage nicht, dass es schlecht ist, es ist nur ... nun, ich kenne nicht viele Männer, die Taschentücher in ihren Taschen tragen."

„Woher weißt du, dass ich eins habe?"

„Ich suchte nach einem Papiertaschentuch und fand stattdessen ein Stofftaschentuch."

„Hat es seinen Zweck erfüllt?"

„Natürlich nicht. Ich würd' nie meinen Rotz auf was schmieren, das man waschen muss. Bäh."

Ich lachte. „Dafür sind sie da."

Ich half ihr, ihre Fäuste zu tapen und die Handschuhe zu binden, bevor ich meine eigenen Hände hineinschob.

„Spielen wir nach den Regeln?"

Leider schenkte ich ihrer Frage zu wenig Beachtung.

„Keine Regeln, aber du solltest wahrscheinlich diesen Bereich vermeiden." Ich zeigte auf meinen Schritt.

„Wenn du denkst, ich ziele auf deinen talentierten Schwanz, liegst du falsch. Das Letzte, was ich will, ist, dich zu beschädigen."

„Du wirst keinen Schlag landen."

Sie lachte. „Alles klar, Silberling."

„Ich habe dich noch nie so frech erlebt."

„Das liegt nur daran, dass ich weiß, was ich tue."

Wusste sie das? Unterschätzte ich sie?

„Gut. Lass es uns tun."

„Warte." Sie streckte ihren Arm aus und hielt mich auf. „Ich muss etwas gestehen."

Zögerte sie? Allie war sonst nie so gesprächig, was bedeutete, dass sie definitiv nervös war.

„Ich höre."

„Ich gehe nicht wirklich oft einkaufen. Ich habe keine Zeit dafür. Zwischen Polizeiuniform und Schlafanzug brauche ich nichts anderes."

„Das müssen wir ändern."

Sie sah mich komisch an. Ich wusste nicht, was ich gesagt hatte, aber ich hatte keine Zeit, darüber nachzudenken, denn Allie hob ihre winzigen Hände in den riesigen Handschuhen, um ihr Gesicht zu schützen, und kehrte in ihren Arbeitsmodus zurück.

„Na, bereit zum Boxen, oder willst du den ganzen Tag Ballett tanzen?"

Richtig, weil ich derjenige war, der den Kampf hinauszögerte. Obwohl Allie es herausforderte, hatte ich den Drang zu versagen, nur um sie vor Freude quietschen zu hören.

„Bereit, wenn du es bist."

Sie nahm eine Schutzposition ein und grinste selbstgefällig. „Versuch, mich zu treffen."

Ihr Trippeln war niedlich und die Kreistechnik noch niedlicher, aber all diese Niedlichkeit verschwand in dem Moment, als sie sich zu Boden senkte. All diese Niedlichkeit hatte mich auch aus der Fassung gebracht. Sie kauerte sich auf den Boden und schoss einen unerwarteten Rundkick heraus, der mir die Füße unter dem Körper wegriss. Ich hatte keine Zeit zu reagieren und fiel rückwärts.

„Autsch", stöhnte ich.

Sie sprang auf die Füße. „Ups, tut mir leid. Hab ich dir wehgetan?"

Wir wussten beide, dass sie das nicht hatte.

Ich schwöre, manchmal erinnerte mich ihre Furchtlosigkeit an Emma. Wenn sie sich konzentrierte, hatte sie die Fähigkeit, die Welt auszublenden und sich auf das Wichtige zu konzentrieren: alles, was zählte. Ihre Arbeit und Familie.

„Schlag mich", forderte sie erneut heraus.

Ich dehnte meine Schultern und ging in Kampfstellung, bevor ich einen geraden Schlag ausführte, den sie blockte.

„Versuch's nochmal. Härter."

Sie blockte auch meinen Unterhaken.

„Also gut. Ich sehe hier ein Muster. Wie kommt es, dass ich dich nicht treffen kann, aber du mich schon?"

„Physik. Es gibt viel mehr von dir, das man treffen kann, und von mir gibt es sehr wenig. Kleine Größe hat ihre Vorteile. Du magst Kraft auf deiner Seite haben, aber ich habe Beweglichkeit und Instinkt. Jetzt versuch, mich wirklich zu treffen."

Ich schüttelte den Kopf. Vielleicht war ich zu nachsichtig mit ihr gewesen. Mein nächster Haken kam von unten nach oben, aber Allie stoppte auch den.

„Wie nennen Jungs sich in solchen Situationen?", stichelte sie. „Pussy?"

Ich wollte ihr nicht wehtun. Ich ... ich konnte einfach nicht.

„Komm schon, Silver. Was, wenn jemand hinter mir her wäre? Was würdest du mit ihm machen?"

Ich holte aus, aber nicht schnell genug. Ihr reaktionsschneller K.O.-Schlag kam mit einem stechenden Klingeln in meinem Ohr, und ich fiel zu Boden. Der Raum drehte sich, und Allies Stimme rief meinen Namen aus der Ferne.

„Tristan! Tristan!"

Als ich wieder zu mir kam, waren mein Helm und meine Handschuhe weg.

„Wir sollten ins Krankenhaus fahren."

„Das ist nicht nötig."

„Ich hab dich echt umgehauen."

„Alles cool, Allie. Bin topfit."

Sie strich mit ihrer Handfläche über meine geschwollene Wange. „Es tut mir so leid. Das war sehr dumm von mir."

Ich schloss meine Augen. Mein Kopf pochte. Sie drückte etwas Kaltes auf die Stelle, und ich zuckte zusammen.

„Auf der positiven Seite fühle ich mich jetzt besser wegen der Auktion."

„Ich hab dich geschlagen. Du bist umgefallen. Und jetzt ist dein hübsches Gesicht ... nun, es ist immer noch hübsch. Das Kühlpack sollte die Blutergüsse reduzieren."

Da bemerkte ich, dass sie ein Kühlpack über die Schwellung hielt.

„Danke. Aber mir wird's gut gehen."

Allie schaute auf ihre Uhr. „Es ist Mittag. Ich sollte nach Hause fahren und mich für heute Abend umziehen. Ist es okay, wenn ich dich am Marina treffe? Meine Mitbewohnerin hat Spätschicht, und wir werden es knapp mit dem Babysitter schaffen."

„Die Reservierung läuft auf-"

„Silver. Hab ich mir gedacht."

„Tatsächlich läuft sie auf Feuerstein."

„Oh, okay. Ich seh dich heute Abend."

Ich fuhr Allie nach Hause und kehrte für den Nachmittag in mein Büro zurück. Ich tauchte hier selten auf, aber irgendwie klang es nicht nach einer optimalen Nutzung meiner Zeit, die nächsten sechs oder so Stunden im Penthouse zu verbringen, wo Allies Duft meinen Schwanz und mein Gehirn ficken würde. Ich duschte in meinem Büro-zu-Hause und zog ein Ersatzhemd und eine Ersatzhose an.

Zwei Stunden vor unserem Treffen stürmte James mit Laila in seinen Armen durch die Tür. Seine Haare waren zerzaust, und seine Achselhöhlen waren schweißgetränkt.

„Babysitter krank. Scheiße." Er schnappte nach Luft.

„Verdammt?", lachte ich, während er Atem holte. „Bist du die Treppe hochgerannt?"

„Schneller als der Fahrstuhl." Schweiß tropfte sein Gesicht herunter.

„Mit Laila?" Ich sah zu dem kichernden Kleinkind.

„Ja. Ich hab's dir doch gesagt. Der Babysitter ist verdammt krank."

Das waren keine guten Nachrichten.

„Wir brauchen dieses Treffen." Ich nahm Laila aus seinem Arm und setzte sie auf meine Hüfte, so wie ich es bei Emma gesehen hatte. Nur dass ich keine Hüfte hatte, also änderte ich den Griff zu einer bequemeren Position in meinen Armen. „Geh duschen und zieh dich um. Dein Büro ist immer noch da, wo es vorher war. Wie zum Teufel hast du mich hier gefunden?"

„Teufel", wiederholte Laila.

Ich zuckte zusammen, aber es war trotzdem verdammt süß.

James warf mir einen bösen Blick zu. „Deshalb sage ich verdammt. Check die Firmen-App. Besitzt du überhaupt ein Handy?"

„Tut mir leid." Ich wandte mich Laila zu. „Onkel Tristan wird dich nach unten bringen und dir ein Eis kaufen, während Papa sich für sein Date umzieht."

„Ich kann verdammt nochmal nicht gehen. Ich hab's dir doch

gesagt – der Babysitter ist krank. Ich war schon fast mit dem Mädchen im Café verabredet, das du mich gebeten hast zu überprüfen, und, na ja, sagen wir einfach, du wirst mehr an Marissa interessiert sein, als du dachtest. Hörst du mir überhaupt zu?"

Ich hatte James gebeten, der Sache mit der verschwundenen schwangeren Barista nachzugehen. Die Informationen brachten sie mit Wright in Verbindung.

„Ich höre immer zu, und du musst dich beruhigen. Du erschreckst meine Nichte. Geh duschen. Wir halten auf dem Weg zur Marina bei Mama an. Hast du Emma nicht angerufen? Ich bin sicher, sie kann mit zwei Kindern umgehen. Außerdem wird Wilma begeistert sein."

„Ich hab nicht nachgedacht." Er fuhr sich genervt mit den Fingern durchs Haar. „Die letzten paar Wochen waren ... hart."

Ich sah die Frustration eines kämpfenden Vaters in seinen Augen. Laila war in letzter Zeit öfter krank geworden. Die Ärzte hatten einige Tests durchgeführt, hatten aber keine klaren Antworten. James hatte Lailas Ernährungseinschränkungen geändert und behielt seine Tochter genau im Auge, während er von zu Hause aus arbeitete. Er meisterte die Vaterschaft als alleinerziehender Mann besser als die meisten. Tatsächlich war er hervorragend darin.

„Ist schon gut. Ich kümmere mich um sie. Wir warten in der Lobby."

Eine halbe Stunde später überquerten wir die Brücke nach Long Island. Wir hatten Glück, dass die Straßen frei waren, denn wenn wir in den Stau geraten wären, wären wir zu spät gekommen. Laila rannte über die Auffahrt zu Emma und stolperte dabei fast über ihre eigenen Füße. Meine Schwester nahm ihre kleine Cousine in die Arme, während Wilma vom Fenster aus mit dem anderen Kleinkind winkte, auf das Emma heute Abend aufpasste.

„Sie kann bis morgen früh bleiben. Genießt euren Abend!"

Ich trat aufs Gaspedal und fuhr Richtung Marina.

Ich kühlte Tristans geschwollenes Auge, bevor er mich bei meiner Wohnung absetzte und zu seinem Büro zurückkehrte. Wir vereinbarten, uns am frühen Abend an die Marina zu treffen. Ich schloss die Tür hinter mir ab und stieg automatisch über ein quietschendes Spielzeug, das gar nicht da war.

„Laura?"

Stille.

Ich sah auf die Uhr. „Sie ist noch nicht zu spät."

Ich machte mich frisch, bevor Laura mit Foxy zurückkam. Sie platzte mit meinem schreienden Patenkind durch die Tür. Sein Shirt war voller Erbrochenes.

„Wenn er das Gleiche hat wie dein Babysitter, sage ich den Abend ab."

„Entspann dich, Allie. Es ist nur Eis. Ich konnte ihn nicht beruhigen. Ich glaube, er spürt, dass er den Abend bei neuen Leuten verbringen wird. Und Mrs. Brewer ist nicht krank. Sie ist nur nicht verfügbar. Vielleicht ist es besser, wenn ich zu Hause bleibe?"

Lauras Babysitter wohnte praktischerweise auf der anderen Straßenseite, was Schichtarbeit mit einem Baby möglich machte.

„Ist das der Grund, warum du so spät dran bist? Weil du den ganzen Tag rumgejammert hast? Wer bist du?"

„Ich weiß es selbst nicht mehr." Sie seufzte.

„Okay." Ich nahm Fox langsam aus ihren Armen und drückte ihn an meine Brust.

Laura sackte an der Stelle, wo sie gestanden hatte, zu Boden. „Ich bin nicht bereit für dieses Date."

„Hast du schon jemanden?"

„Technisch gesehen nein. Aber ich habe ihn gesehen und ich denke viel an ihn. Und tue alles, um nicht an ihn zu denken. Sehr viel."

Ihr verzweifelter Hundeblick rührte mich. Sie belog sich selbst, und das war die Wahrheit. Laura brauchte Stabilität und jemanden, der sie verstand. Dieses Date konnte nicht früh genug kommen.

„Ich weiß genau, wie ich das in Ordnung bringe", sagte ich.

„Wirklich?"

„Natürlich. Und rate mal? Es hat nichts mit Tequila zu tun."

Ihre Nase kräuselte sich.

Ich griff nach meinem Patenkind. „Komm, Foxy. Tante Allie wird dich waschen, während Mama sich um sich selbst kümmert. Richtig, Mama?" Ich sah Laura eindringlich an. „Weil verdammt nochmal Leben davon abhängen. Es ist Tantes einzige Chance, einen Plan durchzugehen, und Mama braucht einen freien Abend."

„Ist es wirklich so wichtig?"

„Ich würde es ändern, wenn ich könnte, aber der Typ hat eine kleine Tochter mit gesundheitlichen Problemen. Er ist genauso beschäftigt wie du, ihr werdet also viel gemeinsam haben. Wenn ich sage, das ist meine einzige Chance, meine ich das ernst. Außerdem denke ich, dass das gut für dich sein wird, und ich habe schon den Babysitter organisiert. Los, ab unter die Dusche. Ich mache Foxy für die Nacht fertig."

Laura schlurfte los und umarmte uns beide, wobei sie mir ins Ohr flüsterte: „Danke. Ich gehe mich waschen."

Während Laura die Dusche in Beschlag nahm, wusch ich Foxy in der Küchenspüle. Er war dem Platz schon entwachsen, würde aber keine Gelegenheit auslassen, mit Seifenblasen zu planschen. Ich trocknete ihn ab und zog ihm den Schlafanzug an, den Laura auf einen Stuhl gelegt hatte. Ich setzte Foxy in einen Laufstall und klopfte an die Badezimmertür.

„Laura? Alles in Ordnung?"

„Nein."

„Kann ich reinkommen?" Ich öffnete die Tür und fand Laura auf dem Boden sitzend vor, während die Dusche lief.

„Was ist los? Warum machst du dich nicht fertig?" Ich sah wieder auf meine Uhr.

„Das ist eine schlechte Idee. Ich spüre es."

„Ist es nicht, und jetzt haben wir kaum noch Zeit, es zu schaffen. Wie wäre es, wenn ich ihn beim Babysitter absetze und rechtzeitig zurückkomme, um dich abzuholen? So können wir es schaffen, aber du musst duschen. Bitte?"

Sie nickte und schälte sich langsam vom Boden.

„Dusch einfach und, na ja... fang mit dem Duschen an. Bitte. Komm, Foxy, lass uns dich deinem neuen besten Freund vorstellen. Ich wette, sie hat ein Zimmer voller Spielzeug, das du noch nie gesehen hast."

Laura erstarrte. „Wo genau bringst du ihn hin? Oh mein Gott! Ich bin eine schreckliche Mutter. Ich weiß nicht einmal, wo du meinen Sohn abgibst."

„Es ist Tristans Schwester, und sie ist eine zertifizierte Babysitterin mit viel Erfahrung, zwei erwachsenen Aufsichtspersonen und dem schärfsten Sicherheitssystem, das ich je gesehen habe. Vertrau mir. Ich habe den Alarm mit meinem Hintern ausgelöst. Foxy könnte sich keinen besseren Babysitter wünschen."

Lauras Lippen wurden schmal und sie schwankte von einem

Fuß auf den anderen, als ob sie sich zwischen der Dusche und Foxy entscheiden müsste.

„Laura, komm wieder zu dir, oder ich werde dich zur Vernunft bringen."

Sie sprang auf. „Ich krieg das hin. Versprochen. Ich habe gerade viel um die Ohren."

„Ich weiß. Es tut mir leid. Wir haben nicht mehr viel Zeit, und du weißt, wie ich zu Verspätungen stehe."

„Ich weiß, ich weiß. Ich werde fertig sein, wenn du zurückkommst, aber können wir über diese neue Frisur reden? Und trägst du Kontaktlinsen?"

Ihr plötzlicher Themenwechsel gab mir die Gelegenheit, uns auf den richtigen Weg für das heutige Doppeldate zu bringen.

Ich wickelte eine Locke um meinen Finger. „Das ist für die Arbeit. Gefällt es dir?"

„Du siehst aus wie eine Lolita."

„Das ist gewissermaßen der Punkt. Besser als sich wie Tristans Ehefrau zu fühlen."

„Wovon redest du?"

„Ich habe geträumt, wir wären verheiratet."

„Interessant."

„Nicht interessant! Zu schnell. Jetzt aber schnell unter die Dusche, wir müssen los, sobald ich zurück bin. Wir können über die Arbeit unterwegs reden."

„Na gut." Sie kam für eine weitere Umarmung und küsste Foxy auf den Kopf. Ich schnappte mir die Wickeltasche und ging zum Auto, wo ich ihn im Kindersitz sicherte.

Obwohl ich Tristan in Manhattan kennengelernt hatte, wohnte ich gar nicht so weit von den Silvers auf Long Island entfernt, nur dass ihr Haus am Ufer lag und ich weiter im Landesinneren. Die Marina war zu Fuß von ihrem Haus erreichbar, aber ich musste zurück, um Laura abzuholen. Vorsichtig fuhr ich rückwärts aus der Parklücke.

„Das schaffen wir, Foxy. Oder?"

Mein Patensohn liebte Autofahrten und verbrachte die zwanzigminütige Fahrt damit, aus dem Fenster zu schauen. Als ich die gewundene Auffahrt hinauffuhr, funkelten Tausende von Lichterketten zwischen den Bäumen entlang des Weges. Es war wunderschön, und Foxy quietschte vor Freude.

„Funkle, funkle."

„Ja, das ist funkeln, funkeln."

Ich parkte vor dem Haus, wo Emma und Wilma auf der Veranda warteten. Ich schnallte Fox von seinem Sitz ab und hob ihn auf meine Arme, gerade als Bamm-Bamm und Pebbles herbeiliefen, um an uns beiden zu schnüffeln. Foxy quietschte wieder vor Freude.

„Keine Sorge. Sie sind wunderbar mit Kindern", sagte Emma.

„Das ist Fox. Ich nenne ihn Foxy."

„Fox? Na, ist das nicht schön? Wir haben einen Fox in der Familie." Sie nahm ihn mir aus den Armen, gerade als er nach der übergroßen Halskette aus Babyäpfeln griff. „Du magst Äpfel? Du bist genauso süß wie unser Fox. Nur dass er viel älter ist." Sie küsste ihn auf die Stirn, genauso wie Laura es normalerweise tat, und ging hinein, während sie sich mit Foxy unterhielt.

„Keine Sorge. Er wird schon zurechtkommen", rief sie mir zu. „Wenn du möchtest, können wir später facetimen."

„Laura würde das sicher gefallen." Ein Videoanruf würde ihre Nerven für die Nacht beruhigen. „Wir treffen Tristan am Marina, aber wir sollten genug Zeit haben, dich vorher anzurufen."

„Klingt gut. Bis später dann."

„Danke, Emma." Ich reichte ihr die Wickeltasche. „Ich schulde dir was dafür."

„Mach mich zur Tante, und wir sind quitt."

Langsam wurde mir klar, unter welchem Druck Tristan durch seine Schwester und Mutter stand. Diese Beziehung mit Tristan war neu und kompliziert, aber Babys zu machen, kam nicht in Frage. Trotzdem fühlte sich Tristan wie der perfekte beste Freund und Partner an, und aus diesem einfachen Grund musste ich ihm helfen, bevor ich mir über alles andere Gedanken machte. Sobald Kendra in Sicherheit war, würde ich mit der Arbeit bei Silver Securities weitermachen und zusehen, wie Wright bekam, was er verdiente, so wie Tristan es versprochen hatte. Das Leben fügte sich zusammen.

Ich winkte ihr zum Abschied und drehte mich um, um nach Hause zu fahren. Laura wartete geduldig am Straßenrand. Ihr schwarzes Kleid umschmeichelte ihre kräftigen Kurven. Obwohl die langen Ärmel ihre schönen Arme bedeckten, betonten sie auch ihre Figur. Der tiefe Ausschnitt und die wippenden, milchgefüllten Brüste waren definitiv ein Pluspunkt für einen Abend wie diesen.

„Du siehst hinreißend aus", sagte ich, als ich losfuhr.

„Danke. Ich hab vielleicht einen Tequila getrunken. Du weißt schon, um die Nerven zu beruhigen. Ich werde die Milch später abpumpen. War Foxy okay?"

„Ihm ging's gut. Wir sollten genug Zeit haben, um vom Marina aus mit ihm zu facetimen."

„Toll! Hab ich dir schon gesagt, wie sehr ich dich liebe?"

„Nein, aber das musst du nicht." Ich warf ihr einen Blick zu. „Ich weiß es schon."

Wir kamen fünfzehn Minuten zu früh am Marina an. Ich verband Laura mit Emma und Foxy an einem ruhigen Ende der Terrasse und kehrte zum privaten Tisch am Außenkamin zurück, der für vier Personen gedeckt war. Tristan und James kamen kurz darauf durch die Vordertür. Mir stockte der Atem. In meiner Erinnerung blitzte der Moment auf, als ich sie durch den Schnee schlendern sah. Sie wirkten, als würden sie über einen Laufsteg paradieren. Meine Güte, sahen sie selbstsicher und elegant aus! Ich kniff die Augen zusammen und versuchte, mich an mehr von der Reise nach Colorado vor drei Jahren zu erinnern, als mein Urlaub gleichzeitig durch eine Lebensmittelvergiftung und eine Lawine zerstört wurde. Als ich die Augen wieder öffnete, standen Tristan und sein Partner James an der Sitzecke, in der ich saß. Beide trugen leichte Pullis mit hochgekrempelten Ärmeln und zerrissene Jeans in verschiedenen Schattierungen. Sie passten zusammen und zeigten doch jeweils einen eigenen Stil.

„Tut mir leid, dass wir zu spät sind." Tristan rutschte neben mich, während James sich gegenüber setzte.

„Seid ihr nicht. Wir sind früh dran. Meine Freundin beendet gerade ein Gespräch um die Ecke."

„Wir haben bei Wilma und Fred vorbeigeschaut, um meine Nichte abzugeben."

Laura würde sich freuen, wenn sie hörte, dass Foxy eine neue Freundin finden würde.

„Schon gut. Ich weiß alles über Kinder. Also ..." Ich streckte meine Hand über den Tisch. „Schön, dich wiederzusehen, James."

„Moment mal. Ihr zwei kennt euch?", fragte Tristan.

„Wir haben uns vor drei Jahren in Colorado kurz kennengelernt, als James mich ins Krankenhaus brachte. Lebensmittelvergiftung."

„In Colorado? In Silvers Lodge?"

Ich nickte.

„Na, ist das nicht eine kleine Welt?" Tristan entspannte sich auf dem Sitz.

Ich schüttelte James' Hand und begegnete seinen freundlichen Augen, denselben Augen, die silbern gefunkelt hatten, als ich die Tür der Berghütte als Nussknacker öffnete. Dieselben Augen, von denen Laura wochenlang nicht aufhören konnte zu schwärmen.

Als mir die Erkenntnis wie in Zeitlupe dämmerte, kam auch die daraus folgende Schlussfolgerung. „Oh nein, nein, nein ..." Ich bedeckte meinen Mund mit einer Hand, während ich nach etwas zum Festhalten suchte. Tristan war am nächsten. Ich krallte meine Finger in seinen bloßen Arm..

„Was ist los?", fragte er.

„Ich glaube, ich habe einen Fehler gemacht."

Aber ich konnte nicht reden. Im nächsten Moment hatte ich Tequila auf meinen Lippen. Gott sei Dank für schicke Marina-Restaurants mit allem auf der Speisekarte. Ich hatte das Gefühl, mit der Bestellung der Vorspeisen die richtige Wahl getroffen zu haben. Der Schnaps brannte angenehm in meiner Kehle, und ich ordnete schnell meine Gedanken.

Zeit schinden.

„Wir sollten uns setzen", sagte ich.

„Wir sitzen bereits." Tristan fiel nicht auf meine Ablenkung herein. Ob James es tat?

Unwahrscheinlich.

„Hier, nimm meinen Shot." Tristan schob das Glas näher zu mir. „Von welchem Fehler sprichst du?"

„Nein, einer reicht. Danke. Ich glaube, ich muss heute Abend die Nüchterne sein."

Aber meine beste Freundin braucht vielleicht einen Shot oder zwei.

„Geht es deiner Mutter gut? Ist etwas passiert?"

Noch nicht, aber wenn ich raten müsste: Mord steht auf dem Programm.

„Nein, das ist es nicht. Mir ist gerade eingefallen, dass ich James vor ein paar Wochen wieder getroffen habe. Kurz. Sehr kurz."

Das stimmt ja. Also, Augen zu und durch.

„An dem Morgen, als Martinez angeschossen wurde und aus dem Versicherungsbüro floh. Ich habe versehentlich Gabriel Silver verhaftet."

„Du hast einen Fehler gemacht?" Tristan drehte sich auf seinem Sitz zu mir um.

„Nun, es war nicht mein Fehler. Ich habe meine Arbeit basierend auf den Informationen gemacht, die ich hatte." Ich sah James direkt in die Augen, die er verdrehte. „Ich kam zu spät, und es fielen Schüsse. Es war ein Chaos."

„Ich habe Gabe Zeit verschafft", erklärte James. „Sie hat Recht, aber ich würde es nicht als Chaos bezeichnen. Eher wie ... eine interessante Wendung der Ereignisse."

„Laura war mit mir dort. Laura Young."

James erstarrte auf seinem Sitz, als die Erkenntnis langsam einsickerte.

„Du kennst sie?", Tristan drehte sich auf seinem Sitz, diesmal zu James.

James atmete aus. „Ja. Natürlich erinnere ich mich an Laura. Wie geht es ihr?"

Wie gerufen kam Laura um die Ecke und kam zurück zu unserem Tisch. Ihr Kopf war gesenkt, während sie sich auf ihren Handybildschirm konzentrierte. Sie verlangsamte ihren Schritt, als ob sie spürte, dass etwas nicht stimmte. Dann erstarrte sie und bewegte ihren Kopf langsam von links nach rechts, ungläubig. Der Schock hielt sie still, als ob sie irgendwie verschwinden würde, wenn sie sich bewegte.

Ich entschuldigte mich vom Tisch. „Ich bin gleich zurück."

Ich rutschte aus dem Sitz und eilte zu Laura, die auf die beiden Männer zeigte.

„Oh mein Gott, ist das der, für den ich ihn halte?"

Ich packte sie am Ellbogen, drehte sie um und wir gingen außer Sichtweite.

„Du hast einiges zu erklären."

Laura kaute an ihrem Fingernagel.

„Bitte sag mir, dass das nicht James Silver ist."

„Doch. Warum hast du mir das nicht erzählt?"

„Ich wusste nicht, dass du mit ihm arbeitest. Ich habe ihn an dem Morgen gesehen, als wir zum Versicherungsbüro gerufen wurden, und ich hoffte, ihm nicht wieder zu begegnen."

„Warum?"

„Du weißt genau, warum."

Das tat ich. Die Fakten waren nicht schwer zusammenzusetzen. Laura hatte mit James Silver geschlafen, sein Baby bekommen und Foxy geheim gehalten. Offensichtlich hatte sie gelogen, dass Foxys Vater ein Arschloch sei, denn Arschlöcher bringen keine kranken Frauen mitten im Schneesturm ins Krankenhaus.

„Weiß er von Foxy?"

„Bist du verrückt? Er würde mich umbringen, und ich bin mir nicht sicher, wie lange ich dieses Geheimnis noch für mich behalten kann. Wie konntest du mir nicht sagen, dass du mit James Silver arbeitest?"

„Ich wusste es nicht! Vielleicht hätte ich dir helfen können, wenn du mir gesagt hättest, dass du mit ihm geschlafen hast."

„Nun, du kannst es ihm jetzt nicht sagen. Zumindest noch nicht. Nicht, bis ich bereit bin, und ich bin wirklich noch nicht bereit. Es ist ungeschriebenes Gesetz unter Mädchen, Schwestern und besten Freundinnen. Dreifach hält besser."

„Laura, ich liebe dich, aber das ist kein Geheimnis, das du lange für dich behalten solltest. Er verdient es zu wissen, und du verdienst die Hilfe."

„Weil er Milliardär ist?"

„Nein, weil er Foxys Vater ist."

„Er ist auch liiert und hat eine Tochter."

„Das ändert nichts." Ich spähte um die Ecke. Tristan und James würden es merken, wenn wir nicht bald zurückkämen. „Es ändert nichts daran, dass er es wissen sollte. Ich werde vorerst nichts sagen, aber du musst das irgendwann klären. Heute Abend wäre perfekt."

„Was? Wie?"

„Ich bin bereit, dich vorerst zu decken, aber du musst herausfinden, wie du diesem Mann sagen willst, dass er Foxys Vater ist. Du kannst damit anfangen, ihm heute Abend gegenüberzutreten."

„Was? Das kannst du mir nicht antun."

„Veto."

„Du kannst kein Veto einlegen."

„Das hab ich gerade. Wenn du willst, dass ich meinen Mund

halte, wirst du dieses Abendessen mit uns haben, damit ich meinen Job machen kann. Jetzt lass uns gehen."

Ich hakte sie unter und zog sie fast zurück zum Tisch.

„Tristan, James. Das ist meine Mitbewohnerin und beste Freundin Laura."

Wie in Zeitlupe drehte sich James um. Er erhob sich, nahm Lauras Hand und hauchte einen zarten Kuss darauf. Laura stand da, als hätte es ihr die Sprache verschlagen. Er schien nicht überrascht zu sein, sie zu sehen.

„**D**u sagst, sie hat ein Kind?", fragte James.

„Einen Jungen."

„Und der Vater?"

„Im Moment nicht im Bild. Allie meinte, sie klären die Dinge gerade."

Mit einer Tasse Kaffee in der Hand machte ich es mir in einem Sessel bequem, während Laura Allie in einer Umkleidekabine half. Nach dem Essen hatten wir einen Termin in der privaten Boutique meiner Tante für die letzte Anprobe vereinbart, und Mary Wagner hielt Wort in jeder Hinsicht. Jedes knappe Outfit, das Allie anprobierte, passte zu perfekt, also schickte ich sie zurück in die Umkleide.

Die Schwägerin meiner Mutter betrat den Raum im wahren Fashionista-Geist. Dunkle Locken fielen über ihre Schultern, während sie eine Mischung aus Elvira und Madonna ausstrahlte. Die Boutique als Nebenbeschäftigung ergänzte ihr Hauptgeschäft, auch wenn sie nie zugeben würde, dass sie eines der elegantesten Imperien des Landes besaß. Sie hängte noch ein paar Outfits an die Tür und ging zurück ins Lager.

James hielt den Kopf gesenkt und die Aufmerksamkeit auf sein Handy gerichtet, während er durch Geburtstagsideen für

Laila scrollte. „Kinder, die sich Clowns zum Geburtstag wünschen, sollten sich mal 'Es' reinziehen."

„Wenn du deine Ängste auf Laila projizierst, traumatisierst du das Kind."

„Laila ist mutig. Vielleicht mag sie deshalb Clowns."

Meine erste Nichte kämpfte härter ums Überleben als die meisten Kinder. James fuhr sie von einem Arzt zum anderen und engagierte die besten Krankenschwestern für ihre Pflege, aber kein Geld konnte kaufen, was Laila brauchte. Zumindest nicht legal.

„Sie mag Clowns, weil sie fast drei ist", sagte ich ihm.

„Seid ihr bereit?", steckte Laura ihren Kopf hinter dem Vorhang hervor. Wir waren in getrennten Autos von der Marina gefahren, also hatte ich keine Chance gehabt, mit Allie über das Doppeldate zu sprechen, das eine Wendung nahm, als wir erfuhren, dass Laura und James sich bereits kannten.

James legte sein Handy auf den Tisch, und ich setzte mich aufrecht hin. Laura zog den Stoff beiseite, und Allie trat aus der Umkleidekabine.

Ich rutschte unruhig auf meinem Sitz hin und her und hielt James sofort eine Zeitschrift vors Gesicht. „Wag es ja nicht, hinzuschauen."

Der durchsichtige Stoff mit aufgestickten Verzierungen über den Brustwarzen und dem Schritt enthüllte alles.

„Was meinst du mit nicht hinschauen? Ich werde doch mit ihr dort sein."

Ich brummte genervt. „Schön. Zieh einen Bademantel an."

„Gefällt es dir nicht?", fragte Allie und rückte die Träger über ihren Hüften und Schultern zurecht.

„Noch besser, zieh dich um. Sofort."

Ein Pfiff ertönte vom zweiten Stock, wo sich eine Frau über die Brüstung lehnte. Grace Wagner stellte ihre Handtasche ab und zeigte auf Allies Outfit.

„Was ist los mit dir? Sie sieht umwerfend aus!"

„Gracie? Was machst du hier?"

„Ich bin auf Shoppingtour. Tante Mary war so nett, mir bei, na ja... einigen Sachen zu helfen. Arbeitssachen. Für den Salon. Das Outfit ist heiß." Sie zeigte auf Allie. „Aber es ist nicht der unschuldige Look, den du suchst. Tut mir leid, ich hab vorhin was mitbekommen."

„Was empfiehlst du?"

Grace deutete hinter die Glaswand. „Marys freche Kollektion ist das, wonach du suchst. Mit diesem Körper kann sie sicher jedes Outfit tragen. Hey, James."

Sie winkte, und Lauras Kopf tauchte wieder aus der Umkleidekabine auf.

„Was gibt's, Gracie?"

„Ich suche immer noch nach einer Begleitung für die Maskerade. Interessiert?" Grace zwinkerte und kippte ihre Hüfte zur Seite.

„Ich trage keine Smokings", brummte James.

„Du bist ein Silver. Du kannst tun und lassen, was und wen du willst."

Laura trat aus der Umkleidekabine, und James verzog das Gesicht. „Wenn das stimmen würde, würde mein kleiner Bruder dich nehmen, Gracie."

„Sprich nicht den Namen des Dämons aus."

„Hunter hat nach dir gefragt."

Sie stieß ein genervtes „Argh..." aus und stampfte die Treppe hinunter, genau wie meine Schwester Emma. Nur dass Emma vierzehn war und Grace... nun ja, in dem Alter, in dem die meisten ihrer Freundinnen Kinder bekamen. Keine von beiden war ein guter Einfluss auf die andere.

„Es ändert nichts daran, dass ich ihn am liebsten häuten würde à la Hannibal Lecter. Sag ihm, ich bin bereit, seine Entschuldigung anzunehmen, wenn er reif wird, was... ähm... nie sein wird."

Grace und Hunter waren on und off, seit er achtzehn war.

Vier Jahre später hatten die beiden es immer noch nicht auf die Reihe bekommen. Andererseits, wer war ich, dass ich urteilte? Ich war dabei, die Frau, in die ich mich verliebt hatte, an den schmierigsten aller Männer zu verschachern.

James stand auf und begrüßte Grace mit einer großen Umarmung. „Ich hab dich vermisst. Tut mir leid wegen meines Bruders. Ich muss Laila abholen. Kommst du mit, Laura?"

Allie stupste ihre Mitbewohnerin nach vorne. Das unbehagliche Dinner-Date, das wir in der Marina begonnen hatten, war noch nicht vorbei.

„Ich sehe euch zwei dann morgen früh." James schüttelte mir die Hand, küsste Grace auf die Wange und ging mit seiner sehr verwirrten Verabredung.

„Tut mir leid, ich wollte die Party nicht sprengen. Du brauchst einen Haarschnitt, Tristan." Grace fuhr mit ihren Fingern durch mein zerzaustes Haar und betrachtete die langen Strähnen. Meine Cousine besaß den exklusivsten Salon auf Long Island. Sie war die Meisterin hinter dem Schnitt, der mich unbeabsichtigt zum begehrtesten Junggesellen Manhattans gemacht hatte. Allie nannte meinen unordentlichen Look sexy, während ich ihn als zu viel Aufmerksamkeit erregend empfand. „Ich habe dich seit Monaten nicht mehr im Salon gesehen."

„Ich halte mich lieber im Hintergrund."

Sie kicherte. „Komm vorbei, wenn du bereit bist. Emma kann nicht die Einzige sein, die mit diesem Haar spielen darf."

Sie zwinkerte und wandte sich Allie zu, die regungslos dastand und den Austausch beobachtete. Meine Schachfigur hatte sich das von Grace empfohlene Outfit angezogen und stand wie eine makellose Puppe vor dem Spiegel. Ich starrte mit offenem Mund.

„Oh mein Gott, Tristan, das ist perfekt. Schau sie dir an." Grace hüpfte näher zu Allie und band einen losen Faden an ihrem Rücken zu.

„Das ist zu sexy", stöhnte ich.

„Es ist genau das, was du brauchst." Tante Mary steckte Allies Haar an jeder Seite hoch und entblößte ihren langen Hals, was den Blick auf ihre Brust lenkte.

„Allie, das ist meine Cousine Grace Wagner. Sie ist diejenige mit dem meisten Stil in der Familie."

Meine Tante räusperte sich.

„Entschuldigung. Sie und Tante Mary haben beide genug Stil für uns alle. Mary entwirft und genehmigt alle Anzüge für die Silvers."

Das Handy meiner Tante klingelte und sie entschuldigte sich.

Allie drehte sich auf der Stelle. „Glaubst du, das wird funktionieren?"

Sie schlenderte zur Couch, und meine Stimme blieb mir im Hals stecken. Die langen Beine trugen ihre zierliche Glockenform. Ihre Sommersprossen stachen auf ihren strahlenden Wangen hervor, und ihre Augen weiteten sich, als sie sich in ein unschuldiges Ziel und meine Schachfigur verwandelte.

„Was ist los?" Ich fuhr mit meinem Daumen über ihre schmollende Unterlippe.

„Nichts. Ich übe nur für morgen."

Ich schüttelte den Kopf. „Tu das nicht. Du siehst perfekt aus. Zu perfekt. Ich werde die Tür eintreten, wenn auch nur das Geringste nicht stimmt."

„Hab etwas Vertrauen in morgen. James wird da sein, und niemand wird mich anfassen. Ich habe die Zusammenarbeit mit dir sehr genossen, Tristan."

Ihre Stimme brach.

„Du magst es, von geilen Männern angestarrt zu werden?" Ich nahm die Sonnenbrille von meinem Kopf und legte sie auf den Beistelltisch.

„Ich genieße es, von einem geilen Mann angestarrt zu werden." Sie drehte sich in ihrem knappen schwarzen Spitzenoutfit, das einem Cheerleader-Kostüm ähnelte. „Gefällt dir, was du siehst, Mr. Silver?"

Ich liebte es, Allie in ihrem Element zu sehen, aber ich genoss es nicht, sie anzusehen, als wäre sie ein Schulmädchen.

„Du siehst ... jung aus. Zu jung." Ich räusperte mich verlegen. „Tante Mary?"

Tante Mary untersuchte das Outfit, ging in die Hocke und entfernte etwas Stoff unter Allies Spinnennetz-Korsett. „Es ist nicht genug Haut."

„Nicht genug?" Meine Stirn runzelte sich. „Es ist zu freizügig und zu sexy."

„Das ist der Punkt." Allie betrachtete sich im Spiegel. „Es muss ins Auge fallen."

„Falsch." Ich stand auf, nahm einen seidenen Schal von einer Schaufensterpuppe und legte ihn um Allies Schultern. „Ich will nicht, dass du irgendwelche Blicke auf dich ziehst. Die Tatsache, dass du dort sein wirst, ist schon schwer genug."

Meine Tante zog mit einem Stirnrunzeln an dem durchsichtigen Stoff. „Tristan Silver, das ist, worum du gebeten hast. Es mag nicht für dich sein, aber es ist perfekt für deine Bedürfnisse. Lass keine Emotionen dazwischenkommen."

Emotionen. Richtig. Dieses kleine lästige Problem traf mich wie ein Schlag ins Gesicht. Die Distanz, die ich zwischen uns gespürt hatte, als wir uns trafen, verringerte sich mit jeder Stunde, was die Arbeit zu einer Herausforderung machte.

„Deine Tante hat recht, Tristan. Ob es dir gefällt oder nicht, dieses Outfit passt zum Profil. Sie weiß, wovon sie spricht."

Die schwarze Spitze schmiegte sich an ihren Körper und bedeckte sie kaum.

„Ich kleide seit Jahrzehnten Männer und Frauen ein. Apropos, ich muss los. Ich habe morgen früh ein Meeting, und dieses Gesicht braucht seinen Schönheitsschlaf. Es war mir ein Vergnügen, dich kennenzulernen, Allie. Und du kennst den Weg hinaus, Tristan."

„Danke, Tante Mary."

Meine Tante ging, und ich blieb mit Allie in der Umkleidekabine zurück. Sie wackelte mit ihrem Hintern und betrachtete das Outfit im Spiegel.

„Das ist definitiv eine Veränderung zu meiner Uniform."

„Vermisst du deine Arbeit?"

„Ja, aber unsere Arbeit hier ist genauso wichtig."

„Der Kampf wird nicht vorbei sein, wenn wir Kendra haben."

„Natürlich nicht. Wir kratzen kaum an der Oberfläche, Tristan. Die Mädchen, die ich auf der Straße gesehen habe, haben nicht viele Möglichkeiten. Sie brauchen Auswege."

„Es ist ein unterversorgter Bereich, den Silver Securities noch nicht erforscht hat. Es ist nicht die Arbeit, die wir normalerweise machen, aber es ist definitiv ein Bereich, in den ich expandieren möchte."

„Also nach der Auktion-"

„Warum machen wir uns dann nicht erst später Gedanken darüber?", sagte ich zu ihr. Wenn meine Pläne aufgingen, würde Allie die Arbeit bei Silver Securities lieben. „Du hast schon genug im Kopf, und dieser Auftrag wird schwierig sein."

„Wenn jemand weiß, was schwierig ist, dann ich. Es ist egal, was sie mir dort vorwerfen. Ich werde nicht brechen."

„Das freut mich zu hören. Du und Laura, ihr seid beide starke Frauen. Ich glaube, James hat seine Partnerin gefunden."

„Also, das Date heute Abend am Hafen-"

„War so unangenehm wie die Unterwäsche meiner Großmutter. Ich hab sie mal anprobiert, als ich acht war."

Sie lachte.

„Laura schien gestresst zu sein."

„Sie hatte allen Grund dazu."

Ich hatte Allie nicht nach der schüchternen Art ihrer Freundin gefragt, aber irgendetwas stimmte nicht. Wenn Allie von Laura sprach, stellte sie sie als knallharte Frau dar.

„Warum war Laura gestresst?", fragte ich.

Allie setzte sich neben mich. „James hat dir nie von Colorado erzählt?"

„Nein."

„Nun, das war, wo er Laura kennenlernte, dann tauchte seine schwangere Freundin auf, und Laura zog sich zurück. Und dann... na ja, da gibt's noch mehr... aber weißt du... Schwesternkodex."

„Schwesternkodex?"

„Ich kann ihr Vertrauen nicht verraten."

„Dir ist schon klar, dass ich eine Privatermittlungs- und Sicherheitsfirma leite, oder?"

„Ja..." Sie zog ihre Antwort in die Länge. „Aber du bist dem Freund-Kodex verpflichtet, was bedeutet, dass du nicht wiederholen darfst, was ich dir sage oder nicht sage."

„Wer macht diese Regeln?"

„Alle."

„Denn wenn du ein sehr guter Privatermittler bist, braucht es kein Genie, um das herauszufinden."

„Was herauszufinden?"

Aber Allie blieb stumm. Ich verstand nach ihrem dritten Blinzeln. „Da ist etwas, das du mir sagen willst, was ich James nicht erzählen darf."

„Richtig."

„Und wenn ich verspreche, es niemandem zu erzählen?"

Ihr Mund verzog sich zu einem vorsichtigen Lächeln. „Tust du das?"

Ich nickte, und sie stellte sich auf die Zehenspitzen. Meine Augen wurden mit jedem Wort, das sie mir ins Ohr flüsterte, größer.

„Das ist nicht dein Ernst. Ich kann das nicht vor ihm geheim halten."

„Du hast keine Wahl mehr. Du bist an den Freund-Kodex gebunden."

Es war Jahre her, seit mich eine Frau ihren Freund genannt hatte, und ich hatte immer noch Schwierigkeiten, mich daran zu gewöhnen. Es klang nicht dauerhaft genug.

„Und wenn ich ihn breche?"

„Dann folgt eine harte Strafe."

Meine Brust brummte. „Ich glaube, ich bin bereit, das Risiko einzugehen."

„Du wirst die Strafe nicht mögen. Salz in offene Wunden zu streuen ist nicht angenehm."

„Autsch."

„Aber wichtiger ist, dass ich keine Freundin verlieren will. Laura braucht mich und ich brauche sie, also musst du sie das selbst herausfinden lassen."

„Und was ist hiermit? Du und ich?"

„Was soll damit sein?", fragte sie. „Du bist mein Chef-"

„Partner. Darüber haben wir schon gesprochen."

„Was auch immer. Du bist der Partner, mit dem ich bumse."

Ihr unverblümter Mund machte mich an, aber sie lag falsch. „In meinen Augen ficken wir nicht nur."

„Was genau bin ich dann? Du weißt schon... in deinen Augen?"

„Du bist diejenige, die mich völlig aus der Bahn geworfen hat." Sie keuchte auf.

„Ich weiß nicht genau, wie ich das alles auf die Reihe kriegen soll, Allie, aber ich weiß, dass du in mein Leben gehörst. Und es gibt etwas, das du vor morgen Abend wissen musst."

Sie legte ihren Finger auf meine Lippen. „Bitte, sag es nicht. Sag es einfach nicht vor morgen, weil es dann schwieriger wird, wenn du es tust. Für uns beide. Und von dem, was ich gesehen habe, verdient Kendra mehr."

Kendra verdiente nichts weniger als unsere volle Aufmerksamkeit.

„Ich habe noch nie jemanden wie dich getroffen, Allie. Ich dachte, ich hätte das mal – nun, vielleicht hatte ich das auch – aber du bist ... unerwartet perfekt."

Ihre Lippen pressten sich zu einer Linie zusammen und ihre Sommersprossen traten hervor. „Das ist gut, oder?"

„Ja. Das ist großartig. Zieh bei mir ein."

„Ich wohne doch schon in deinem Penthouse."

„Ich meine dauerhaft."

„Du bist verrückt, Tristan. Das ist ... unerwartet, und wir kennen uns gerade erst –"

„Und trotzdem fühlt es sich an, als würde ich dich schon seit Jahren kennen. Ist das überhaupt eine Option für dich?"

„Was?"

„Eine Beziehung? Eine Familie?"

„Hat deine Mutter dir etwas gesagt? Oder Emma? Denn du benimmst dich, als hätten sie dich unter Drogen gesetzt."

„Du bist diejenige, die mich unter Drogen setzt. Ich lasse eher die Hölle zufrieren, als dass dir bei dieser Auktion etwas zustößt. Ich dachte, du solltest spät reingehen; weißt du, kurz bevor sie schließt. Erzähl ihnen eine Geschichte –"

„Wir ändern die Pläne nicht, und du bekommst kalte Füße."

„Ich werde mich nicht dafür entschuldigen, dass ich mich sorge. Ich möchte nicht, dass einer meiner Mitarbeiter verletzt wird, und dazu gehörst auch du. Erinnerst du dich an die Nacht, als wir uns trafen?"

„In dem ausgebrannten Club im Keller? Fühlt sich an wie eine Ewigkeit."

„Das war nur der Anfang, Allie. Morgen ist der nächste Schritt, und ich stelle sicher, dass du heil da rauskommst. Genau zur richtigen Zeit."

„Wir können die Pläne jetzt nicht ändern. Mach dir keine Sorgen, Silver. Ich bin kein Baby."

„Nein. Das bist du nicht. Aber du bist genau das, wonach sie suchen."

Der Raum roch nach Schimmel und Zigarren. James stützte meine Haltung, bevor er meinen Ellbogen losließ. Ich versuchte, durch den Stoff über meinen Augen zu spähen, konnte aber nichts sehen. Wir hatten drei Tage lang vor der Auktion trainiert. Ich hatte mir Kendras und Martinez' Gesichter eingeprägt, die Fachausdrücke gelernt und unsere Rettungsaktion mit James geübt. Wir fuhren mit dem Aufzug in den fünften Stock, wo James mir die Augenbinde anlegte und mich zur Auktion führte.

„Der Konferenzraum sollte halb voll sein, aber der Vorgang sollte nicht lange dauern. Wenn sie da ist, weißt du, was zu tun ist. Wenn nicht... na ja, ich werde dich einfach nicht gehen lassen."

„Ich vertraue dir."

Er hielt an und ergriff sanft meinen Arm.

„Was ist los?"

„Du und Laura, ihr seid schon eine Weile befreundet, richtig?"

„Seit der Polizeiakademie, aber das ist jetzt nicht der richtige Zeitpunkt, James. Ich... ich kann sie hören." Ich versuchte, aus dem Summen vertraute Worte herauszufiltern, konnte aber keine erkennen. James führte mich vorwärts, in das, was ich für den Konferenzraum hielt. Ein Schauer lief durch meinen Körper, aber ich schob die sich ausbreitende Angst beiseite. Die Polizistin in mir lauschte auf jedes Knacken, Rascheln, Husten und Flüstern.

„Steh still. Du wirst gleich auf dich allein gestellt sein", flüsterte James in mein Ohr, bevor er meinen Arm losließ.

Eine Tür quietschte in den Angeln. Kurz darauf streifte jemandes Schulter die meine. Sie roch wie ein Baby, keuchte aber mit einer verzweifelten Angst, die ich noch nie gehört hatte. Mit einem tiefen Atemzug brachte ich mein rasendes Herz zur Ruhe und wartete, während der Raum zur Ruhe kam und das Summen in Stille überging.

Mein Körper kribbelte mit einem seltsamen Gefühl, als ob tausende Augen auf mich starrten und mich in meiner spärlichen Unterwäsche nackt fühlen ließen. Ich schluckte schwer, als beschämende Hitze mich verzehrte, und atmete noch einmal tief durch. Auch das half ein wenig.

„Entfernt eure Augenbinden."

Die Haare in meinem Nacken stellten sich auf. Ich hob meine Arme zum Hinterkopf und löste den Knoten. Meine Augen gewöhnten sich an die schwache Beleuchtung in einem Raum, der nicht so schäbig war, wie ich ihn mir vorgestellt hatte. Die hohen Säulen und Kronleuchter erinnerten an einen Festsaal. Plüschmöbel und Samtvorhänge in verschiedenen Rottönen verliehen dem Raum eine Aura von Luxus. Der Kontrast zwischen dem Luxus und dem menschlichen Elend war erschütternd. Sie hatten Liegestühle mit Beistelltischen und private Sitzecken vor uns aufgestellt. Auf ihren Plätzen saßen Männer mit gierigen Blicken. Ich hatte mich vorher geirrt – sie waren das Schäbigste im Raum.

Wo ist James?

Eine Kellnerin ging vor mir vorbei, nur mit einer um die Taille gebundenen Schürze und Nippelquasten bekleidet. Sie stellte den Drink eines Mannes auf seinen Tisch, und er packte sie an ihrem Oberschenkel. Ich zuckte zusammen. Ein anderes

Mädchen in der langen Reihe von Mädchen keuchte auf und durchbrach die Stille. Der Mann lachte und zog die Kellnerin auf seinen Schoß, wo sie mit leicht gespreizten Beinen sitzen blieb und seine Finger in ihr verschwanden.

Ich schaute weg, aber es war schwierig, nicht an jedem Tisch einen widerlichen Perversen mit einer anderen Obsession zu finden. Ich suchte in den Gesichtern nach Martinez, konnte ihn aber nicht sehen. Meine Aufmerksamkeit wanderte zu der Reihe von Mädchen neben mir und ihren geisterhaften Gesichtern mit verschatteten Augen auf der Suche nach Kendra. Das Mädchen zu meiner Rechten konnte nicht älter als Emma gewesen sein. Je länger ich sie anstarrte, desto mehr dachte ich, sie hätte für meine jüngere Schwester durchgehen können. Von ihren goldbraunen Augen bis zu den rotbraunen Haaren und den hohen Wangen und Sommersprossen war die Ähnlichkeit verblüffend. Außer... ihr Bauch wölbte sich nach vorne. Sie war schwanger.

Ich sog scharf die Luft ein. Es war Marissa, dasselbe Mädchen, nach dem wir gesucht hatten. Mir drehte sich der Magen um, und ich musste würgen.

Dieser Raum spielt mir einen Streich.

Als die Realität des Menschenhandels in einer modernen Welt mich traf, wurde mir übel. Mein Magen drehte sich um, aber ich drängte den Schmerz beiseite und konzentrierte mich wieder auf jedes hohle Gesicht. Keines von ihnen gehörte zu Kendra. Heute würde nicht der Tag sein, an dem wir sie retteten. Ich festigte meinen Stand und straffte meine Schultern, während alles andere in mir zu einem Ball der Enttäuschung zusammenschrumpfte.

Ein Mann mittleren Alters im Anzug klatschte in die Hände, und der Raum voller Herren verstummte.

„Ihr habt dreißig Minuten. Wie ihr sehen könnt, ist unsere Ernte heute Abend sehr jung und besonders. Viel Spaß!"

Es dauerte nicht lange, bis der erste Käufer aufstand und den Raum durchquerte. Er ging zu einem Mädchen mit einem Halsband, befestigte eine Leine, die er in seiner Tasche getragen hatte, an dem Verschluss und führte sie zur Tür hinaus. Der MC markierte die Transaktion auf seinem Handy und das war's. Es war so einfach.

Oh Scheiße.

Meine Aufmerksamkeit flog zur anderen Seite des Raumes, wo ein Mann die BH-Cups eines Mädchens unter ihre Brüste zog. Er betastete ihre Brustwarze, bevor er sie herumdrehte, ihr auf den Hintern schlug und sie nach vorne zwang. Sie beugte sich zur Hälfte, entblößte ihren Hintern, spreizte auf sein Kommando die Beine, und er stieß einen Finger in sie hinein. Sie schrie auf, aber das machte den Abschaum nur noch erregter, also drückte er härter.

„Das ist ein braves Mädchen. Wenn du das nicht magst, werde ich dafür sorgen, dass es dir gefällt. Du bist eng genug für den Schwanz meines Chefs. Du wirst es tun." Dann wandte er sich zum MC, nickte, nahm das Mädchen unter den Arm und ging.

Verdammte Scheiße noch eins.

Jemand zündete eine Schokoladenzigarre an, und der Duft überdeckte vorübergehend den Gestank unerwünschter Erregung. Ich folgte der weißen Rauchwolke, die durch den Raum schwebte und sich über dem Kopf eines Mannes im Schatten niederließ. Er trat vor, und ich erstarrte. Während mein Herz in meiner Brust hämmerte, hörten meine Nerven auf zu reagieren. Ich wollte zur Tür gehen, aber meine Beine gehorchten mir nicht. Wright starrte mich von der anderen Seite des Raumes an. Er zündete eine Pfeife an und nahm einen langen Zug, bevor er den Rauch aus seinen Lungen ausstieß. Er legte sie beiseite und schlenderte auf mich zu. Ich biss mir so fest auf die Innenseite der Wange, dass ich die Haut durchbiss und den metallischen Geschmack von Blut schmeckte.

James, wo ist James?

Meine Sicht verschwamm. Ich schaute über meine Schulter, konnte ihn aber nicht finden. Als ich mich wieder nach vorne wandte, stand Wright vor dem Mädchen neben mir. Ich erstarrte.

Nicht weil ich ihn fürchtete, sondern weil ich Tristan ein Versprechen gegeben hatte. Nicht nur mein Leben stand auf dem Spiel. Seine raubtierhaften Augen musterten sie, was mich übel werden ließ. Ich konnte förmlich spüren, wie sein Blick wie ein Insekt über ihre Haut kroch. Ich hielt meinen Kopf leicht zur Seite gedreht, um direkten Augenkontakt zu vermeiden, aber mein Herz hämmerte in meiner Brust, als wolle es herausspringen. Mein Inneres verkrampfte sich, und ich hielt die lauernde Galle zurück. Die Innenseite meiner Wange schmerzte, als ich fester zubiss. Mein Backenzahn schnitt durch eine weitere Stelle, und frisches Blut füllte meinen Mund. Wright holte ein Foto aus seiner Brusttasche. Sein Blick huschte von dem Bild in seiner Hand zu dem Mädchen neben mir.

„Du bist schwanger, Schätzchen?"

Der Klang seiner rauen Stimme ließ mich erschaudern. Meine Knie zitterten unter mir, Hitzewellen und Kälteschauer jagten abwechselnd durch meinen Körper.

Sie musste genickt haben, denn er grinste zufrieden. Ich wollte mich übergeben.

„Wie heißt du?"

„Marissa."

„Du bist eine perfekte Ablenkung, und von jetzt an gehörst du mir." Er drehte sich um, nickte dem MC zu und ging.

Ich ließ den langen Atem, den ich angehalten hatte, los und suchte den Raum nach James ab.

Ich muss hier raus.

Mein Herz raste. Wie konnte ich das hier durchstehen?

„Ich will die Muschi von der da sehen." Ein kleiner Mann, der wie ein Baumstumpf aussah, stand vor mir.

Wo zum Henker kam der denn her?

Er streckte die Hand aus, um mich zu berühren, aber James versperrte ihm den Weg. Zumindest dachte ich, es sei James. Die Prothesennase, die Wangen und das Kinn verwirrten mich.

„Sie steht nicht zum Verkauf."

„Warum ist sie dann hier?"

„Das geht dich einen Scheißdreck an."

„Die Regeln besagen-"

„Hey, Kumpel. Ich scheiß auf die Regeln. Ich brech sie. Jetzt verpiss dich!"

Eine Glocke klingelte.

„Komm schon. Zieh das wieder an. Wir sind fertig", flüsterte James und reichte mir eine Augenbinde. Er packte meinen Arm, als würde ich ihm gehören, und führte mich zur Tür hinaus.

„Wir gehen zum Aufzug."

Ich beeilte mich, um mit ihm Schritt zu halten, keuchend wie ein Hund. Warum war ich so müde? Der Aufzug klingelte, und wir stiegen ein. James nahm mir die Augenbinde ab, und ich klappte in seinen Armen zusammen.

„Hey, hey. Dir geht's gut."

Der kleine Raum drehte sich, als er mich in einen festeren Halt zog.

„Sie war nicht da."

„Ich weiß."

„Aber Wright war da. Warum zum Teufel war er da?"

„Wright kennt den Kongressabgeordneten, der mit Kendras Fall zu tun hat. Er arbeitet auch für die Feds. Wenn Karma es gut mit uns meint, werden die Hartleys herausfinden, dass er gepetzt hat."

„Wer petzt, kriegt was versetzt."

„Genau. Wir brauchen ihn für diesen Fall. Die Feds brauchen ihn lebendig, und da kommen wir ins Spiel."

„Du arbeitest für die Feds?"

„Mit den Feds. Mit ihnen, nicht für sie. Wir machen keine Unterschiede zwischen Klienten, und du hast definitiv nicht gehört, wie ich etwas über Silver-Klienten gesagt habe. Verstanden?"

„Ja, ich hab's kapiert. Ihr müsst Wright beschützen, was ihn unantastbar macht bis ...", Ich erstarrte, als es mir dämmerte, und begegnete seinen freundlichen Augen. „Bis wir Anklage wegen der Verbrechen erheben, von denen die Feds nichts wissen? Und wir können das alles nicht machen, bis Kendra in Sicherheit ist."

„Genau."

„Wissen die Feds, dass er gerade mit einem minderjährigen Mädchen rausgegangen ist?"

James blinzelte mit den Antworten zurück, die ich nicht hören wollte. „Sie brauchen ihn für etwas Größeres, Allie. Etwas, das mehr als ein Mädchen retten wird."

„Es wird Marissa nicht retten. Moment mal – wusstet ihr, dass er da sein würde? Wusste Tristan das?"

„Wir dachten, es bestünde die Möglichkeit."

Mein Puls raste, und mein Körper wurde vor Wut heiß. „Er hat mich verdammt nochmal in den gleichen Raum mit diesem verdammten Monster gesteckt?"

Die Schwerkraft zerrte an meinen Knien, und James hob mich wieder in seine Arme. „Komm schon, Allie. Bleib bei mir."

Das Nächste, was ich wusste, war, dass ich auf dem Boden lag, meine Beine hochgelagert, und um mich herum herrschte Aufruhr. Ich war wieder in einem Hotelzimmer, konnte mich aber nicht erinnern, wie ich dorthin gekommen war.

„Warum? Warum hast du es mir nicht gesagt?"

„Sie steht unter Schock. Wright ist aufgetaucht, Kendra nicht, und was zum Teufel ist mit dir passiert?" James hielt meine Füße in der Luft. Ich neigte meinen Kopf nach rechts. Tristans aufge-platzte Lippe blutete an der Narbe.

„Was ist passiert?", fragte ich.

„Es ist nichts. Eine Ablenkung."

Ablenkung. Das Wort hüpfte in meinem Kopf, der dessen Bedeutung nicht erfassen konnte.

„Ich hätte dir von Wright erzählen sollen, Allie. Es tut mir leid."

„Du hättest ihn nicht schlagen sollen." Julian reichte seinem Bruder einen Eisbeutel.

„Wright geschlagen?"

„Ich hätte ihn umbringen sollen."

„Wen?", fragte ich frustriert. Warum war alles so verwirrend? Warum konnten wir nicht einfach diese Konferenzraumtür öffnen und sie alle heute befreien? Tristan blieb still.

„Donaldson ist nicht aufgetaucht." Ich drehte mich um, als ich die neue Stimme hörte, die den Raum betrat. „Er hatte einen Maulwurf. Wir haben nicht die Bilder, die wir brauchen."

„Das ist Hunter, mein Bruder." James winkte ihn näher. Sie wechselten sich ab, und James zog seine Prothesennase und -kinn ab.

„Ich denke, es wird ihr gut gehen", sagte Tristan von oben. Hunter senkte meine Füße auf den Boden. „Finde heraus, wohin Wright gegangen ist, und melde dich bei mir. Ich bringe sie nach Hause."

„Nein!", schoss ich hoch. „Nein!"

„Allie, es ist alles in Ordnung. Du bist in Sicherheit." Tristans Griff festigte sich um meinen zitternden Körper. Die Benommenheit verging, als er mich vor und zurück wiegte.

„Kapierst du es nicht? Es geht hier nicht mehr um mich!", schrie ich und zeigte mit dem Finger auf seine zuckende Handfläche, als er nach der Spritze in seiner Tasche griff. „Und wage es ja nicht, mich zu sedieren. Sie war nicht da. Kendra war nicht da, und dieser Bastard hat Marissa und all die anderen Mädchen mitgenommen, und diese verdammten Arschlöcher." Ich schmeckte zum dritten Mal Blut in meinem Mund und fuhr mit der Zunge über die Innenseite meiner zerfetzten Wange.

„Ich weiß, Allie." Tristan wandte sich an James. „Durchsucht das Gebäude und geht. Wir kommen hier schon klar."

Tristan schlang langsam seine Arme um meinen Körper und nahm mich in den Arm. „Geht es dir gut?"

Ich wollte seinen Trost nicht, und doch brauchte ich ihn so sehr. Ich verlor die Kontrolle über mein Wimmern. „Ja und nein.

So hätte es nicht laufen sollen. Er sollte nicht da sein. Ich dachte, du hättest gesagt-"

„Ich weiß, was ich gesagt habe, Allie. Ich hatte Angst, du würdest zurückschrecken, aber ich hätte dir die Wahrheit sagen sollen. Es tut mir so leid. Bitte verzeih mir. Ich werde dafür sorgen, dass ihm Gerechtigkeit widerfährt."

„Gerechtigkeit? Ist es Gerechtigkeit, wenn Wright ein minderjähriges Mädchen versklavt? Wenn ... wenn er mit ihr handelt, als wäre sie nur ein Stück Fleisch? Sie besitzt?" Ich schluchzte, packte Tristans Hemd und zog daran, bis meine Finger schmerzten. Er löste sie langsam und spreizte meine Handfläche über seiner warmen Brust. Sein Herz schlug in einem ruhigeren Rhythmus als meines. Ich schloss die Augen und lehnte meinen Kopf an seine Brust.

„Ich bin so müde."

„Schhhhh", gurrte er.

Mein Körper zitterte mehrere Minuten lang in seiner Umarmung, bevor wir uns auf das Sofa in der Ecke bewegten. Ich saß auf seinem Schoß, wie ein Kind in seinen Armen gewiegt.

„All diese hilflosen Mädchen", schluchzte ich an seinen Körper.

„Du musst das nicht noch einmal durchmachen."

„Was ist mit Kendra?"

„Wir werden einen anderen Weg finden."

„Nein." Ich schüttelte den Kopf. „Du hast gesagt, es wird eine weitere Auktion geben, also muss sie dort sein. Aber was ist mit den Mädchen unten? Wer wird sie retten?"

„Eine nach der anderen, Allie. Eine nach der anderen. Selbst ich habe nicht die Macht, sie alle zu retten. Es war schon schwer genug, in diesen Kreis einzudringen, aber ich verspreche dir, sobald wir Kendra haben, werden wir alles tun, um so viele wie möglich zu retten."

Ich hatte auf der Straße schon viel Schlimmes gesehen, aber nichts so Vulgäres und Dreistes wie an diesem Abend.

„Okay." Ich wischte meine Nase an seinem Hemd ab und gähnte.

Er trug mich ins Badezimmer, wo er mich vorsichtig wusch und der Duschstrahl meine Tränen ertränkte.

Gott, es tat weh! Es tat so schrecklich weh in meinem Inneren, dass ich mir am liebsten die Eingeweide herausgerissen hätte. Tristan fuhr mit einem eingeseiften Schwamm über meine Arme und Beine und wusch die klebrige, befleckte Konferenzraumluft von meiner Haut. Ich trocknete meinen Körper mit einem Handtuch ab, schlüpfte in sein übergroßes Hemd und kroch ins Bett. Das Licht dämmerte zu einem beruhigenden Schein, als er sich von hinten an mich schmiegte und meinen Körper aus der Embryonalstellung löste. Ich muss schnell eingeschlafen sein, denn als ich wieder aufwachte, war es nach Mitternacht, und Tristan war nicht da.

Ich schlüpfte aus dem Bett und schickte ihm eine kurze Nachricht, aber er antwortete nicht. Ich entfernte das Handtuch von meinem feuchten Haar. Der kurze Traum, in dem ich die Mädchen gerettet hatte, war nicht real, aber er könnte es sein. Es brauchte nur eine Person, um den Anstoß zu einer Veränderung zu geben. Warum nicht ich?

Ich brauche Tequila.

Ich zog mir eine Jeans und ein Tanktop an, nahm etwas Bargeld und ging nach unten. Ein paar Leute saßen an der Theke und ein Pärchen in einer Ecke, aber Tristan war nicht dabei. Der Barkeeper stützte sich auf seine Ellbogen und gähnte.

Ich klopfte auf die Theke. „Tequila."

Das beunruhigende Spiegelbild hinter der Bar ließ mich erschaudern. Ich zitterte.

Die Augenlider des Barkeepers hoben sich träge, aber seine Augen öffneten sich weit, sobald ich die knisternden Scheine auf den Tresen legte. Jemand nahm den Platz zu meiner Rechten ein. Ich drehte mich auf meinem Hocker um und war überrascht, ein bekanntes Gesicht zu sehen.

„Bist du allein?", fragte er.

Woher kenne ich ihn?

Der Mann war mindestens zwei Jahrzehnte älter als Tristan, aber gepflegt, frisch rasiert und trug, was wie eine riesige Limette unter seinem Auge aussah.

„Im Moment. Ich warte auf jemanden."

„Schade. Ich mag jüngere Frauen."

„Und ich mag ältere Männer. Mein Freund würde zustimmen. Du kannst seine Faust kennenlernen, wenn er dich hier unten beim Flirten mit mir erwischt. Es wird zu dem blauen Auge unter deinem Auge passen."

Jemand hatte auch seine Lippe aufgeschlagen. Sie war wie ein Ball geschwollen und passte zum Auge.

„Ist das, was du denkst, was ich tue?"

„Ist es nicht so?"

„Ich denke, ich werde mein Glück versuchen." Er hob einen Finger, und der Barkeeper goss ihm einen klaren Schnaps über Eis ein. Ich war ziemlich sicher, dass es Wodka war.

„Ich habe ein Talent dafür, mir Prügel einzuhandeln."

Buhlte er um mein Mitleid? Denn ich hatte kein Erbarmen für Männer, die wie dieser Depp aussahen, wie Wright, die missbrauchten und ... und ... alles taten, was sie nicht tun sollten. Ich hatte keine Geduld, einen anderen Mann anzusehen oder mit ihm zu reden.

Ich verdrehte die Augen und durchsuchte mein Gedächtnis, wo ich ihn gesehen haben könnte. Der Schnitt über seiner oberen Wange war frisch.

Eine tiefe, angewiderte Stimme lachte aus der Ecknische. Ich drehte mich wie in Zeitlupe auf meinem Sitz um und erschrak. Mein Magen verkrampfte sich vor Nervosität und Hoffnung.

Sie stand erstarrt wie eine Porzellanpuppe in einem Schaufenster. Knallroter Lippenstift und Rouge erhellten ihr gepudertes Gesicht. Sie drehte sich einmal im Kreis, bevor sie ihren Platz einnahm, und erfasste dabei die Reihe der Mädchen mit der versteckten Kamera, die in ihrem Schmuckstück eingebettet war. Die Mädchen im Raum waren jünger als erwartet; einige waren in Emmas Alter.

Ich tippte das GO in eine Gruppennachricht. Wir würden jeden verfluchten Kerl in diesem Raum und jeden Käufer, der mit der Transaktion in Verbindung stand, schnappen. Ich zoomte die Kamera auf den Gastgeber mit dem Tablet. Unser Mann verfolgte jeden Handel. James saß in der letzten Reihe, beobachtete Allie und wartete auf die Ankunft der restlichen Mädchen. Wenn das Glück auf unserer Seite war, würde Kendra bald auftauchen. Die inoffizielle Operation wimmelte von Pädophilen und solchen mit sexuellen Vorlieben und Fantasien, die eigenartiger als der Durchschnitt waren. Wir würden die Razzien morgen Abend koordinieren, aber vorerst wartete mein Bruder auf meinen Anruf in der Toilette neben der Haupthalle. Julian würde Kendra in dem Moment schnappen, wenn sie auftauchte.

Allie bewegte sich, und die Linse, die in ihren Juwelen eingebettet war, erfasste ein bekanntes Gesicht. Ich zoomte für eine Nahaufnahme heran. Der struppige Bart, die dunklen Haare und die buschigen Augenbrauen waren unverkennbar.

„Verdammte Scheiße!"

Was zum verfickten Teufel machte Wright hier?

Ich schoss durch die Tür und die Treppe hinunter, aber ich konnte den Saal im dritten Stock nicht schnell genug erreichen. Ich nahm die Abkürzung über den Skyway und durch den hinteren Lagerraum, dann verband ich mich mit dem Küchenbereich, wo ich hinter einem Stapel Gemüsekisten stehen blieb. Der Gestank von Fett wallte von der Fritteuse hinter mir herauf, während ich mich in einer Zwickmühle befand. Ich spähte hinter den Kisten hervor. Die jungen Hartley-Brüder saßen an einer Theke und konzentrierten sich auf einen Korb mit etwas, das nach scharfe Hähnchenflügel roch.

„Die Online-Verkäufe zeigen eine um fünfundsiebzig Prozent bessere Performance als die Auktion. Weniger Risiko, solange die Gesetzgebung auf unserer Seite ist."

„Wir können alle Gesetze kaufen, die wir brauchen. Was uns fehlt, sind frische Körper. Kluge Frauen mit unbezahlten Rechnungen und willigen Körpern. Infinity wächst aus einem Grund."

Ich konnte die Stimmen von Chris und Brad nicht unterscheiden, aber man musste kein Genie sein, um zu erkennen, dass Jeffs Söhne nach ihrem Vater kamen. War Kendra überhaupt heute Abend hier? Wurde sie online verkauft?

Ich nahm mein Handy aus der Tasche und schrieb Ace Wagner, was ich gehört hatte. Ich duckte mich auf den Boden und war dabei, in den Lagerbereich zurückzukehren, als eine Frau mit einem übergroßen Hut im angrenzenden Flur auftauchte. Sie verließ das Gebäude durch die Hintertür, und ich folgte ihr. Draußen auf dem Parkplatz drückte ein starker Windstoß gegen meine Brust. Der Hut der Frau wehte im Wind wie ein Strandschirm, während sie sich beeilte. Sie fing ihn mit ihrer Hand. Ihr dunkles, figurbetontes Outfit war in der Nacht kaum zu erkennen. Reifen quietschten, und ein SUV bog um die Ecke. Ich sprang auf. Eine ferne Erinnerung blitzte durch meinen Kopf, und ich erstarrte, als das Bild meines schleudernden Cabrios vor meinem inneren Auge ablief. Als meine Trance sich auflöste, war der Jeep bereits an ihre Seite gefahren. Sie hielt ihren Hut fest und sprang hinein.

Der Fahrer gab Gas und die Räder quietschten erneut, was mein Trauma wieder aufleben ließ.

Ich hetzte dem Fahrzeug nach und kam dort zum Stehen, wo es mit der Frau davongerast war. Der beißende Geruch von Benzin schlug mir entgegen. Ich bückte mich hastig nach einer weißen Karte, die sie fallen gelassen hatte. Ich drehte sie um. Ein schwarzes Unendlichkeitssymbol war auf der Rückseite aufgedruckt.

Wer zum Teufel bist du?

Mein Handy piepte mit einer Nachricht von James. Kendra war nicht bei der Auktion. Ich stand auf und drehte mich um, nur um in die eine Person zu laufen, die ich nicht sehen wollte.

„Was zum Teufel machst du hier?", spuckte Jeff Hartley aus. Sein Mund verzog sich zu einer geraden Linie. Ich folgte seinem Blick, als er die Eingangstür hinter sich überprüfte.

„Geschäfte, die dich einen Scheißdreck angehen. Verfolgst du mich?", ging ich in die Offensive.

Er schnaubte. „Du bist nicht so wichtig, Silver. Aber ich glaube, du bist derjenige, der mir folgt."

„Und was lässt dich glauben, du wärst wichtig genug?", gab ich zurück. Es würde nicht lange dauern, bis die Fotos, die James bei der Auktion gemacht hatte, auftauchten, und es würde nicht lange dauern, bis der Prozess begann. Wenn der verbitterte Kongressabgeordnete unterginge, würde er alle mit sich reißen.

Hartley trat vor, und sein fauliger Atem traf mein Gesicht. Ich unterdrückte den Würgereiz.

„Weißt du was, es ist mir scheißegal, was du hier herum-schnüffelst. Du wirst bald genau das bekommen, was du verdienst. Ich schließe meinen Handel ab, und es gibt nicht einen gottverdammten Scheiß, den du dagegen tun kannst, Silver."

Ich packte sein Hemd, aber er schob meine Arme von sich.

„Was für ein verdammter Handel?"

„Hör auf, dich dumm zu stellen. Denkst du, ich weiß nicht, dass du mir auf den Fersen bist? Heute Abend ist nur eine Show – um meinen Freunden zu zeigen, wie weit du hinter der Zeit zurückgeblieben bist. Dein Mädchen nimmt nicht an solchen Auktionen teil. Von jetzt an gehört sie mir. Kendra wird private Treffen mit ihren Kunden auf meiner Insel haben, und dort wird sie verdammt nochmal bleiben."

Ich schlug mit der Linken zu und überraschte Hartley. Er revanchierte sich mit einem Schlag gegen meine Lippe. Sie platzte an der Narbe auf. Ein eiserner Geschmack füllte meinen Mund, als ich nach hinten fiel. Der Inhalt meiner Tasche rutschte heraus und krachte zu Boden. Mein Handy zerbrach in der Ecke. Ich stand auf, bereit es ihm heimzuzahlen, hielt mich aber im letzten Moment zurück und wischte stattdessen meinen Mund ab. Er war es nicht wert. Offensichtlich war Kendra nicht hier. Der Dreckskerl grinste wie ein Raubtier vor seiner Beute, und ich konnte es kaum erwarten, es ihm heimzuzahlen.

„Es wird nicht lange dauern, bis du untergehst, Hartley. Du wirst es bereuen, wenn deine Söhne dir keine Enkelkinder hinter Gittern schenken können und deine Mama das Haus verliert, das du ihr mit dem gewaschenen Geld gekauft hast. Deine ganze verflixte Familie wird dafür bezahlen."

Er richtete sein Hemd. Hartleys Gesicht verdunkelte sich zu einem satten Rot, als er höhnisch grinste. „Ich habe bereits bezahlt, als meine Tochter in dieses Auto mit dir stieg. Diese Fahrt den Hügel hinunter war nie für Simone gedacht, Silver. Sie war für dich bestimmt."

Ich griff nach meinem Schlüsselbund und klemmte den Autoschlüssel zwischen meine Finger. Der Untergriff kam instinktiv.

„Das ist für Simone, du Schwein." Ich rammte meine Faust mit voller Wucht unter seinen Rippenbogen. Der Schlüssel durchbohrte sein weißes Hemd zwischen seinen Rippen. Er krümmte sich und jaulte vor Schmerz auf.

Zwei Bodyguards stiegen aus dem Aufzug, und ich wich zurück.

„Das werde ich nicht vergessen", stöhnte Hartley.

Ich verschwand, bevor die Bodyguards aufholten. Ich rannte um das Hotel herum zu einem Notausgang an der Seite und schlüpfte durch die selten benutzte Tür. Ich hetzte die Treppe hinauf, bevor mir jemand folgen konnte. Die Auktion würde in wenigen Minuten enden, und ich musste Allie dort rausholen.

Ich stürzte zurück ins Zimmer, wo James neben einer bewusstlosen Allie auf dem Boden saß, während Julian eine Kompresse an ihren Kopf hielt.

„Was ist passiert?"

„Dieser verdammte Wright war da, aber sie hat bis zum Schluss durchgehalten. Donaldson muss ihn in letzter Minute eingeladen haben. Ich hab keine verdammte Ahnung, aber hast du das Mädchen gesehen, das er bekommen hat?"

„Die Schwangere? Ja, darum kümmern wir uns noch."

„Geht es ihr gut?" Ich prüfte Allies Puls.

„Sie steht unter Schock. Wir müssen Donaldson ins Freie locken. Es ist schon zu lange her. Es wird Zeit." James griff nach einem Paar Socken und zog sie Allie über die Füße.

„Erst wenn Kendra zurück ist", erinnerte ihn mein Bruder. „Wenn sie herausfinden, wer sie wirklich ist, werden wir sie nie zurückbekommen."

Ich wedelte mit der Hand über Allies Gesicht, als wäre es eine Art Zauberstab. „Allie?"

Sie lag regungslos da, so verletzlich wie ich sie noch nie gesehen hatte. „Allie?", versuchte ich es erneut.

Ihre Augen öffneten sich weit, und sie schoss hoch, schreiend. „Nein! Nein!"

Mein Herz zerriss sich. Ich packte sie an den Armen und hielt sie fest. „Allie, es ist alles in Ordnung. Du bist in Sicherheit."

In der nächsten halben Stunde klagte Allie in meinen Armen. Sie trauerte um die Mädchen, die wir zurückgelassen hatten, und hinterfragte Wrights Anwesenheit sowie den widerlichen Kauf. Dieser Mann war der Schlüssel zu jedem verdammten Fehler, den ich in diesem Moment nicht wiedergutmachen konnte. Alles, was ich tun konnte, war ihr Gerechtigkeit zu versprechen. Sie würde kommen – weil sie kommen musste. Obwohl der Schaden, den seine Anwesenheit angerichtet hatte, erheblich war, würde ich ihn beheben und dafür sorgen, dass sie den Bastard nie wieder sehen würde.

Allie brach kurz nach der Dusche erschöpft in meinen Armen zusammen. Ich wollte sie nach Hause bringen, aber ihr Zittern hörte nicht auf. Ich legte mich mit ihr ins Bett, schmiegte mich an sie und deckte sie mit einer Decke zu. Mein Cousin und mein Bruder waren in ihre Zimmer gegangen. Sie würden dort ausharren, bis sie am Morgen unbemerkt verschwinden konnten. Allie wachte mehrmals auf, bevor ihr Körper endlich in einen tieferen Schlaf fiel.

Erschöpft nahm ich gegen Mitternacht mein Handy zur Hand. Der Bildschirm war gesprungen, aber es funktionierte noch, und ich wählte Julians Nummer.

„Es tut mir leid, dass wir Kendra nicht bekommen haben."

„Ich habe sie seit Jahren nicht abgeschrieben, und ich werde jetzt nicht damit anfangen. Sie haben uns reingelegt. Sie sollte nicht hier sein, aber ich gebe nicht auf. Ich gehe zum Angriff über und fliege morgen früh als Erstes mit dem Flugzeug zu Jeffs Insel."

Das Telefon knackte im Hintergrund. Mein Bruder war in die Unruhestifterin verliebt. Er hatte ihrem Charme widerstanden, bis all die Leidenschaft, die sie seit ihrer ersten Begegnung für ihn gehegt hatte, übergeschwappt war und brannte.

„Du kannst nicht alleine gehen. Die Überwachung zeigt Radar und-"

„Ich weiß, was die Überwachung zeigt. Gabe ist gerade gelandet. Ich habe jedes Stück Information, das wir haben, gejagt und studiert. Ich habe einen Weg hinein."

„Das ist nicht nur dein Kampf. Ich komme mit dir."

„Ich gehe nicht allein. Gabe kommt mit mir, und er will sich Martinez vorknöpfen, also bleibst du hier und kümmerst dich um die Frau, die heute Nacht ihr Leben riskiert hat. Keine Widerrede. Ich rufe nach Verstärkung, wenn ich sie brauche."

Ich schaute hinüber zu Allie, die in Embryonalstellung auf dem Bett lag, ihre Wange in das flache Kissen gedrückt und ihre schiefen Entenlippen zu einem Herz geformt.

„Sie wird Fragen haben, wenn sie aufwacht, und du schuldest ihr ein paar Antworten."

„Dieser verdammte Wright. Ich bringe sie morgen früh als Erstes nach Hause. Lass es mich wissen, wenn du landest. Ich werde dafür sorgen, dass wir jeden einzelnen Mistkerl von dieser Auktion jagen. Wright wird nicht wissen, was ihn trifft, und Hartley auch nicht."

„Wenn wir die Hartleys kriegen, dann kriegen wir sie alle."

Jahrelang hatte ich mich nach dem Tag verzehrt, an dem alles vorbei sein würde. Ich hatte mir sein blutiges, lebloses Gesicht in diesem Sarg vorgestellt, seit dem Tag, an dem der Bastard mich nicht in Simones Krankenhauszimmer gelassen hatte. Sie hatte noch ein paar Tage nach dem Unfall gelebt, aber Hartley hatte mir nie die Chance gegeben, mich zu verabschieden.

„Ich habe das Hotel durchsucht, bevor ich ging. Die Arschlöcher sind schneller verschwunden als Kakerlaken." Julians Stimme drang durch den Hörer.

„Ich glaube, ich habe mein Handy kaputt gemacht. Flieg sicher, Julian."

„Danke."

Das Telefon schaltete sich aus, bevor ich auflegen konnte. Ich sah nach Allie, bedeckte ihre Schulter mit einer Ersatzdecke und dimmte die Tischlampe. Sie kuschelte sich ins Kissen und umklammerte den Bezug mit ihren Fäusten. Ich streckte meine Arme über den Kopf. Meine Muskeln pulsierten vor Schmerz und Erschöpfung. Ich beugte mich gerade hinunter, um meine Schuhe auszuziehen, als ein Schatten an der Hotelzimmertür vorbeizog. Jemand blieb auf der anderen Seite stehen und wartete, was sich wie eine Ewigkeit anfühlte. Ich hielt den Atem an und hörte mein Herz in meinen Ohrmuscheln schlagen. Es war das einzige Geräusch, das ich hörte, bevor sich die Schatten bewegten. Ich stürzte zur Tür, rannte aus dem Zimmer und folgte der großen Gestalt bis zur Gabelung im Flur, wo die Frau in einer der Dutzend Türen verschwand. Bevor ich mich umdrehen konnte, spürte ich einen scharfen Stich im Nacken. Ich hob meine Hand zu der Stelle und fühlte einen Pfeil, der aus meiner Haut ragte.

Meine Sicht verschwamm, und der Flur vor mir flimmerte wie ein schlechter Fernsehempfang. Wie in Zeitlupe drehte ich mich um und stolperte, bis ich auf die Knie fiel. Eine große Gestalt näherte sich, aber ich konnte das schattenhafte Gesicht nicht erkennen, und dann verlor ich das Bewusstsein.

Mein gesunder Menschenverstand verkroch sich in die dunkle Ecke, in der ich mich mein ganzes Leben versteckt hatte. Ich war auch mein ganzes Leben lang weggelaufen, und sieh, wohin mich das gebracht hatte. Ich kippte meinen Tequila-Shot in einem Zug hinunter. Meine Nerven entspannten sich, als der Alkohol wie eine mit Adrenalin und Selbstvertrauen gefüllte Kugel durch meinen Körper schoss.

„Entschuldigen Sie mich. Ich habe noch etwas zu erledigen."

Ich ließ den Mann an der Bar stehen und schlenderte zur hinteren Nische. Mein Handy brannte förmlich ein Loch in meine Jeans-Gesäßtasche, aber so sehr ich auch Tristan anrufen wollte, ich konnte nicht. Ein falscher Zug und diese Chance wäre vertan. Ich zog meine Schulterblätter zusammen, hob meine Brüste an und blieb an der abgelegenen Nische nahe dem Eingang zur Toilette stehen. Martinez hielt Kendras Leine. Sie zitterte auf ihrem Platz, vermied aber jeden Blickkontakt. Das war meine Chance.

„Habt ihr noch Platz für eine mehr?", fragte ich.

Er lehnte sich zur Seite und blickte an mir vorbei zur Bar, bevor er auf den Platz ihm gegenüber, neben Kendra, nickte.

Hinter uns versperrte eine Reihe künstlicher Pflanzen die Sicht zur Straße. Der abgeschiedene Bereich bot Schutz vor der Hotellobby. Kendra hob ihren Kopf, und ich ballte meine Fäuste unter dem Tisch. Ich hatte es an der Bar nicht gewagt zu hoffen, dass sie es sein könnte, aber jetzt, wo ich sie aus der Nähe sah, wusste ich, dass sie es war. Die Nacht war doch nicht umsonst gewesen.

Nicht, wenn ich es verhindern konnte.

Ihre Augen waren leer und gerötet, als hätte man sie unter Drogen gesetzt. Wahrscheinlich hatte man das auch. Der Hoffnungsschimmer, den ich auf ihrem Gesicht in den Fotos gesehen hatte, die Tristan mir gezeigt hatte, war verschwunden. Tatsächlich hatte sie auf keinem der Fotos so elend ausgesehen. Kendra musste in den letzten Wochen die Hälfte ihres Gewichts verloren haben. Sie legte ihre Hände auf den Tisch. Ihre Handgelenke waren mit einem Seil gefesselt, das am Tischbein festgebunden war.

„Wer ist das?", nickte ich in ihre Richtung.

„Eine Schlampe." Er goss den Tequila in die Schnapsgläser.

„Wozu sind die Seile da?"

„Damit sie gehorcht. Sie macht Ärger. Trink." Es war keine Bitte.

Ich kippte den Tequila hinunter wie Wasser. Nach der Art, wie Martinez die Flasche umklammerte, würde es nicht leicht sein, die Shots zu kürzen.

„Du bist also sowas wie ein Zoowärter. Sie ist dein Panther und ich bin der Puma." Ich knurrte.

„Klar. So in etwa. Ich kann auch für dich einen Käfig finden."

Wichser.

„Würde sie mitkommen?", ich zwang mich zu einem flirtenden, lüsternen Blick, als ob ich ihn wirklich verdammt gut leiden könnte, während ich den aufsteigenden Hass in meiner Brust unterdrückte.

„Nein. Sie wartet auf ihren neuen Besitzer." Er sah auf seine

Uhr, runzelte die Stirn und goss eine weitere Runde Shots ein. „Wir können gehen, sobald sie weg ist."

Martinez hatte sie schon verkauft? Tristans Informationen brauchten ein Update. Heute Abend könnte die einzige Chance sein, die ich hatte, um Kendra zu helfen. Ich konnte jetzt nicht wirklich mein Handy vor Martinez herausholen, aber sobald sich die Gelegenheit bot, würde ich Tristan eine Nachricht schicken.

„Wohin würden wir gehen?"

„Ich hab's dir schon gesagt. In deinen Käfig, mein Puma."

Er griff nach meiner Hand. Seine schwieligen Finger streiften über meine Handfläche, und ich zog instinktiv zurück. Das zwang mich, den Fehler zu überspielen, und meine Hand ging direkt zum Tequila-Shot. Nur wusste ich, dass ich ihn nicht trinken konnte. Ich war an diesem Kipppunkt angelangt, und ich brauchte meinen Verstand.

„Ich trinke nicht gern allein." Ich nickte zu seinem Glas. Er nahm es zwischen die Finger, und wir hoben die Shots an unsere Lippen. Ich nutzte den Moment, als er den Kopf nach hinten neigte, um den Shot in die Pflanze am Fenster hinter mir zu leeren. Kendra saß regungslos da, den Kopf gesenkt.

Ich wischte mir mit der Hand über den Mund und stellte das Glas ab.

Martinez verlor keine Zeit, einen weiteren einzuschenken. Der Bastard hatte vor, mich zu betrunken zu machen. Die nächsten drei landeten ebenfalls in der Pflanze. Ich schwankte hin und her und kicherte wie eine fröhliche Betrunkene. Ich flatterte mit den Wimpern, lehnte mich vor und gewann so das Vertrauen, das ich für unseren Ausbruch brauchte. Er fiel voll darauf rein. Mein Plan funktionierte ... bis ich sah, wie er eine pulvrige Substanz in mein Glas schüttete.

Kendras Kopf schoss hoch. Sie riss ihre Augen weit auf, um mich zu warnen. Aber sie musste mich nicht alarmieren. Martinez ließ sein Glas leer und beobachtete mich.

„Was ist mit dir?", schmollte ich.

„Ich hatte genug. Das sollte auch dein letzter sein."

Scheiße.

„Toilette." Kendras winzige Stimme schaffte es kaum über den Tisch.

„Halt's aus. Wir sind gleich fertig."

„Ich kann deinen Panther auf einen Spaziergang zur Toilette mitnehmen. Oder hast du Angst, dass sie beißt?" Ich biss mir auf die Lippe und drückte meine Brüste nach vorne. Martinez gefiel das.

„Wenn sie entkommt, bist du ihr Ersatz."

Hatte der Wichser nicht sowieso vor, mich mitzunehmen? Verdammter Mistkerl.

Ich knurrte spielerisch und machte „Grrr". Ich machte eine katzenartige Geste und kratzte mit meinen Nägeln in der Luft.

Er packte mein Handgelenk, bevor ich aufstand. „Trink erst."

Mein vergifteter Tequila-Shot wartete auf dem Tisch, und Kendras Augen weiteten sich erneut.

Martinez ließ meine Hand mit mehr Vorsicht los als zuvor. Ich nahm das Glas und wusste, dass ich diesmal nicht damit durchkommen würde, also schaute ich Kendra an und sagte: „Lass uns Pipi machen", und kippte den Shot runter.

Er reichte mir Kendras Seil. „Du hast drei Minuten."

Sobald sich die Badezimmertür schloss, sprang ich in die erste Kabine und steckte mir zwei Finger in den Hals. Der Würgereflex setzte sofort ein. Mein Magen stieß den Tequila zusammen mit allem in seiner Säure aus. Er zog sich dreimal zusammen und entleerte sich. Ich stand auf, und der Raum drehte sich. Was auch immer Martinez mir gegeben hatte, war bereits in meinem Blutkreislauf.

Kendra bedeckte ihren Mund und atmete heftig durch ihre Finger. „Lauf. Du solltest laufen, solange du noch kannst."

Sie zitterte wie Wackelpudding, und ich schlurfte zum

Waschbecken, an dessen Seiten ich mich festhielt. Der Raum drehte sich. Ich spülte meinen Mund aus und stützte mich auf das Porzellan. Ich holte tief Luft und legte meinen Zeigefinger an die Lippen. „Psst."

Ich nahm mein Handy heraus und tippte: LOBBY BAR TOILETTE K MARTINEZ EILE

Ich drückte auf die Sendetaste und betete, dass Tristans Handy eingeschaltet war.

„Wer bist du?", fragte Kendra.

„Ich bin Tristans Freundin, und ich gehe nicht ohne dich. Was hat er mir untergemischt?" Ich arbeitete mit meinen Fingern an Kendras Seil und kämpfte gegen den Schleier vor meinen Augen an.

„Ein Beruhigungsmittel. Es war eine Menge. Er wird uns beide dafür umbringen."

Ich ignorierte die Panik in ihrer Stimme und konzentrierte mich darauf, die wenige Zeit, die wir hatten, zu unserem Vorteil zu nutzen. „Wenn das so ist, müssen wir ihn loswerden. Wir sind zu zweit gegen einen. Du scheinst stark genug zu sein, Kendra. Bitte sag mir, dass du hier raus willst. Ich brauche dich auf meiner Seite. Bist du dabei?" Ich konnte nicht glauben, wie sehr ich mir in diesem Moment meine Waffe wünschte.

Der erste Seilriemen löste sich, aber da war noch ein zweiter, der sich in ihr Fleisch grub. Sie hatten den letzten Knoten zusammengeklebt. Meine Fingerspitzen schmerzten und meine Nägel brachen, aber schließlich gab das Seil nach. Rote Streifen verbrannter Haut umgaben ihre Handgelenke.

„Ich bin dabei", flüsterte sie.

Der Raum verschwamm immer wieder vor meinen Augen.

Ich suchte nach einem anderen Ausgang und konzentrierte mich auf das kleine Fenster in der letzten Kabine. Wenn Tristan die Nachricht nicht bekommen würde, müssten wir uns bewegen. Ich eilte zum Ende des Raumes, stieg auf die Toilette, entriegelte den Verschluss und öffnete das Fenster. Kalte Nachtluft strömte ins Badezimmer.

„Weißt du, auf wen er wartet? Wer ist dein Käufer?"

„Hartley ... aber ich weiß nicht, welcher."

Martinez klopfte an die Tür. „Beeil dich."

„Bin gleich fertig", sagte ich mit einer halb betrunkenen Stimme und überprüfte mein Handy. Keine Antwort.

„Ist er allein?", fragte ich.

„Ich glaube nicht. Und sie sind immer bewaffnet."

„Das dachte ich mir." Ich holte mein Handy heraus und schob es in ihr Dekolleté, direkt in ihren BH. „Julians und Tristans Nummern sind da drin. Sie sind in diesem Hotel. Lauf und finde sie."

„Was ist mit dir?", fragte sie.

„Ich komme gleich hinter dir her."

Martinez klopfte erneut, diesmal härter, aber ich antwortete nicht. Uns blieben nur noch Sekunden.

„Komm hoch." Ich verschränkte meine Hände als Stütze. Sie setzte ihren Fuß in die Mulde, und ich half ihr auf die Fensterbank. Mein Gott, war sie leicht! Sie blickte zu mir zurück.

„Los! Spring. Jetzt!"

Ich griff nach der Kante und zog mich ebenfalls hoch, gerade als Martinez die Badezimmertür aufstieß. Er stürmte mit dem Typen herein, den ich an der Bar gesehen hatte.

„Dreh dich nicht um", rief ich ihr zu. Sie drehte sich in der Gasse im Kreis, als würde sie sich orientieren.

Das Klicken einer Waffe ertönte in meinen Ohren. Ich rutschte wie in Zeitlupe von der Kante, aber als ich mich umdrehte, war Martinez nicht mehr da. Stattdessen richtete der Typ von der Bar die Waffe auf meinen Hals.

„Weichei", zischte ich verächtlich. „Waffen benutzen, um Frauen zu entführen. Du bist das größte Weichei, das mir je über den Weg gelaufen ist."

Er senkte die Waffe und sicherte sie in einem Holster hinter sich.

„Dreh dich um, hübsches Gesicht, und sieh, was ich mit Mädchen wie dir mache."

Ich stand auf, trotz der Drogen, die bereits in meinem Blutkreislauf waren. Der Raum verschwamm immer wieder vor meinen Augen.

„Ich bin kein Mädchen, du Arschloch. Ich bin eine Frau."

„Arbeitest du für Silver?", fragte er. „Tristan Silver? Mach weiter so und du wirst wie meine Tochter enden. Tot."

Hartley zog ein Springmesser aus seiner Tasche und griff ohne zu zögern an. Ich wich ihm aus, ohne Kontakt aufzunehmen. Bei seinem nächsten Versuch ging ich zu Boden und führte denselben Roundhouse-Kick aus, der ihn von den Füßen riss. Er packte meinen Fuß und zog mich runter. Ich krachte auf den Boden. Er zog das Messer über meine Wade und schnitt durch meine Haut. Ich trat mit meinem anderen Fuß gegen sein Kinn, und der feste Kontakt brach seinen Kiefer mit einem Knacken. Schlagringe rutschten aus seiner Tasche.

„Du Schlampe. Du hast gerade den größten Fehler deines Lebens gemacht." Er zielte mit dem Springmesser auf meine Brust, aber ich fing es zwischen meinen Händen ab und manövrierte die Klinge aus seinem Griff. Es rutschte über den Badezimmerboden. Hartley packte meinen Fuß und versuchte, ihn zu verdrehen, aber ich trat ihm ins Gesicht. Er jaulte vor Schmerz und rollte sich in Embryonalstellung zusammen. Ich stolperte erneut zur Badezimmertür, hielt aber inne, als ich ihn als Nächstes hörte. „Ich werde dich finden, und du wirst dafür bezahlen."

Blutend drehte ich mich auf dem Absatz um und machte drei lange Schritte auf ihn zu. Ich setzte mich auf ihn und begann zu schlagen. Eins, zwei, drei, vier... ein scharfer Stich glitt zwischen meine Rippen. Hartley hatte mich mit einer anderen Klinge getroffen. Ich verdrehte sein Handgelenk und fing das Messer auf, das er losließ. Als er versuchte, es wieder zu greifen, rutschte es zwischen uns. Der Druck unserer vereinten Hände, die danach griffen, reichte aus, um hindurchzustoßen.

Er hustete. Ich stieß mich von seinem Körper ab, und das Messer blieb fest in seinem Bauch stecken.

„H... hilf mir." Er hustete Blut aus seinem Mund.

„Fick dich. Du verdienst viel Schlimmeres als das." Ich humpelte zur Tür hinaus, um Kendra zu finden, und schaute nicht zurück.

Meine Muskeln gaben nach und mein Gleichgewicht war gestört, als ich durch die Seitentür stolperte. Der Barkeeper war nirgends zu sehen, als ich leise durch die Straßentür hinausging, völlig blutverschmiert und wahrscheinlich aussehend, als käme ich gerade vom Set von „Carrie". Ein Stechen in meiner Schulter schmerzte wie ein Tag alter blauer Fleck, und ich hob meine Finger zu dem rinnenden Blut. Mir war gar nicht aufgefallen, dass er mich dort gestochen hatte.

Scheiße! Tristan, wo bist du?

Ich eilte die Straße hinunter zum Ende des Gebäudes und überprüfte dann jede Gasse dahinter, aber meine Knie gaben alle paar Schritte nach. Die pulverige Substanz, die ich früher geschluckt hatte, rauschte durch meine Venen, und ich glitt in und aus dem Bewusstsein. Der eiserne Geschmack von Blut füllte meinen Mund. Eine vage Erinnerung daran, Hartley gebissen zu haben, blitzte in meinem Kopf auf: ein Finger oder vielleicht ein Stück Fleisch von seinem Unterarm. Mein Kiefer schmerzte definitiv. Wenn das Glück auf meiner Seite wäre, wäre er tot.

Die Welt verschwamm, aber irgendwann fand ich die Gasse und erstarrte: Kendra kniete auf dem Pflaster, während Martinez die Waffe auf ihren Kopf richtete.

Blut rann meinen Arm und meine Finger hinunter.

Ich bin sowas von im Arsch.

Und so tat ich das Einzige, was ich konnte. Ich schrie aus voller Kehle und zog die Aufmerksamkeit des Arschlochs auf mich. Er drehte sich wie in Zeitlupe um und richtete seine Waffe auf mich. Zumindest zielte er nicht mehr auf Kendra. Die Waffe ging los.

Einmal.

Zweimal.

Mein Bauch fühlte sich warm an, meine Knie gaben nach, und die Welt wurde schwarz.

ein Kopf pochte mit einem Schmerz, wie ich ihn noch nie zuvor erlebt hatte. Ich tastete mit der Hand nach meinem Nacken, wo der Schmerz seinen Ursprung hatte. Die erbsengroße Beule unter meinen Fingerspitzen pulsierte und blutete. Der Druck zwischen meinen Augen ließ meine Sicht verschwimmen und brachte eine Erinnerung an eine weggehende Frau hervor. Ich stemmte mich vom fleckigen Teppich des Hotelflurs hoch, war aber nicht stark genug, um zu stehen. Ich schleppte mich in Richtung dessen, was ich für mein Zimmer hielt. Je mehr ich mich bewegte, desto schneller nahmen die Konturen Gestalt an und desto mehr erinnerte ich mich. Die Frau hatte Louboutin-Absätze getragen.

Wer zum Henker war sie?

Ich tastete an der glatten Wand entlang, meine Handflächen gegen die Oberfläche gepresst, und schaffte es schließlich, auf die Beine zu kommen. Meine Knie zitterten, aber meine Beine hielten mich. Ich tastete mich seitwärts an der Wand entlang zu meiner Zimmertür. Ich zog die Karte durch den Leser, und die Tür sprang auf.

„Allie?", rief ich, aber sie war nicht in ihrem Bett.

Scheiße.

Ich überprüfte die Garderobe und das Badezimmer, aber sie war auch dort nicht. Das Schlimmste vom Schlimmsten blitzte durch meinen Kopf. Quietschende Räder; ein ohrenbetäubender Schrei, den ich nie vergessen würde; die Reihen von Trauernden in Schwarz. Ich schüttelte die Erinnerungen ab, nahm mein totes Handy und warf es gegen die Wand. Ich eilte ins Badezimmer, drehte den Wasserhahn auf und wartete, bis das verfärbte Wasser abgelaufen war. Dann beugte ich mich hinunter und trank direkt aus dem Hahn.

Ich zog meine Waffe unter der Matratze hervor und taumelte zurück auf den Flur. Der Bewohner des Nachbarzimmers trat aus seiner Tür, und ich erstarrte.

Wright starrte mich mit offenem Mund an; er hatte keine Ahnung, dass der rasende Mann vor ihm kurz davor war, die Beherrschung zu verlieren. Ich zog die Waffe aus dem Holster hinter meinem Rücken und richtete sie auf seine Brust.

„Wow, wow! Was machst du da?"

„Wo ist sie?", knurrte ich.

„Ich weiß nicht, von wem du redest. Ich habe das schwangere Mädchen gehen lassen."

„Wo. Ist. Sie?"

„Ich schwöre, ich habe sie gehen lassen. Sie ist weg. Du kannst die Waffe wegstecken und mein Zimmer überprüfen."

Ich trat näher.

„Oder behalt die Waffe. Wie du willst. Geh und sieh nach."

„Geh voran und versuch ja nichts." Ich folgte ihm ins Zimmer und inspizierte jede Ecke.

„Was hast du mit dem Mädchen gemacht?"

„Ich hab's dir gesagt. Ich hab sie gehen lassen."

„Ich glaube den Mist nicht, den du da erzählst." Ich richtete die Waffe auf sein Gesicht.

„Hör zu, ich... ich kenne wichtige Leute. Du willst dieses Mädchen und die anderen, richtig? Ich werde vor Gericht gegen die Hartleys aussagen. Ich werde alles tun, was du willst."

Aber Wrights Prioritäten waren so wechselhaft wie das Wetter. Er hatte die Macht, einige der einflussreichsten und abscheulichsten Männer dieses Landes hinter Gitter zu bringen. Während seine Aussage Kendras Namen reinwaschen würde, würde sie auch die Hartleys und den Kongressabgeordneten ins Gefängnis bringen.

„Ich lasse dich nicht aus den Augen, bis du ausgesagt hast, du Dreckskerl. Du kommst mit mir."

Ich verdrehte seinen Arm hinter seinem Rücken und drückte den Lauf der Waffe in sein Rückgrat.

„Lass mich los. Ich werde aussagen. Ich verspreche es."

Ich ignorierte die Lüge, die in seinem gehässigen Tonfall mitschwang. Ich hatte genug Zeit mit Wright verschwendet und nicht nach Allie gesucht. Wir konnten auch nicht noch einen Monat warten, um den Fall einzureichen, und ich würde Ace Wagner anweisen, am Morgen gegen Hartley vorzugehen.

„Du machst eine falsche Bewegung und ich schieße. Hast du verstanden?"

Wir nahmen die Treppe hinunter zur Lobby. Er zitterte wie ein Feigling. Ich verbarg die Waffe zwischen uns, als wir an dem halb schlafenden Concierge vorbeigingen. Wir durchquerten die leere Lobby zu dem Bereich, von dem leise Musik aus der Bar drang. Der Barkeeper war in keinem besseren Zustand als der Typ am Empfang.

Ich klopfte auf den Tresen. „Ich suche ein Mädchen mit kastanienbraunem Haar, eins dreiundsechzig, braune Augen."

„Toilette." Er zeigte darauf. „Aber ich glaube nicht, dass sie noch da ist. Oder sie ist schon eine Weile dort."

Ich bedeutete Wright voranzugehen und folgte ihm durch die Bar. Ich klopfte hart an die Tür der Damentoilette. „Ist jemand da?"

Als niemand antwortete, stieß ich die Tür auf. „Ich komme rein."

Der Raum stank nach Alkohol und antiseptischem Reinigungsmittel, aber ich hatte keine Leiche mitten auf dem Boden erwartet.

„Scheiße noch eins." Wright drückte sich in eine Ecke. „Das ist Hartley."

„Bleib da", warnte ich und stieg über die Blutlache. Eine Klinge steckte mitten in Hartleys Bauch, und Blut lief aus seinem Mund.

„Was zum Teufel ist hier passiert?"

Er blinzelte, und ich sprang auf.

„Sss... Simone wird die Sache regeln." Er spuckte und würgte an dem sich in seinem Mund sammelnden Blut.

„Wo ist Allie?", schrie ich.

Aber er war bereits tot.

Mein Herz raste und meine Ohren dröhnten. Ich kratzte mir an der Schläfe. Der Raum war ein blutiges Durcheinander, mit Hand- und Fußabdrücken überall. Spuren eines Kampfes waren über die Spiegelwand verschmiert. Kleine Hände und viel Blut, aber Allie war nicht da. War sie hier gewesen? War sie verletzt?

Ich wirbelte zu Wright herum.

„Was zum Teufel hatte Hartley hier zu suchen?"

„Ich hab ihn nie getroffen. Ich kenne nur Donaldson. Das ist alles. Ich schwöre."

Es war egal, ob er log. Nur Allie zählte.

Ich stieg auf die Toilette nahe dem Fenster, als ein doppelter Schuss aus einer Gasse weiter unten in der Straße donnerte. Wright blieb in seiner Ecke, aber ich glaubte keine Sekunde, dass er dort bleiben würde. Ich kletterte durch das zerbrochene Fenster, sprang auf den Bürgersteig und folgte einer Blutspur zu einer zweiten Gasse, wo ich sie fand.

Mein Cousin stand da mit gespreizten Beinen und richtete seine Waffe in die Dunkelheit. Ich rannte ihm zu Hilfe, aber Gabe war nicht derjenige, der Hilfe brauchte. Kendra kam in Sicht. Mein Bruder Julian kniete an ihrer Seite. Kendra lag zusammengerollt neben dem Müllcontainer. Ihre Wangen waren eingefallen und ihre Haare standen aus einem schlampigen Dutt heraus.

Martinez lag tot am Boden. Etwa vier Meter zu seiner Linken lag Allie an der Wand. Ich rannte zu ihr und prüfte ihren Puls. Er wurde mit jeder Sekunde schwächer. Ich untersuchte ihren Körper und fand die blutende Wunde in ihrem Bauch. Ich hob ihre Seite an und betrachtete ihren Rücken. Es gab eine Austrittswunde nahe der Niere.

„Scheiße!"

„Ich war das nicht. Er hat auf sie geschossen." Kendra zeigte auf Martinez.

„Ich weiß, K. Komm schon, Gabe. Reiß dich zusammen. Ruf einen Krankenwagen", rief ich und riss einen Ärmel von meinem Hemd ab. Den stopfte ich in die Rückseite und riss meinen anderen Ärmel für die Vorderseite ab.

Gabe stand wie erstarrt da, die Waffe ruhte an der Seite seines Oberschenkels. Endlich bewegte er sich. Er musste Martinez erschossen haben.

„Krankenwagen, Gabe! Krankenwagen."

Er schreckte auf und holte das Handy aus seiner Tasche.

„Ich war zu spät." Julian blickte auf. „Wenn Gabe nicht gewesen wäre ..."

„Du bist nicht zu spät, Julian. Reiß dich zusammen und hilf mir."

Mein Bruder hob Kendras zerbrechlichen Körper in seine Arme, trug sie zu Allie und setzte sie nah bei uns ab.

„Halt hier." Ich nahm seine Hand und drückte sie unter Allies Rippen. „Lass nicht los."

Ich griff nach dem Handy in seiner Gesäßtasche, wählte den Gruppen-Notfallcode, als Hunter am Bordstein hielt. Wir brachten sie auf den Gehweg. James tauchte kurz darauf auf. Wir versorgten Allie notdürftig und stoppten die Blutung, aber ihr Puls fiel so schnell, dass ich wusste, wir konnten nicht auf den Krankenwagen warten. Die Jungs halfen uns, Allie auf den Rücksitz zu legen. Julians Hand drückte auf die Wunde. An einem Punkt schrie Allie vor Schmerz auf.

„Schh, wir bringen dich jetzt ins Krankenhaus."

Sie blinzelte dreimal, wurde wieder ohnmächtig, und ich konzentrierte mich wieder auf die Aufgabe.

„Los geht's!"

Gabe setzte Kendra auf den Mittelsitz. Er sicherte sie und übernahm meinen Griff an Allie. Ich kletterte über die Mittelkonsole und rutschte auf den Fahrersitz.

„Ruf Scar an", sagte ich zu James. „Er hat eine Freundin im Krankenhaus, Julia Blakely. Sie wird diskret sein."

Ich umklammerte das Lenkrad und spürte zum ersten Mal seit Jahren die Kraft des Motors, als wären wir verschmolzen.

Halt durch.

Das GPS zeigte das Krankenhaus in fünfzehn Minuten Entfernung an. Es würden elf sein, wenn ich jedes Tempolimit brach und jede rote Ampel überfuhr.

„Sagt Bescheid, dass sie den Weg frei machen sollen. Wir haben eine ehemalige Polizistin, die um ihr Leben kämpft."

Ich wollte nicht angehalten werden und würde weitermachen, bis ich sie durch diese Notfalltür gebracht hatte. Es war mitten in der Nacht und praktisch kein Verkehr. Ich schlitterte in jede Kurve, gerade so, dass ich die Geschwindigkeit halten und nicht umkippen würde. Die Reifen quietschten. Ich kämpfte darum, in der Gegenwart zu bleiben, für Allie, für mich und für die anderen. Wir hatten zu viel durchgemacht, um einen weiteren von uns zu verlieren.

„Sie verliert wieder Blut, Tristan!"

Ich wurde auf der Autobahn abrupt aus meinen Gedanken gerissen und zwang mich, mich auf die Straße zu konzentrieren. Ich drückte meinen Fuß fester aufs Gas. Mein Rücken sank in den Sitz. Diesmal hörte ich nichts anderes als das einschüchternde Brüllen des Motors. Nachtlichter zogen vorbei, und es fühlte sich an, als wäre es nur Momente später, als ich vor dem

Krankenhaus hielt. Hunter beugte sich über Allies Brust und führte Kompressionen durch. Ich konnte den Blick in seinen Augen kaum ertragen.

„Wie lange?", fragte ich.

„Zwei Minuten."

James wartete an der Tür mit zwei Ärzten. Ich hob Allies leblosen Körper aus dem Auto, und von da an schwärmte ein Team von Krankenschwestern wie Ameisen um sie herum.

„Code Blue!", schrie jemand und sprang von ihrem Körper. Sie rollten einen Defibrillator knapp hinter dem Eingang hervor. Ihr Puls setzte wieder ein, aber das auf den Boden tropfende Blut hinterließ ein düsteres Versprechen.

Ich folgte ihnen nach drinnen, bis mich eine Krankenschwester am Eingang für das Personal stoppte. Es vergingen Stunden, bevor ich Emma erlaubte, meine blutigen Hände zu nehmen und mich zum Waschraum zu führen. Sie wusch sie mit Hilfe meiner Mutter, und dann warteten und warteten wir.

Eine Erinnerung, durch Krankenhausflure zu gehen, blitzte durch meinen Kopf. Ein Arzt stand am Ende des Flurs und sprach mit Hartley. Sie stritten, und obwohl Hartley mich sah, ließ er mich Simone nicht besuchen. Sie erlaubten mir nicht einmal, mich zu verabschieden.

Ich muss eingenickt sein, denn Emmas Stimme weckte mich irgendwann nach sechs Uhr morgens. „Sind sie schon fertig?"

„Noch nicht, Ems", antwortete mein Vater.

Meine kleine Schwester ging zum Schwesternzimmer, wo sie ein weiteres Eis am Stiel bekommen würde. Ich stand auf und ging zu Laura. Sie lief seit ihrer Ankunft beim Getränkeautomaten auf und ab.

„Achtundachtzig Prozent der Schusswundenopfer ohne Gefäßverletzungen schaffen es", kaute Laura auf ihrem Daumen.

„Sie ist stark. Sie wird es schaffen", sagte ich ihr.

„Natürlich wird sie es schaffen, und wenn nicht, werde ich

dich an deinen Eiern aufhängen." Laura zeigte mit dem Finger in mein Gesicht.

„Wenn sie es nicht schafft, werde ich den Job selbst erledigen, aber sie wird es. Sie muss es."

„Wie konnte sie aus deinem Zimmer entwischen?"

Ich fuhr mir mit der Hand durch die Haare. „Ich brauche das jetzt wirklich nicht, Laura. Ich weiß, dass ich Scheiße gebaut habe."

„Und wie."

„Nun, ich bin nicht der Einzige, der Mist baut, oder? Wie geht's meinem Neffen?"

Ihre Augen wurden groß, und ich senkte meine Stimme. „Du solltest es James sagen."

„Er wird es erfahren, wenn er es erfahren muss. Ich arbeite daran. Heute ist offensichtlich nicht der beste Zeitpunkt."

Nein, war es nicht.

Sie spähte über das matte Fenster und wartete auf den Arzt, genauso wie alle anderen im Raum. Es waren vier Stunden vergangen, seit sie sie in den OP gebracht hatten. Emma hing beim Schwesternzimmer rum. Meine Mutter saß bei Peg, und mein Vater unterhielt sich mit Hunter und Ace Wagner in der Ecke.

Julian war woanders im Krankenhaus bei Kendra. Die Ärzte hatten sie sediert, aber sie hatte einen langen Weg zur Genesung vor sich.

Laura nahm ihr Auf-und-ab-Gehen wieder auf. „Was zum Teufel ist bei dieser Operation schiefgelaufen?"

„Alles."

„Ihr Jungs könnt nicht mithalten, und ehrlich gesagt, ihr werdet alt."

„Ich bin noch nicht mal vierzig."

„Das wirst du bald sein, und ehe du dich versiehst, jagst du Fünfundzwanzigjährige, die nicht aus Mamas Keller rauskommen, weil sie den ganzen Tag hacken. Stellt jetzt so jemanden ein, und ihr habt eine echte Operation."

„Bietest du deine Dienste an?"

„Warte, was?"

„Für Silver Securities zu arbeiten. Von dem, was ich gesehen habe, bist du gut in deinem Job."

„Ich sagte, stellt Computerfreaks ein."

„Allie wird einen vertrauenswürdigen Partner in unserer neuen Abteilung gegen Menschenhandel brauchen."

„Warte, du meinst das ernst? Ich dachte, du machst Witze."

„Denk darüber nach, aber du solltest wissen, dass James derjenige ist, der die Operation gestartet hat, also wäre er dein Chef."

„Oh, okay. Ich ... ich werde darüber nachdenken."

„Lass dir nicht zu viel Zeit. Es wäre gut für euch beide."

„Ich und Allie?"

„Nein, du und James."

Die Tür für das Personal glitt auf, und mein Kopf schnellte zum OP-Eingang und zwei Ärzten mit Pokergesichtern.

Das Geräusch eines Pulsmonitors piepte in meinen Ohren. Der gleichmäßige Rhythmus sprang von einer Seite des Raumes zur anderen: links nach rechts, links nach rechts. Meine Nase kitzelte vom Geruch nach antiseptischem Handwaschmittel und Blumen. Ich wollte mich bewegen, aber mein Kopf schmerzte. Also versuchte ich, den Arm zu heben, hielt aber auf halbem Weg inne, als etwas mich zurückhielt.

„Beweg dich nicht."

Tristans beruhigende Stimme kam von rechts, und ich öffnete meine Augen. Sein wunderschönes Gesicht kam langsam vor einem Hintergrund heller Wärme in den Fokus. Dunkle Schatten unterstrichen seine rauchigen Augen, und ein Hauch von Sorge lag auf seiner Stirn. Die Narbe auf seiner Oberlippe hob sich und lenkte meine Aufmerksamkeit auf seinen Mund.

„Was ist passiert?", erkannte ich meine heisere Stimme nicht. „Wo bin ich?"

Bilder blitzten vor meinen Augen auf: Kendra auf den Knien, Martinez mit der Waffe an ihrem Kopf ...

Tristan drehte sich zu mir.

Meine Hände flogen unter die Laken, die meinen Körper

bedeckten, und zu dem Verband, der um meine Taille gewickelt war.

„Er hat auf mich geschossen!"

„Martinez ist tot, und sie haben Hartley im Badezimmer gefunden. Ich nehme an, das war dein Blut an ihm."

Hartley ist tot.

„Ich hab's nicht rechtzeitig aus dem Fenster geschafft. Er hatte ein Springmesser. Wir haben gekämpft, aber ich erinnere mich nicht mehr an viel danach."

„Vielleicht ist es auch besser so." Tristan setzte sich auf das Bett in der Nähe meiner Mitte und nahm meine Hand in seine. Mein Mund fühlte sich an, als wäre er mit hundert Wattebäuschen gestopft. Er reichte mir einen Becher mit Wasser, als hätte er meinen Durst gespürt.

„Wer hat Martinez erschossen?"

„Gabriel Silver. Mein Cousin ist aus Österreich eingeflogen. Er hat seit Jahren auf diese Chance gewartet."

„Ich dachte, ihr bräuchtet Martinez für den Fall."

„Sein Wert sank, als Hartley starb."

„Die Hartleys werden hinter mir her sein. Seine Söhne und Brüder –"

„Mach dir keine Sorgen. Dein Name bleibt aus all dem raus. Das verspreche ich dir. Aber du hast mir eine Weile Sorgen bereitet, Allie. Du hast uns allen Sorgen bereitet."

Die glatte Spitze eines Papierstrohhalms berührte meine Lippen. Ich saugte das Wasser ein und linderte meinen Durst.

„Du bist im Krankenhaus. Es sind fünf Tage vergangen." Tristan rutschte auf dem Bett.

Ich ließ den Strohhalm los. „Und Kendra?"

Bitte sag mir, dass sie in Sicherheit ist.

„Sie ist im Zimmer nebenan. Sie hat eine lange Genesung vor sich. Trink mehr."

Die Welt fühlte sich plötzlich heller und wärmer an, und all die Kraft, die jetzt in meinem Körper fehlte, war den Preis wert. Ich nahm noch ein paar Schlucke und sank entspannt in die Matratze. Tristan stellte den Becher beiseite.

„Das macht mich glücklich." Die Kopfschmerzen ließen nach, aber meine Augenlider fühlten sich schwer an, und ich konnte meine Augen kaum offen halten.

„Du kriegst Morphium, aber die Ärzte sagen, du wirst wieder ganz gesund. Die Kugel ist direkt durch dich durchgegangen und hat alle deine Organe verfehlt. Du hattest großes Glück, Allie."

Mein Magen grummelte ein wenig. Warum trug Tristan eine lila Perücke?

„Du siehst lustig aus. Hat Emma deine Haare gefärbt?"

Er neigte seinen Kopf und nahm meine Hand wieder in seine. Es fühlte sich schön und warm an. „Nein", kicherte er. „Du hast etwas überlebt, was die meisten nicht überleben, und du stehst unter Medikamenten. Das kann alles verwirrend sein. Vielleicht solltest du besser schlafen."

„Wilma hat uns gerettet?"

Warum kicherte er so sehr?

„Nein, du und Julian, ihr seid die Helden. Gabe hat von der Auktion gehört und ist in letzter Minute eingeflogen. Gott sei Dank hat er das getan. Er ist deiner Blutspur von der Lobby aus gefolgt. Es dauerte eine halbe Stunde, bis ich aufwachte und deine Nachricht bekam. Ich habe nichts getan, Allie. Das war alles du."

Warum war er so traurig?

Ich bewegte meinen Kopf auf dem Kissen. Es war zu bequem und wirksam. „Es ist nicht deine Schuld."

„Was?"

„Du machst dir selbst Vorwürfe. Ich hätte das Zimmer nie verlassen sollen. Das war mein erster Fehler. Ich habe Hartley an der Bar nicht erkannt. Nicht bis er in dieses Badezimmer trat. Er sagte etwas ... etwas über dich, an das ich mich nicht erinnern kann. Mist." Ich schnippte ein paar Mal mit den Fingern, als ob das die Erinnerung zurückbringen würde.

„Mach dir keine Gedanken darüber, Allie. Ich bin einfach froh, dich in Sicherheit zu sehen. Dich und Kendra."

„Wann kann ich Kendra sehen?" Das Gewicht meiner Augenlider zwang meine Augen, sich zu schließen.

Jemand klopfte an die Tür, und meine Augen öffneten sich wieder. Emmas kleiner Kopf lugte herein.

„Ist sie schon wach?"

„Vorläufig." Tristan drückte meine Hand in seine warme Handfläche, und ich wollte, dass er sie für immer so hielt. „Bist du bereit für ein paar Besucher?"

„Ja, bitte", log ich. Aber ich konnte meinem Lieblingsmenschen auf der Welt nicht Nein sagen.

Emma eilte an mein Bett, bevor Tristan zustimmte. Sie umarmte mich vorsichtig, bevor sie die rosa und blauen Gänseblümchen auf einen Tisch stellte. Jetzt, da ich mich richtig im Zimmer umsah, konnte ich die unglaubliche Menge an Blumen kaum fassen.

„Ich gebe dem Rest der Sippe Bescheid." Tristan ging zum Fenster, zog sein Handy heraus und schrieb eine Nachricht.

Emma holte tief Luft und lenkte meine Aufmerksamkeit wieder auf sich. „Wir waren jeden Tag hier, aber Tristan hat mich immer weggescheucht. Ich hab in 'nem Buch gelesen, dass man mit Bewusstlosen reden soll, damit sie spüren, dass sie nicht allein sind. Er sagte, du seist nicht bewusstlos – nur am Schlafen – und ich würde zu viel Unsinn reden, der dich verwirren würde, aber ich sah, wie sich deine Augen bewegten, und ich wusste, dass du zuhörst."

Emmas Anwesenheit war wie immer tröstlich. Ich schloss die Augen und suchte nach dem vertrauten Klang ihrer Stimme, während ich schlief.

Ich hörte Tristan sagen, dass er dich liebt.

Meine Augen flogen auf.

„Du erinnerst dich, oder?" Ihre Augen quollen hervor wie zwei Grapefruits, und ihre Wangen hoben sich.

„Ich habe geträumt", sagte ich zögernd.

Sie beugte sich näher zu mir. „Alles, was ich gesagt habe, war wahr. Glaub mir." Ihre Aufregung kannte keine Grenzen.

„Was?"

Sie neigte sich zu meinem Ohr und flüsterte: „Ich kann es kaum erwarten, dass du nebenan einziehst und endlich meine Tante wirst."

„Nein, nein. Ich glaube, da hast du was falsch verstanden."

Sie öffnete den Mund, aber in diesem Moment stürmten meine Mutter und Mrs. Silver ins Zimmer, zogen Stühle heran und setzten sich neben Emma, die ihren Mund schloss und mit den Fingern über ihre Lippen fuhr, als würde sie einen Reißverschluss zuziehen.

◯⚯◯

AN DIESEM ABEND, nachdem alle gegangen waren, traf mich die Nachricht des Arztes wie ein Schlag.

„Dem Baby geht es gut", versicherte mir Dr. Jaipers zum dritten Mal.

Genau. Tristan Silver hatte mich geschwängert.

„Die Kugel hat alle lebenswichtigen Organe verfehlt. Ich mache mir mehr Sorgen um Ihren Stresspegel. Nach dem, was ich höre, arbeiten Sie nicht gerade im Nimmerland."

„Weiß es sonst noch jemand? Es ist ziemlich schwierig, Dinge vor meiner Familie geheim zu halten."

Hatte ich Tristan gerade als Familie bezeichnet? Nun, in etwa neun Monaten würde er es sein.

„Noch nicht. Ich wollte es Ihnen zuerst sagen, aber es sind ja die Silvers, also –"

„Ja, ich verstehe. Danke. Ich würd's gern noch für mich behalten. Aber wie ist das möglich? Ich habe eine Spirale."

„Sie hatten eine Spirale. Sie muss sich vor ein paar Monaten gelöst haben. Es ist möglich, dass Sie es während der Blutung nicht einmal bemerkt hätten. Wir haben den Ultraschall überprüft, und das Gerät ist nicht mehr da."

Wunderbar.

„Oh mein Gott!"

„Was ist los?"

„Ich glaube, ich habe mein Baby getötet." Ich fasste mir an den Bauch.

„Ihrem Baby geht es hervorragend, Frau Green. Sie brauchen nur etwas Ruhe und viel Zuwendung. Bitte lassen Sie es mich wissen, wenn Sie sonst noch etwas brauchen."

„Nein, ich meine, ich glaube, ich habe ihm ... oder ihr ... sehr geschadet. Ich habe getrunken, und mir wurden Drogen untergejubelt –"

„Frau Green. Das Beste, was Sie für sich und Ihr Baby tun können, ist sich auszuruhen. Viel. Und sich nicht zu stressen. Herr Silver sagt mir, Sie arbeiten für die Firma?" Er hob die Augenbrauen.

Ich nickte, weil ich annahm, dass ich das tat. Zumindest war ich mir ziemlich sicher, mich daran zu erinnern, es getan zu haben.

„Es wäre klug, für ein paar Wochen die Füße stillzuhalten, also empfehle ich dringend einen Schreibtischjob."

„Also wird das Baby in Ordnung sein?"

„Die Blutwerte sehen gut aus, aber es ist noch zu früh, um alles sagen zu können. Wir werden Sie engmaschig überwachen. Machen Sie sich keine Sorgen. Das ist nicht gut für die Eltern." Er überprüfte die Krankenakte und blickte zu mir auf. „Ist der Vater im Bild?"

Ach du meine Güte! Tristan! Wie würde er reagieren?

„Ja, ist er." Zumindest dachte ich, dass er es sein würde. „Aber ich brauche Zeit, um es ihm zu sagen. Können Sie bitte dafür sorgen, dass meine Krankenakte privat bleibt? Meine Familie ist gerne neugierig." Das ist noch milde ausgedrückt. Ich hätte Glück, wenn Tristan meine Akte nicht schon durchgesehen hätte. Ich war mir sicher, mal gehört zu haben, dass Wilma Krankenschwester ist.

Mein Kopf pochte, und ich spürte, wie mein Blutdruck in die Höhe schoss. Das Gerät, an das ich angeschlossen war, begann alarmierend zu piepen.

„Was passiert da?"

„Sie müssen sich entspannen, Frau Green. Wenn Sie möchten, dass es Ihrem Baby gut geht, lernen Sie, Ihre Atmung zu kontrollieren. Atmen Sie tief ein. Halten Sie die Luft an. Atmen Sie aus. Gut."

Als ich seinen Anweisungen folgte, beruhigten sich die Monitore, und die Pieptöne stabilisierten sich.

„Drücken Sie den Knopf, wenn Sie etwas brauchen", sagte er, bevor er ging.

„Danke, Doktor."

Dr. Jaipers schloss die Tür, und Emmas Worte aus meinen Träumen vibrierten in meinen Ohren.

Ich kann es kaum erwarten, dass du nebenan wohnst und endlich meine Tante wirst.

Wusste Emma Bescheid? Und wenn sie es wusste, hatte sie es Tristan erzählt? Warum hatte er nichts gesagt? Es gab nur einen Weg, das herauszufinden. Ich nahm das Telefon und rief die beste Detektivin der Stadt an.

⚭

EMMA LUGTE IN mein Zimmer und ich winkte sie herein. Sie zog einen Stuhl an mein Bett und wartete mit fest geschlossenem Mund.

„Hi", sagte ich.

„Wie geht's dir?" Sie strahlte und nahm wieder ihre ungewöhnlich geduldige Haltung ein.

„Ist jemand bei dir?", fragte ich.

„Nein. Ich bin allein gekommen. Ich hab eine Entschuldigung gefälscht und bin nicht zur Schule gegangen. Wenn jemand merkt, dass ich weg bin, wird das erst heute Nachmittag sein. Und meine Eltern werden zuerst auf meinem Handy anrufen. Ich habe einen Notfallplan, falls sie das tun."

Natürlich hatte sie das.

„Dein Bruder wird mich umbringen, wenn er das herausfindet."

„Etwas sagt mir, dass du bald genug das Sagen haben wirst." Sie zwinkerte. „Aber er wird es nicht herausfinden. Ich bin so gut. Versprochen."

„Na gut. Du wirst eines Tages eine großartige Privatdetektivin sein."

„Ich weiß. Muss nur sicherstellen, dass Tristan und Julian das auch wissen. Warum glaubst du, passe ich auf Laila auf? Mein Cousin James ist meine Backup-Option. Also?" Sie grinste und neigte den Kopf. „Du hast angerufen?"

Richtig. Das hatte ich.

„Wie geht es Tristan? Du weißt schon, wenn er nicht hier ist. Hat er dir etwas über mich gesagt?"

„Nichts. Er beschäftigt sich mit Kendras Fall und neuen Arbeitsdingen. Er hat Abteilungen umstrukturiert und macht Vierzehn-Stunden-Tage. Dann besucht er dich, und dann schläft er in seinem Büro, wo er aufwacht und alles von vorne beginnt."

„Wie weißt du, dass er in seinem Büro schläft?", fragte ich. Und was zum Teufel ging hier vor? In drei Tagen würde ich entlassen werden, und ich hoffte, Tristan würde mich in seine Arbeitspläne einweihen. Unsere Arbeitspläne. Ich vermutete, dass ich jetzt, wo ich schwanger war, nur begrenzt Zeit hatte, bei Silver loszulegen.

„Ich habe gehört, wie Mom sagte, er sei gestresst. Hast du

erwartet, dass er mir etwas sagt?" Emmas Knie wippten auf und ab. Sie biss sich auf die Lippe und trommelte schweigend mit den Fingern auf ihrem Bein.

„Ich glaube, ich erinnere mich, dass du etwas gesagt hast, als ich bewusstlos war."

„Ja?" Emma strahlte über das ganze Gesicht.

Ich holte tief Luft. „Und ich möchte wissen, ob du es wirklich gesagt hast, oder ob es meine Fantasie war-"

„Es war nicht deine Fantasie." Sie unterbrach mich flüsternd. „Ich habe es gesagt."

„Also weißt du es wirklich?"

Sie schaute über ihre Schulter, um sicherzugehen, dass die Tür geschlossen war, und lehnte sich vor. „Du meinst, dass du schwanger bist?"

Ich sah sie mit einem kleinen Lächeln an, und sie quietschte.

Meine Augen weiteten sich. „Ja. Hast du es Tristan erzählt?"

„Er weiß es nicht, und das ist das größte Geheimnis, das ich je für mich behalten musste. Na ja, fast das größte. Ich habe jetzt zwei ziemlich große Geheimnisse. Ich dachte, du hättest es inzwischen allen erzählt, aber das hast du nicht, und Mom fragt, warum ich so still bin und ob ich Jungenprobleme habe." Sie holte Luft und verdrehte die Augen. „Aber ehrlich, wen interessieren Jungs, wenn ich Tante werde. Oh mein Gott, ich bin so glücklich!" Sie warf sich mit ihrem ganzen Gewicht auf mich. Mein Brustkorb schmerzte.

„Autsch."

Sie lockerte ihren Griff. „Tut mir leid. Hab ich dir wehgetan? Hab ich dem Baby wehgetan?"

„Nein, es ist okay, aber Emma-"

„Ich kann es kaum erwarten, Tante zu werden, und wenn Tristan es erfährt-"

„Er darf es nicht erfahren." Ich packte ihr Handgelenk und zog ihre Aufmerksamkeit auf mein Gesicht. In dem Moment, in dem er es herausfände, würde er mich beurlauben. „Zumindest noch nicht. Ich brauche dich, um dieses Geheimnis noch ein bisschen länger vor ihm zu bewahren."

„Du verlangst viel."

„Ich weiß, aber ich möchte den richtigen Zeitpunkt finden, um es ihm selbst zu sagen."

„Das wird nicht leicht sein. Ich musste in letzter Zeit echt viele Geheimnisse für mich behalten. Erst Laura, dann du."

„Du weißt von Laura?"

Sie legte den Kopf schief. „Ich bin Foxys Babysitterin. Es ist nicht so schwer, das herauszufinden."

„Leicht für dich."

„Jedenfalls wird die ganze Geheimniskrämerei manchmal so verwirrend, weißt du. Wem ich welche Geschichte oder Wahrheit erzählen soll? Ich weiß nicht, tsk, tsk." Sie schüttelte den Kopf. „Dieses neue Geheimnis könnte zu viel sein-"

„Ich lasse dich das Baby benennen."

Ihr Mund klappte auf und ihre Augen verdoppelten sich in der Größe. „Ist das dein Ernst?"

Hatte ich gerade gesagt, was ich gesagt hatte?

Na ja, ich hatte keine Wahl. Tristan hatte das Recht, von mir von dem Baby zu erfahren. Ich musste einfach den richtigen Zeitpunkt finden.

„Ja, das bin ich. Natürlich in einem vernünftigen Rahmen."

„Natürlich."

„Aber du musst dafür sorgen, dass Tristan nicht meine Krankenakte überprüft."

„Das ist unmöglich. Du weißt, dass er das tun wird. Ich bin überrascht, dass er's noch nicht getan hat. Er hat wirklich viel um die Ohren."

„Mensch, Emma, du bist die beste Ermittlerin in dieser Familie, und wir wissen das beide."

Ihr Kopf schnellte hoch.

„Wenn jemand dafür sorgen kann, dass in den Unterlagen nicht steht, was wir beide wissen, dann du." Ich drückte ihre

Hand und sah sie an, als wären wir Schwesternschaftsmitglieder, bereit für einen Kampf. „Ich glaube an dich, Emma, und wenn du willst, dass ich deine Tante werde, kann ich dir gar nicht sagen, wie wichtig es ist, dass Tristan es auf die richtige Art und zum richtigen Zeitpunkt erfährt."

„Ich glaube, du traust ihm zu wenig zu."

„Babyname, Emma", erinnerte ich sie. „Babyname."

„Okay, okay. Ich mach's. Ich werde all deine Geheimnisse bewahren und beten, dass sie sich da oben nicht zu einem großen Durcheinander verheddern."

Sie wackelte mit den Fingern um ihren Kopf herum und brachte mich zum Lachen. Ich liebte sie absolut.

„Wie hast du es herausgefunden?", fragte ich.

„Der Arzt sprach mit der Krankenschwester, als deine Blutergebnisse kamen. Du hast viel Blut verloren. Die Leute bemerken junge Menschen nicht wirklich. Und nachdem sie nach dem Baby gefragt hatte, habe ich die Unterlagen noch einmal überprüft, als sie nicht hinsahen, und der Rest ist Geschichte. Du bist noch nicht weit. Ein paar Wochen, denke ich. Sie sagten, sie hätten es selbst kaum bemerkt."

„Hat es noch jemand gehört?"

„Nein, ich bin sicher, ich bin die Einzige."

„Gut. Bist du der Herausforderung gewachsen, ein paar medizinische Unterlagen zu fälschen? Denn du weißt, Tristan wird die Entlassungspapiere lesen."

„Pipifax. Das hab ich bis heute Abend erledigt."

Ich wusste nicht, wie sie das anstellen würde, und ehrlich gesagt hatte ich keine Kraft zu fragen. Ich gähnte.

„Danke, Emma. Weißt du, ich habe dich vom ersten Moment an als meine kleine Schwester betrachtet. Was auch immer passiert, ich werde dich immer so sehen."

Sie beugte sich zum Bett hinunter für eine sanftere Umarmung, und zum ersten Mal in meinem Leben spürte ich diese schwesterliche Verbindung, die ich mir mein ganzes Leben lang gewünscht hatte. Nun, ich hatte sie mit Laura. Ich war eine glückliche Frau, beide in meinem Leben zu haben.

„Ich denke an Betty", sagte sie, während sie mich noch immer hielt. „Für das Baby. Oder Barney, wenn es ein Junge ist."

Worauf hatte ich mich da eingelassen?

Hartleys räuberische Herrschaft hatte auf urinbefleckten Fliesen geendet. Seine Brüder schworen Rache, wussten aber nicht gegen wen. Während seine Söhne sich zurückhielten, waren Chris und Brad Hartley entschlossen, das zu vollenden, was ihr Vater begonnen hatte. Sie würden Hartleys Fantasie einer privaten Insel verwirklichen, sobald die Gesetzgebung es erlaubte. Silver Securities steckte bis zum Hals in Arbeit, und ich hätte keinen besseren Zeitpunkt für eine Expansion wählen können.

An der nächsten Ecke hielt ich an einer roten Ampel. In der Ferne heulte ein Krankenwagen. Zwei Wochen waren vergangen, seit Allie Kendra gerettet hatte. Eine Erinnerung daran, wie ich Allie in jener Nacht ins Krankenhaus gefahren hatte, blitzte durch meinen Kopf. Blut befleckte ihre Kleidung und Haut. Auf halbem Weg zum Krankenhaus fiel sie immer wieder in Bewusstlosigkeit und wurde dann komplett ohnmächtig. Die Straße dehnte sich zu einer der längsten Fahrten meines Lebens, und als ich mir ein Leben ohne Allie vorstellte, flehte ich Gott an, sie zu retten. Ich flehte Gott um eine letzte Chance an, und er gab sie mir. Sie sagten mir, ich hätte sie fast verloren und nannten mich einen Helden. Ich mochte zwar einen Gürtel um ihr Bein geschnallt und einen Hemdsärmel abgerissen haben, um ihre Wunden zu versorgen, aber ich war kein Held. Ich war der Scheißkerl, der seine Frau wie eine Ware behandelt und mit diesen kranken Schweinen allein gelassen hatte.

Diese Frau hatte sich geopfert, und ich konnte sie nicht mehr lieben, als ich es tat. Verdammt noch mal, ich konnte es kaum erwarten, ihr zu sagen, wie sehr ich sie liebte. Ich bereute zutiefst, es ihr nicht schon früher gesagt zu haben. Ich nutzte die Zeit ihrer Genesung, um das Büro zu organisieren und einen unerwarteten Deal abzuschließen, der mir in den Schoß gefallen war.

Zaruch nippte gerade an seinem Kaffee, als ich an seinen Tisch vor einem lokalen Café trat.

„Ah, perfektes Timing." Er stellte seine Tasse beiseite. „Ich habe dir einen Cappuccino bestellt."

„Sonst noch etwas, Herr Silver?", fragte der Barista.

„Ein einfaches Croissant."

„Ja, Herr Silver." Der Barista ging, um die Bestellung zu holen.

„Also? Bitte sag mir, dass du heute Morgen gute Nachrichten hast."

„Die Jacobs haben das Angebot angenommen. Herzlichen Glückwunsch, Tristan."

Mein langjähriger Agent streckte seine Hand aus. Ich schüttelte seinen festen Griff und lächelte. Das war ein echter Volltreffer.

„Im Ernst?"

„Ich würde über so etwas keine Witze machen."

„Wow, das ist ja der Wahnsinn! Danke. Ich schätze deine Hilfe. Und die Familie weiß nichts davon?"

„Ich glaube, Emma könnte es mitbekommen haben. Ich habe mein Bestes versucht."

Meine Augenbrauen zogen sich zusammen.

Der Barista stellte meinen Cappuccino und das Croissant auf den Tisch.

„Ich habe sie am Ufer gesehen, als wir gesprochen haben."

„Dieses Mädchen hat ihre Finger wirklich überall drin."

„Sei nicht so hart zu dem Kind. Sie ist loyal und wird den Mund halten."

Ich seufzte. Meine kleine Schwester folgte unseren Fußstapfen zu genau, und sie hatte sich an Grace Wagner gehängt, als wäre die Haarstylistin ihre neue beste Freundin. Sie hatte gute Leute um sich herum, nur die falschen Einflüsse.

„Na gut. Ich schätze deine Diskretion."

Zaruch nahm einen Umschlag aus seinem Aktenkoffer. „Das ist eine Kopie. Ein Original ist bereits in deinem Büro. Ich hoffe, das neue Zuhause ist alles, was deine Familie sich erhofft hat. Darf ich fragen, ob du das Penthouse auf den Markt bringst?"

„Noch nicht. Aber du wirst der Erste sein, der es erfährt. Danke, dass du das möglich gemacht hast. Das bedeutet mir viel."

Er schüttelte den Kopf und verdrehte die Augen. „Du weißt es wirklich nicht, oder?"

„Was?"

Sein Gesicht faltete sich in müde Falten. „Ein Vögelchen hat mir gezwitschert, dass Fräulein Emma Silver den Jacobs erzählt hat, sie habe nachts eine weiße Gestalt im Dachfenster gesehen. Sie fanden das amüsant."

„Lass mich raten – das Haus ist nicht wirklich von Geistern heimgesucht."

„Nun, wer bin ich, um gegen Überzeugungen zu argumentieren? Denn wenn du an Geister glaubst, dann ist das laut Emma genau das, was in eurem zukünftigen Dachboden lebt."

„Warnung verstanden. Und bitte entschuldige dich bei den Jacobs für jeden Schaden, den meine Schwester angerichtet haben könnte. Ich werde eine Flasche ihres Lieblingsweins schicken."

„Schon erledigt, und alles ist in Ordnung."

Menschen wie Zaruch machten mein Leben um ein Zehnfaches einfacher. Er trank seinen Kaffee aus, während ich meinen genoss. Der Morgen begann genau so, wie ich meine Morgen mochte: sonnig, vorhersehbar und erfolgreich.

„Ich rufe dich an, wenn ich mit dem Penthouse so weit bin."

Die Wohnung war leer ohne Allie, aber sie hatte darauf bestanden, in ihrem Zuhause bei Laura zu bleiben. Sie mochte Trost, Stabilität und Sicherheit gebraucht haben, aber sie ging sicher den harten Weg, um es zu bekommen. Kendra erholte sich in Julians Obhut. Der Entzug hatte sie wie ein Hurrikan mitgenommen. Mein Bruder hatte einen schweren Weg vor sich mit dem Prozess, aber Silver Securities würde den Vertrag erfüllen, den es vor fünf Jahren geschlossen hatte. Kendra würde es zu zwei Prozessen schaffen, von denen sie noch nichts wusste.

Wright war aus dem Badezimmer und dem Überwachungsteam entkommen. Niemand hatte ihn oder Marissa seit der Auktion gesehen. Das junge Mädchen war die einzige, die nach der Razzia noch vermisst wurde.

Zaruch legte ein paar Scheine auf den Tisch und nickte in Richtung etwas hinter mir. „Ich glaube, Sie haben einen Stalker, Herr Silver."

Ich blickte über meine Schulter zurück. Etwa zwölf Meter nördlich stand eine Frau hinter einem Blumenladen an der Ecke. Ihr übergroßer Hut warf einen Schatten auf ihr Gesicht. Sie ließ die Sonnenblumen los und eilte die Straße hinunter in einen Lebensmittelladen.

„Hat die Presse schon von dem Fall gehört?", fragte ich.

„Nicht dass ich wüsste, aber ich bin normalerweise der Letzte, der von solchen Dingen erfährt."

Stimmt, aber meine Familie würde es wissen.

„Wir sehen uns bei der Einweihungsparty." Mein Agent winkte mit seiner Mütze und ging.

Gab es so etwas wie eine Einweihungsparty überhaupt?

Ich steckte die Schlüssel meines neuen Hauses in die Tasche und ging zum Fleischmarkt, um nach Lamm zu suchen. Heute Abend würde ich Allie so verwöhnen, dass sie gar nicht anders könnte, als die Nacht bei mir zu verbringen. Sie würde mich in weniger als zwei Stunden im Hauptquartier treffen. Frische Mango, Drachenfrucht und Beeren würden perfekt zu dem Kaffee-Eis und dem Champagner passen, wenn sie meine Neuigkeiten hörte. Greg hatte bereits Gebäck und Kuchen bestellt und die Einladungen verschickt. Ich sah auf meine Uhr. Bis heute Abend wird sich alles ändern. Und wenn alles nach Plan läuft, wird Allie unter mir vor Lust erzittern.

Ich hielt auf dem Weg vom Markt beim Blumenladen an, und mein Handy vibrierte mit einer Benachrichtigung. Ich runzelte die Stirn, während ich weiße Rosen für Allie und Chrysanthemen für Simone aussuchte. Nach einer umfangreichen Autopsie hatten die Hartley-Brüder ihren Vater heute Morgen beigesetzt. Die Brüder zogen sich danach sofort wieder zurück, aber die Gerechtigkeit würde als Nächstes an ihre Tür klopfen. Während ihre Operationen verschärft und alle Ermittlungen eingefroren wurden, würde es nicht lange dauern, bis Wright und Donaldson sie alle öffentlich bloßstellten.

Ich parkte am Ende des Friedhofs und wartete eine gute halbe Stunde, bevor ich aus dem Auto stieg. Der Wind wehte, und Wolken zogen von Westen her auf und verdunkelten den Himmel. Orange und rote Blätter bedeckten den Boden. Bei der nächsten Böe wirbelten die Blätter in platzenden Tornados umher. Die Luft war erfüllt vom unverkennbaren Duft brennender Kerzen und dem Hauch stiller Trauer. Ich nahm die Mütze vom Kopf und nahm den hinteren Weg zum Grab, wo ich die Chrysanthemen an Simones Grabstein niederlegte.

„Hey, es ist eine Weile her", sagte ich.

Ihr Vater lag etwa einen Meter zwanzig rechts von ihr begraben, unter einem frischen Erdhügel, auf dem sich bunte Kränze stapelten. Ich wollte glauben, dass sie mit ihm an ihrer Seite glücklicher wäre, aber das wäre eine Lüge. Dass er so nahe bei der Tochter lag, die er getötet hatte, war nur ein weiterer Stich in dieselbe Wunde, die er vor Jahren geöffnet hatte. Wenn

Simones Seele klug wäre, würde sie sich im Jenseits von ihm fernhalten.

Ich betete, dass Jeffrey Hartleys verdammte Seele Simones Frieden nicht stören und in der Hölle bleiben würde, wo sie hingehörte.

„Ich hoffe, er macht dir keine Schwierigkeiten." Ich holte die Kerze aus der Innentasche meiner Jacke, stellte sie neben die Blumen und zündete sie an. „Er wird hier sicher nicht vermisst werden."

Das Knirschen von Blättern hinter mir schien sich wie in Zeitlupe auszudehnen. Es fühlte sich an, als würden Stunden vergehen, bevor ich mich umdrehte und einem Geist aus meiner Vergangenheit gegenüberstand.

Emma hielt sowohl ihr Versprechen als auch unser Geheimnis. Es waren zwei Wochen seit der Auktion vergangen. Das Krankenhaus hatte mich am Vortag entlassen, und trotz Tristans Bitten, im Penthouse zu bleiben, war ich für ein paar Tage der Ruhe und des Friedens willen in meine Wohnung zurückgekehrt. Und ich hatte ihm immer noch nichts von unserem Baby erzählt. Zum Glück fühlte ich mich während der Schwangerschaft wie immer – keine Übelkeit, dafür jede Menge Energie. Manchmal zweifelte ich daran, aber der achtundzwanzigste Schwangerschaftstest plus ein weiterer Bluttest bestätigten es eindeutig. Tristan hatte keine Ahnung. Er war beschäftigt, half bei den Verhaftungen, sodass wir uns kaum sahen. Aber heute war es anders. Heute hatte er mich in sein Büro gerufen, um über die Arbeit zu sprechen. Und heute würde ich ihm von dem kleinen Geheimnis erzählen, das ich in meinem Bauch trug.

„Glaubst du, Tristan wird sich freuen?"

„Das will ich doch hoffen. Du wirst eine tolle Mutter sein. Sieh mich an." Laura zwinkerte.

„Stimmt. Ich nehme an, die Dinge laufen gut mit James?"

„Wir sind in der Phase, in der ich ihn von meinen Brüsten

fernhalte, und er liebt diese prüde Seite an mir, die ich gar nicht wirklich habe. Er findet es sexy und unerwartet, und alles, was ich versuche, ist, ihn von meinen milchigen Titten fernzuhalten."

„Du meinst Foxys milchige Titten", korrigierte ich.

„Wie auch immer." Sie winkte ab. „Wenn du zu viel grübelst, wird alles nur komplizierter."

„Was soll das überhaupt heißen?"

„Ich glaube, ich werde Foxy von der Milch entwöhnen."

„Sahne. Dein Arzt sagte, du produzierst Sahne. Wie eine Kuh."

„Mein Frauenarzt war alt und hatte Demenz."

„Er lag nicht falsch. Foxy wird groß werden, genau wie sein Daddy."

„Stimmt."

„Laura?"

„Bald. Ich werde es ihm bald sagen. Ich verspreche es. Denn ich bin mir nicht sicher, ob Emma die Geheimnisse noch viel länger für sich behalten kann."

„Sie wird sie behalten. Sie ist keine Petze."

Laura reichte mir meine Handtasche. „Viel Glück. Ich freue mich so für dich und bin glücklich, dass du Mama wirst."

„Danke. Ich liebe dich." Ich schlang meine Arme fest um meine beste Freundin und drückte sie fest.

„Mach nicht denselben Fehler wie ich", flüsterte sie. „Sieh dir an, in was für eine Scheiße ich mich reingeritten habe. Sag Tristan, dass er Papa wird und dass er ein sehr glücklicher Mann ist."

„Danke, Laura. Das werde ich."

Es klingelte an der Tür, und wir ließen einander los.

Als ich heute Morgen aufgewacht war, hatte ich irgendwie erwartet, dass Tristan mich in seinem Bentley abholen würde, aber das tat er nicht. Stattdessen tauchte Charlie, sein Fahrer, in einer Limousine auf. Ich fand das für meinen ersten offiziellen Arbeitstag etwas übertrieben, aber hey, das war eben Silver. Der Fahrer verfuhr sich zweimal, und trotzdem kamen wir mit zehn Minuten Vorsprung an. Ich dankte Charlie für die Fahrt und legte den Kopf in den Nacken. Das Gebäude war zwar nicht so hoch wie erwartet, aber dennoch imposant, mit einer metallischen Außenhaut, die wie flüssiges Silber schimmerte. Keine Logos, und genauso rätselhaft wie seine Besitzer. Ich konnte nicht glauben, dass ich hier war.

Die Glastür zu Silver Securities glitt auf.

Ich atmete tief ein, trat ein und überquerte den Granitboden der Lobby. Das gleichmäßige Klacken meiner Absätze hallte durch den stillen Raum. Nach der Anmeldung am Empfang fuhr ich mit dem exklusiven Silver-Aufzug in die oberste Etage. Die schicke Einrichtung und die Sauberkeit des Ortes erinnerten mich an ein Hotel.

Mein Herz schlug mir bis zum Hals. Ich konnte es kaum erwarten, ihn zu sehen und ihm von unserem Baby zu erzählen. Mein erster Ultraschall stand bevor, und ich hoffte, er würde mitkommen.

Er wird sich freuen. Begeistert sein. Ich weiß es.

Der Aufzug klingelte, und die Türen glitten auf. Ich trat ein und drückte den Knopf für die oberste Etage. Nervöse Schauer breiteten sich über meinen Nacken aus. Ich schüttelte meine Schultern frei von der Nervosität.

Seit Kendras Rettung war Tristan ständig beschäftigt, distanziert und abgelenkt gewesen. Sie war mit Julian in einer Reha-Einrichtung und wartete auf einen Prozess. Ich wusste nicht, was für eine Art von Prozess, weil ich nicht genug Zeit mit Tristan hatte, um auf den neuesten Stand zu kommen. Wie dem auch sei, ich verdankte Kendra mein Leben.

Unsere Leben.

Ich legte meine Hand auf meinen Bauch. In weniger als neun Monaten würde Emma einen weiteren Klienten haben. Sie war mit Foxy und Laila beschäftigt gewesen, ganz zu schweigen davon, dass sie mit Lauras Geheimnis beschäftigt war, genug, um meines in Ruhe zu lassen. Sie hatte meine Krankenakte geändert, wie versprochen, und nach der letzten Zählung schuldete ich ihr, meine nächsten zwei Kinder nach diesem zu benennen.

Ich trat auf die elegante oberste Etage und ging zum Empfang.

Der Angestellte lächelte. „Sie müssen Allie Green sein. Es ist schön, Sie endlich kennenzulernen. Ich bin Greg Invega."

„Hallo, Greg. Es freut mich auch, Sie kennenzulernen."

„Die Freude ist ganz meinerseits. Möchten Sie etwas Wasser?"

„Nein, danke."

„Ich habe gehört, Sie bevorzugen Tequila."

„Was?"

„Entschuldigung. Das war ein Witz. Ein schlechter Witz. Ich bin sehr gut darin, unangemessene Witze zu machen." Seine Stimme zitterte.

„Machen Sie sich keine Sorgen. Ich mag tatsächlich Tequila, aber ich trinke definitiv nicht. Sie wissen schon, da ich hier arbeite und so. Ich möchte mein Bestes geben."

Ich bezweifelte, dass er mir mein gekünsteltes Lächeln und den aufgesetzten Daumen nach oben abkaufte, aber zumindest entspannten sich seine Schultern.

„Verstanden. Seien Sie nicht nervös. Es wird Ihnen hier gefallen. Wir sind eine große, glückliche Familie. Meistens."

Ich lachte.

„Mr. Silver wartet in seinem Büro auf Sie. Kommen Sie mit, ich zeige Ihnen, wo das ist."

Ich ging durch die Sicherheitstür, die Greg öffnete, und traf ihn auf der anderen Seite der Glaswand. Weiße Ledersofas und Tische mit riesigen Blumensträußen bildeten halbprivate Sitzecken. Leise Musik spielte im Hintergrund. Der Raum fühlte sich gemütlicher an, als ich es mir vorgestellt hatte, war aber leer.

„Das ist sein Büro." Greg zeigte auf die übergroße Tür. „Gehen Sie einfach rein."

„Danke."

Mit einem tiefen Atemzug klemmte ich meine Handtasche

unter den Arm und steuerte selbstbewusst auf die Tür zu. Ich hatte geplant, eine kleine Schachtel mit winzigen weißen Babyschuhen auf Tristans Schreibtisch zu legen und ihn selbst darauf kommen zu lassen. Die Rede, die ich immer wieder geübt hatte, wirbelte in meinem Kopf durcheinander. Ich fühlte mich vielleicht nicht bereit, Tristan zu sagen, dass ich schwanger war, aber es musste getan werden – denn ich werde sicher nicht den gleichen Fehler wie Laura machen.

Ich werde dem Vater des Babys sagen, dass wir ein Kind erwarten.

Die Handtasche mit den Babyschuhen fühlte sich schwerer an, als ich mich seinem Büro näherte. Ich stand eine gefühlte Ewigkeit vor der Milchglastür mit dem schlanken schwarzen Logo, bevor ich klopfte.

Die Tür schwang auf.

„Komm rein."

Tristan saß in seinem kompletten Anzug mit Krawatte hinter einem Mahagonischreibtisch. Das polierte Holz glänzte im Sonnenlicht. Der Rest des Raums strahlte eine fast unheimliche Professionalität aus und war in sterilem Weiß gehalten. Mit einem Tastendruck am Telefon beendete er ein Gespräch. „Ich bin gleich fertig. Mach es dir bequem." Er zeigte auf das cremefarbene Ledersofa.

Ich durchquerte das Büro und ließ mich auf den gepolsterten Sitz sinken, wobei ich ihn von der anderen Seite des Raums aus nicht aus den Augen ließ. Er fuhr mit den Fingern durch sein Haar. Ich wedelte mir Luft zu. Seine breiten, muskulösen Schultern und kräftigen Arme hoben sich unter dem anthrazitfarbenen Anzug ab. Er ließ seine Finger über den Laptop gleiten, genauso wie er sie über meine Haut gleiten ließ. Ich schlug die Beine übereinander und leckte mir über die Lippen, plötzlich wünschte ich, ich hätte Gregs Angebot für Wasser angenommen. Diese verdammten Schwangerschaftshormone veranstalteten zwischen meinen Beinen eine wilde Party und brachten meinen ganzen Körper zum Glühen.

Er stand auf und drehte sich zum Fenster.

Also gut, jetzt oder nie.

Ich holte tief Luft und schlich auf Zehenspitzen zu seinem Schreibtisch. Ich legte das kleine, in weißes Papier eingewickelte Päckchen neben einen Briefbeschwerer und ging dann zurück zum Sofa. Er drehte sich gerade um, als ich mich setzte. Sein Blick fiel auf das kleine Geschenk.

Seine Augenbrauen hoben sich, und er lächelte, während er lautlos formte: „Für mich?"

Ich wackelte mit den Augenbrauen.

Er bedeckte das Telefon und flüsterte: „Zwei Minuten."

Gut, das lief prima. Er war neugierig.

Tristan legte schließlich das Telefon auf.

„Hallo, Allie." Das tiefe Grollen aus seiner Brust erinnerte mich daran, wie sehr ich ihn vermisst hatte. Er hatte mich seit der Schießerei nicht mehr berührt, und dieser hormonelle Körper wurde langsam verzweifelt.

„Eigentlich sollte ich dich mit Geschenken überhäufen. Ich kann dir nie genug dafür danken, dass du Kendra gerettet hast. Tatsächlich habe ich dir Rosen besorgt, aber ich glaube, ich habe sie im Auto gelassen. Ich hatte in letzter Zeit viel im Kopf. Zu viel."

„Ich bin froh, dass Kendra im Hotel war und dass Julian uns beide rechtzeitig erreicht hat."

„Ich weiß. Deshalb wollte ich mit dir reden. Über das, was passiert ist. Und Hartley... Die Arbeit, die du für uns gemacht hast, war gefährlich, und du wurdest verletzt. Es tut mir sehr leid, Allie. Wenn ich die Zeit zurückdrehen könnte-"

„Tristan, ich weiß, dass du nicht der Typ bist, der über verschüttete Milch weint."

War er nervös? Warum war er so nervös? Er richtete seine Anzugjacke, straffte die Schultern, warf einen schnellen Blick auf seine Uhr und räusperte sich.

„Du hast schwere Verletzungen erlitten, und wir wissen beide, dass du eine Weile nicht im Außendienst arbeiten kannst. Nicht nach allem, was du durchgemacht hast. Die Ärzte waren deutlich, dass es Monate dauern wird, bis du wieder deine volle Kraft hast."

Endlich traf sein Blick meinen. „Und aus diesem Grund, Allie, bist du gefeuert."

Tristans Worte hallten wie eine Endlosschleife in meinen Ohren. „Du bist gefeuert. Du bist gefeuert. Du bist gefeuert."

Wie in Zeitlupe erhob ich mich von der Couch. Die Geschenkbox. Babyschuhe. Auf dem Schreibtisch meines milliardenschweren Freundes und Chefs. Völlig unangebracht. Was hatte ich mir nur dabei gedacht? Mein Timing war so schlecht wie das einer Bombe zünden, denn er hatte mich gefeuert, bevor ich meinem Chef sagen konnte, dass ich sein Kind erwartete. Wie konnte er mich nur gefeuert haben?

„Was?"

„Ich sagte, du bist gefeuert."

Oh mein Gott. Ich kann ihm jetzt nicht sagen, dass ich schwanger bin.

„Warum? Ich verstehe nicht. Ich dachte- Moment mal, was zum Teufel?"

„Überraschung!"

Die Bürotür flog auf, und ich sprang zurück. Laura, meine Mutter, die Flintstones und Emma kamen durch die Tür. Was machte Laura hier? Hinter der engsten Familie standen mehr unverschämt gutaussehende Männer, als ich je zuvor in einem Raum gesehen hatte. Ich erkannte die Silver-Brüder, aber nicht die anderen. Mein Mund öffnete und schloss sich und öffnete sich wieder. Jemand ließ eine Konfettikanone knallen. Laura sah sich um, als suche sie nach denselben Antworten wie ich, während Tristans Vater eine Flasche Champagner öffnete. Ich drehte mich im Kreis auf der Suche nach Tristans Gesicht, aber gerade als ich ihn fand, prallte Emma gegen meine Seite. Sie schlang ihre Arme fest um mein Bein, schaute zu mir auf und klimperte mit den Wimpern.

„Was ist los, Ems? Was soll das?", fragte ich sie.

„Jippie! Ein Geheimnis weniger in meiner Schatzkiste!"

Scheiße. Das Geheimnis.

Laura umarmte mich als Nächste, während meine Augen immer größer wurden.

„Nimm. Die. Box. Vom. Schreibtisch."

Meine Bauchrednernummer muss gescheitert sein, denn Laura rümpfte die Nase und sah mich an, als würde ich den Verstand verlieren.

„Was?"

„Wenn du mich liebst, holst du diese Box mit Babyschuhen von Tristans Schreibtisch und rennst. Ich hab ihm noch nicht gesagt, dass ich schwanger bin."

„Allie, das ist verrückt. Er liebt dich, und du bekommst sein Kind. Er sollte es wissen."

„Ich widerspreche nicht, aber jetzt ist nicht der richtige Zeitpunkt. Ich möchte, dass es etwas Besonderes ist, nicht in einer Menschenmenge."

„Na gut, na gut. Ich hole sie, sobald er weggeht. Du solltest ihn ablenken. Ich bin sicher, dir fällt mit diesen Hormonen schon was ein."

Wie auf Stichwort wandte sich Tristans Blick der Box zu. Sein Mundwinkel hob sich, als er die Augen zusammenkniff und das Geschenk vom Schreibtisch nahm.

„Scheiße, scheiße, scheiße. Du musst mir jetzt helfen! Er wird sie öffnen!"

Hitze. Kälte. Mein Körper im Aufruhr. Goldene Sonnenstrahlen wie Seidenbänder zwischen den Jalousien. Die Geräusche verschwammen. Wurden lauter. Höher. Meine Beine gaben nach. Die kurzzeitige Schwerelosigkeit verwandelte sich in einen festen Griff, als Tristan mich in seinen Armen auffing, bevor ich auf den Boden fiel.

„Geht es dir gut?" Seine Lippen bewegten sich, aber ich konnte ihn nicht hören. Ein Summen der Besorgnis schwebte um mich herum, während ich mich auf Gesichter konzentrierte, bis ich Tristans Gesicht wieder fand.

„Geht es dir gut?", wiederholte er.

Er hat mich gefeuert?

Der Raum hörte auf, sich zu drehen. „Ja, ich glaube schon. Was ist passiert?"

„Du bist ohnmächtig geworden. Hast du heute schon etwas gegessen?"

„Ja, hab ich. Ich glaube, ich bin einfach ein bisschen überfordert, das ist alles. Kann mir jemand erklären, was hier los ist?"

Laura lugte hinter Tristan hervor und zeigte mir den Daumen nach oben. Sie stopfte die Box in ihre Handtasche, während Tristan seine Hand auf meinen Kopf legte.

„Es tut mir so leid, Allie."

„Ich ... ich habe kein Fieber."

Jemand stellte ein Glas mit Orangensaft neben meinen Kopf, und ich trank durch den gebogenen Strohhalm. Mein Herz hämmerte in meiner Brust. Tristan half mir zur Couch, während alle starrten. Das leise Gespräch wurde fortgesetzt, als ich mich setzte.

„Ich wollte nur sichergehen. Du siehst erhitzt aus."

Erhitzt?

Aber er hatte mich gefeuert. Ich war viel mehr als nur erhitzt.

„Hilf mir hoch", sagte ich.

Tristan zog mich am Ellbogen hoch, und wir entfernten uns

von der Menge. Das Gespräch wurde wieder aufgenommen, und die Aufmerksamkeit der Familie ließ endlich nach.

„Champagner?" Greg reichte mir ein Glas, aber Tristan hielt ihn auf, bevor ich es ihm aus der Hand nehmen konnte. Dieser eine Moment löste in mir Panik aus. Wusste er irgendwie, dass ich nicht trinken durfte?

„Ich glaube, sie braucht noch eine Minute."

„Nein, ich denke, wir sind hier fertig." Ich drehte mich um und ging zur Tür, aber Tristan war schneller und versperrte mir den Weg, bevor ich den sich schließenden Rahmen erreichte. Eine Welle der Aufmerksamkeit floss in unsere Richtung.

„Wow, Allie, ich flehe dich an. Bitte lass mich erklären. Ich muss dich feuern."

„Du bist der Chef. Du musst nichts tun, was du nicht willst." Die Luft, die ich in winzigen Atemzügen einsog, half nicht. „Du willst offensichtlich nicht, dass ich ein Teil von Silver Securities bin."

Die ohrenbetäubende Stille im Raum ließ mich Tristans Gäste vergessen. Sie standen wie erstarrt da und starrten mich an, als hätte ich den Verstand verloren.

„Allie, Schatz. Du weißt nicht, was du da sagst."

Als er „Schatz" sagte, brach ich noch mehr zusammen. Ich unterdrückte die Schluchzer bei jedem kurzen Einatmen. Mein Handy vibrierte mit einer Nachricht von Emma. Ich griff in meine Tasche, um sie zu lesen:

Emma: Sei nicht traurig. Ich nenne meine Nichte oder meinen Neffen vorerst Baby-Maus ;)

Ich blickte durch den Raum zu ihr, wo sie am Fenster stand und lächelte. Ich wollte so sehr Teil dieser Familie sein, dass es wehtat. Tristans kleine Schwester hatte mir geholfen, mein Geheimnis zu bewahren, indem sie meine Blutwerte im Krankenhaus gefälscht hatte, im Austausch dafür, dass sie den Namen des Babys aussuchen durfte. Bisher kamen alle aus der Familie Feuerstein. Und ich liebte das auch.

Ich brach zusammen, und Tristan nahm mich fest in seine Arme. „Allie, es tut mir echt leid. Das mit der Kündigung ist nur Papierkram, damit ich dich für 'ne neue Stelle einstellen kann."

„Formalität?", schluchzte ich durch Tränen und Rotz und wiederholte: „Formalität wofür?"

„Es tut mir leid. Ich hätte wissen müssen, dass es überdramatisch sein würde. Es war ein langer Tag." Er blinzelte die Wolken weg und seine bernsteinfarbenen Augen hellten sich auf. „Vielleicht war es keine gute Idee, dich mit einem neuen Job zu überraschen."

Ich schluckte einen Schluchzer. „Ein neuer Job?" Dann: „Überdramatisch?"

Wenn überdramatisch ein Gesicht hätte, ja, es wäre jetzt Tristans. Aber konnte das wahr sein? Ich war nicht gefeuert? Würden wir wirklich wieder zusammenarbeiten?

„Wirklich? Ich arbeite noch für Silver Securities?"

„Natürlich tust du das. Ob du willst oder nicht, du gehörst für den Rest deines Lebens zu dieser Familie."

Meine Brust wurde etwas wärmer. Als ich heute Morgen aufgewacht war, war ich mir meines Weges so sicher gewesen, dass ich nie eine Bombe wie den Verlust meines Jobs vorhergesehen hätte. In dem Moment, als er mir sagte, dass ich gefeuert sei, dass ich möglicherweise schwanger und arbeitslos sein könnte, pflanzte sich ein Zweifel in mir ein, den ich nicht so leicht loswerden konnte. Ich ließ seine Hand los.

„Ich glaube, es geht mir jetzt gut. Was ist der neue Job?"

Er räusperte sich und stand auf. „Beruhigt euch alle."

Ein weiterer Moment der Panik überkam mich. Verdammt, wollte er etwa einen Heiratsantrag machen? Dafür war ich nicht bereit, aber andererseits dachte ich auch nicht, dass ich für dieses Baby bereit war.

„Allie geht es gut, aber ich habe ihr noch nichts von dem neuen Job erzählt."

„Sie sollte von einem Arzt untersucht werden." Meine Mutter

hob die Augenbrauen. Sie sah mich seltsam an, als könnte sie direkt durch mich und meinen vorübergehend flachen Bauch hindurchsehen.

„Nein, wirklich. Mir geht's gut, Mama. Job? Welcher Job?" Ich konzentrierte mich auf Tristan.

Scheiße.

Ich war völlig neben der Spur. Diese Hormone spielten nicht nur mit meinem Körper, sondern auch mit meinen Instinkten.

Das Gespräch verstummte. Tristan drehte sich wieder zu mir um und nahm meine Hände in seine. „Wenn du einverstanden bist, wirst du die neue Abteilung bei Silver Securities zusammen mit einer neuen Partnerin leiten." Er zeigte auf Laura, und meine beste Freundin grinste von einem Ohr zum anderen.

„Was?" Ich starrte sie an und wandte mich ihr zu. „Du arbeitest mit mir? Für Silver Securities?"

„Juhu!" Sie hob ihr Champagnerglas zum Anstoßen. „Du kannst nicht behaupten, dass du eine bessere Partnerin bekommen könntest, oder?"

„Und du hast dieses Geheimnis vor mir bewahrt?"

Ich sah, wie Emma bei meinem Kommentar die Augen verdrehte. Na gut. Ich war eine Heuchlerin.

„Tut mir leid, aber auch wieder nicht."

„Moment mal – was genau werden wir tun?"

„Silver Securities hat sich mit einem lokalen Frauenhaus zusammengetan, um ein Reha-Team zu bilden. Das Green Team wird ermitteln, Beweise sammeln, für Sicherheit sorgen und hoffentlich die Verbrecher fassen. Die Wagner-Brüder haben ein Team gebildet, das euch bei den rechtlichen Aspekten unterstützen wird."

„Das Green Team? Nach mir?"

Er nickte, und meine Augen füllten sich mit Tränen. Oh, diese neuen Hormone waren wirklich eine Freude.

„Nach einer der stärksten Frauen, die ich kenne. Tut mir leid, Wilma."

Seine Mutter beugte sich hinunter und küsste ihn auf den Kopf, als wäre er noch ihr kleiner Junge, und mein Herz zog sich bei diesem Anblick zusammen. „Solange du glücklich bist, bin ich überglücklich."

Dann lehnte sie sich vor, um mich zu umarmen, und flüsterte mir ins Ohr: „Du siehst wunderbar aus, Allie."

„Danke."

Maggie und John Silver hatten meine Mutter so ins Herz geschlossen, dass sie sie gebeten hatten, dauerhaft ins Gästehaus zu ziehen, und sie hatte zugestimmt. Tristan hatte recht. Ich war Teil dieser Familie, und ich konnte es kaum erwarten, ihnen allen die gute Nachricht zu erzählen.

„Tristan, das ist wunderbar. Ich kann nicht glauben, dass du das getan hast."

„Ich weiß, wie schwer die letzten paar Monate waren. Es tut mir alles so leid, Allie. Sobald es dir besser geht, kann Silver Securities es kaum erwarten, dich dauerhaft hier zu haben."

Tristans Handy piepste, und er prüfte seine Nachricht. Er versteifte sich und starrte den langen Flur hinunter in Richtung Ausgang.

„Holt euch etwas zu trinken und esst. Mama hat Kokosnuss-Hefeschnecken gemacht, und sie wird nicht gehen, bis sie alle weg sind. Entschuldigt mich."

Er küsste mich auf die Wange und ging. Ich folgte seinem schnellen Schritt zur Tür hinaus, wo er im Flur verschwand. Der Duft von süßem Gebäck und Roastbeef-Sandwiches lenkte meine Aufmerksamkeit zurück in den Raum. Mir lief das Wasser im Mund zusammen und mein Magen knurrte. Der köstliche Geruch überwältigte meinen Widerstand, und ehe ich mich versah, saß ich hinter Tristans Schreibtisch mit einem Teller voller Obst, Sandwiches und Gebäck. Ich stopfte sie mir eins nach dem anderen in den Mund.

Emma saß auf dem Mahagonischreibtisch und ließ ihre Beine baumeln. „Na? Was meinst du?", fragte sie.

„Sie sind köstlich." Ich biss in ein cremegefülltes Windbeutelchen.

„Nein, Dummerchen. Ich meine wegen Baby Miezekatze."

„Ich denke, du solltest es weiter versuchen. Tristan wird nicht darauf anspringen."

„Dann lass uns ihn fragen." Sie wackelte mit den Augenbrauen.

„Lieber nicht." Ich stopfte mir den Rest des Windbeutelchens in den Mund. „Ich brauche dich, um dieses kleine Geheimnis noch eine Weile für dich zu behalten."

„Aber das ist nicht fair. Weißt du, wie viele Geheimnisse ich bewahren muss?"

„Viele?" Ich zog meinen Hals wie eine Schildkröte ein. „Aber das macht dich doch so besonders."

„Eines Tages, wenn ich hier arbeite, werde ich eine Regel einführen, dass es keine Geheimnisse gibt."

Mir drehte sich der Magen um, und Emma flüsterte: „Aber keine Sorge. Ich werde kein Wort über Baby Miezekatze verlieren."

„Psst."

Laura hüpfte auf die andere Seite des Schreibtisches. „Ich glaube, das ist das einzige Mal, dass Mr. Silver mich hier sitzen lässt. Aber sag ihm nicht, dass ich es getan habe."

Emma sprang vom Tisch. „Das war's. Ich bin satt. Das sind zu viele Geheimnisse, und ich habe Telefonate zu führen."

Sie schlenderte aus dem Büro, als gehöre es ihr, und Laura runzelte die Stirn. „Ich glaube, sie mag mich nicht."

„Das liegt nicht an dir. Es sind all die Geheimnisse, die sie bewahrt. Außerdem liebt sie es, auf Foxy aufzupassen", sagte ich.

„Hast du je daran gedacht, sie nach anderen Geheimnissen zu fragen, die sie vielleicht kennt? Du weißt schon, wie über James?"

„Denkst du, er verheimlicht etwas?"

„Ich weiß nicht, aber er geht jeden Monat zum Arzt."

„Warum fragst du nicht Emma um Hilfe? Sie liebt es zu ermitteln."

„Vielleicht."

Ich stupste mit dem Finger in ihren Arm. „Ich kann nicht glauben, dass du diese Überraschung vor mir geheim gehalten hast. Du wusstest, dass ich heute Morgen ins Büro gehe."

„Und du weißt, wie gut ich darin bin, Geheimnisse zu bewahren. Es musste eine Überraschung sein, also erschieß nicht den Boten. Und ich wurde mit einem mächtigen Schwert zur Geheimhaltung verpflichtet."

„Könnte dieses Schwert zufällig James' Schwanz sein?"

Sie hustete in ihre Hand und sah mich an, als würde ich den Verstand verlieren. James war der einzige anständige Kerl, mit dem sie je ausgegangen war. Während einer Lawine zusammen stecken zu bleiben, war das Beste, was ihnen hätte passieren können, sie konnten es nur noch nicht sehen.

„Es ist nicht sein Schwanz. Emma hat eine neue Besessenheit für Schwertsammlungen. Du solltest sie sehen. Ich meine wörtlich, dass sie mich mit dem Schwert zur Geheimhaltung dieses Jobs verpflichtet hat."

„Oh, tut mir leid."

„Nein, die Dinge laufen gut mit James. Richtig gut. Er ist ein guter Vater."

„Also ist es vielleicht an der Zeit, es ihm zu sagen?"

„Aber jetzt läuft alles gut", jammerte sie. Wenn es nach Laura ginge, würde sie Foxys Vaterschaft für immer geheim halten, nur um Konflikte zu vermeiden. Aber je länger sie wartete, desto größer wurde ihre Lüge.

„Du gräbst dir kein Grab, meine Freundin. Du bist schon auf der anderen Seite des Planeten! Was zum Teufel, Laura?"

„Ich versuche, es ihm zu sagen, aber jetzt werden wir zusammenarbeiten, und das bringt viele Vorteile mit sich, auf die ich noch nicht verzichten möchte."

„Welche Vorteile?"

„Sein Schwanz." Sie zuckte mit den Schultern. „Oder zumindest die Möglichkeit seines Schwanzes."

„Du hast also noch nicht mit ihm geschlafen?"

„Bitte, reib es mir nicht unter die Nase. Ich habe es genug selbst gerieben. Versteh mich nicht falsch, ich würde es gerne tun, aber ich kann mich nicht dazu bringen, weil" – sie zog die Schultern hoch und beugte sich nach vorne – „Weil..."

„Also, von welchen Vorteilen sprichst du?"

Ihr Mund verzog sich. „Seine Arme, sein Lächeln, und ich weiß bereits, was unter dieser Kleidung ist, auch wenn ich es seit drei Jahren nicht komplett gesehen habe. Aber verdammt, es hält mich nicht davon ab, mir all die unanständigen Dinge vorzustellen, die wir tun könnten."

Ja, ich wusste genau, was sie meinte, und meine Hormone auch. Bevor ich heute Abend angekommen war, hatte ich mir die alberne Vorstellung gemacht, wie Tristan mich in seine Arme nahm und hoch in die Luft wirbelte. Er wäre überglücklich, Vater zu werden, und würde mit diesem niedlichen Grübchen grinsen. Die Narbe auf seiner Oberlippe würde sich zu einem dieser sexy Daddy-Lächeln verziehen. Gott, er würde gut auf einem Spielplatz mit seinem Kleinen aussehen.

Verdammt, das schlechte Gewissen nagte an mir und machte mich ganz kribbelig. Ich müsste ihm sagen, dass ich schwanger war, sobald sich die Gelegenheit ergab. Ich blickte zum Fenster hinüber, wo er stand, groß und weise, und mit einem der Wagner-Brüder sprach. Ich konnte immer noch nicht glauben, dass der Mann, der in den Hörsaal gekommen war, mein Mann war. Als ich mich für meine Rache in die Firma eingeschlichen hatte, hatte ich keine Ahnung gehabt, dass er ein fester Bestandteil meines Lebens werden würde. Ein Leben, das sich in den letzten Monaten so schnell verändert hatte, dass es schwierig war, den kommenden Winter vorherzusagen. Schauer liefen mir über die Arme.

Das Grübchen vertiefte sich in seiner Wange und die Narbe

auf seiner Oberlippe verwandelte sein Lächeln in ein sexy, schiefes Grinsen. Ach, wie gerne würde ich diese Lippe mit meinem Mund und meiner Muschi berühren. Seine whiskeyfarbenen Augen bemerkten meinen Blick, und meine Brustwarzen verhärteten sich. Seine tiefe Stimme ließ mich erschaudern. „Alles in Ordnung, Allie?" Mein Herz machte einen Satz bei seinem besorgten Tonfall.

„Du musst es ihm sagen", drängte Laura. „Ihr zwei seid füreinander bestimmt, ohne Frage."

„Und du kannst dein Geheimnis nicht für immer bewahren. Foxy wird größer."

„Das stimmt nicht. Ich dachte, ich könnte ihn James nicht vorstellen, aber bisher hat es funktioniert. Und Ems bewahrt das Geheimnis."

„Bis sie platzt."

„Ich habe die Verbindung vielleicht nicht hergestellt, Laura, aber James würde es tun, wenn du aufhören würdest, Foxy in Kostüme zu stecken."

„Laila liebt Clowns. Wir waren im Park, um die Enten zu füttern, und wir waren sogar im Aquarium. Siehst du? Qualitätszeit. Die Dinge laufen gut. Irgendwie."

„Du hast Foxy geschminkt, damit sein Vater ihn nicht erkennt", flüsterte ich laut.

„Sagt die Frau, die ihrem Freund noch nicht gesagt hat, dass sie schwanger ist."

„Psst." Meine Mutter schielte aus der Ecke zu mir herüber. Ich hatte sie gestern besucht, um zu sehen, wie sie sich einlebte, und sie strahlte regelrecht. Der Umzug und die Sicherheit, die die Silvers ihr gegeben hatten, war etwas, das ich nie zurückzahlen könnte. Und niemand ließ mich fühlen, als müsste ich es. Ich würde Tristan von unserem Baby erzählen, wenn die Zeit reif war, nicht früher und nicht später. Und diese Zeit war definitiv nicht jetzt. Oder doch?

„Es ist noch früh, aber ich sage es ihm bald. Ich werde das auf keinen Fall so lange durchziehen wie du."

Sie sank in ihren Sitz und griff nach einem Brownie mit Marshmallow-Topping.

„Das habe ich früher auch gesagt. Dann traf ich James und lernte ihn wirklich kennen... und alles änderte sich. Er ist ein fantastischer Vater. Und diese Augen..."

Sie seufzte, wie ich sie noch nie seufzen gehört hatte. Ich war mir nicht sicher, ob sie von den Augen ihres Sohnes oder von James' sprach, aber es spielte keine Rolle – denn sie hatten die gleichen Augen. Die Tatsache, dass James es nicht bemerkt hatte, verblüffte mich. Andererseits hatte Laura ihre Wahrheit gut vertuscht. Bereute sie es, James nicht früher die Wahrheit gesagt zu haben? Ein guter Vater hatte zwei Jahre im Leben seines Sohnes verpasst.

Ich berührte ihren Arm. „Laura-"

„Hast du diesen Bart gesehen? Ich meine, wie viele Zwanzigjährige könnten so einen Bartwuchs haben?"

„Ich weiß genau, was du meinst. Die Ausdauer, die Erfahrung, kein Bullshit. Umso mehr Grund, es ihm früher als später zu sagen."

„Sieh uns an", schnurrte sie. „Nach außen hin perfekt, innen voller Geheimnisse. Die eine versteckt einen Sohn und die andere einen Fötus. Kein Zwanzigjähriger könnte mit unserem Scheiß umgehen, also sei dankbar, dass sie älter sind."

Tristan würde sich freuen, wenn ich ihm sagte, dass ich schwanger wäre, oder?

„Ich glaube nicht, dass sie eine Ahnung haben, was auf sie zukommt."

Laura lachte, und ich sank tiefer in die Couch. Ich drehte meinen Kopf zu ihr. Sie griff zum Beistelltisch neben sich und reichte mir eine Schokoladentrüffel-Praline. Ich biss in die Süßigkeit, und die Schokolade schmolz auf meiner Zunge. Die maßgefertigten Pralinen mit dem eingestanzten Silver Brothers-

Logo waren immer in einer Schale in Tristans Penthouse zu finden und offiziell meine Lieblinge.

„Wer ist die Rothaarige?", fragte Laura.

„Was?"

„Groß, dünn und besitzergreifend."

Ich richtete mich auf. Ich suchte den Raum ab, konnte aber die Frau, die Laura beschrieben hatte, nicht sehen.

„Besitzergreifend worüber? Hat Foxy dich nachts wachgehalten?"

„Nein, aber sein Daddy schon." Sie zwinkerte. „Ist dir klar, dass wir den gleichen Nachnamen haben werden, wenn wir sie heiraten?"

„Heirat steht nicht zur Debatte."

„Das ist hypothetisch, Dummerchen. Es ist ja nicht so, als ob ich dieses Prachtexemplar von Mann jeden Morgen neben mir aufwachen sehen will, nur damit ich ein übriggebliebenes Krümelchen aus seinem Bart picken kann."

„Igitt, eklig. Ich bin froh, dass Tristans Bartwuchs nicht lang genug ist, um Essensreste aufzufangen."

„Du würdest widersprechen, wenn du James tatsächlich in all seiner Pracht sehen würdest. Sie machen keine Jungs mehr in seiner Form. Diese Jahre der Erfahrung sind hart erarbeitet."

„Können wir bitte aufhören, über Bartwuchs und Männer im Allgemeinen zu reden, zumindest bis du tatsächlich mit ihm geschlafen hast? Ich bin schon geil genug. Also, was hast du über eine Rothaarige gesagt?" Ich nahm einen Schluck Wasser. Ich trug die Flasche überall mit mir herum, weil der Arzt sagte, dass Hydration wichtig sei.

„Ich habe sie vorhin im Flur bei den Toiletten gesehen. Ich dachte, sie wäre Tristans Sekretärin, weil sie miteinander sprachen."

„Tristans Sekretär ist blond und steht da drüben." Ich zeigte auf Greg, der sich mit einem der Wagner-Brüder unterhielt. Die Anwälte saßen im Wartebereich draußen und genossen, was wie ein seltener Moment des Friedens aussah. Ich betrachtete die Versammlung. Dieses Unternehmen und all seine Mitarbeiter verblüfften mich. Die Teamarbeit und Sorgfalt, Brüderlichkeit, Freundschaften, nahe Verwandte und vertrauenswürdige Belegschaft funktionierten aus einem Grund, und ich konnte diesen Grund direkt vor mir sehen. Sie vertrauten einander, und das war einer der vielen Gründe, warum ich Tristan vertraute.

„Nein, die Rothaarige war definitiv eine Frau", sagte Laura. „Der übergroße Hut ist dir nicht aufgefallen?"

„Nein, die Schokoladencroissants schon."

Sie musterte mich und grinste, als wüsste sie etwas, das ich nicht wusste. „Ich weiß, man sagt, du isst für zwei, aber die tägliche Kalorienmenge, die während einer Schwangerschaft benötigt wird, ist nicht so hoch."

„Halt die Klappe und urteile nicht. Es ist das Einzige, was die Hormone im Moment in Schach hält. Davon steht nichts in den Büchern, aber ich hab's gegoogelt."

„Du hast es gegoogelt? Du hättest mich auch fragen können, weißt du. Dreiundsiebzig Prozent der schwangeren Frauen erleben einen gesteigerten Sexualtrieb."

„Du warst jünger. Ich bin älter."

Sie lachte. „Ich bin vor drei Jahren schwanger geworden, Schätzchen. Willkommen im Club der Anfang-Zwanziger-mit-Babybauch."

„Was ist vor drei Jahren passiert?" James reichte Laura ein Glas Wein. Sie wurde blass und nahm schnell einen Schluck.

„Wir haben uns an unser Weihnachtsfest in Colorado vor drei Jahren erinnert."

Laura nahm noch einen Schluck und warf mir einen Blick zu, der sagte, ich solle verdammt nochmal die Klappe halten.

Sein Mundwinkel hob sich. „Ja, das war wirklich eine lebensverändernde Nacht, oder? Es ist ein Wunder, dass alle lebend davongekommen sind."

„Hey, wer war die Rothaarige, die vorhin mit Tristan gesprochen hat?", fragte ich ihn.

„Rothaarige?" Seine Stirn runzelte sich, und für einen Moment dachte ich, er wüsste genau, wer es war. „Niemand, von dem ich wüsste."

„Das muss seine Geliebte sein." Laura senkte ihre Stimme, und ich verdrehte die Augen.

„Tristan hat keine andere Frau", sagte ich.

„Das war hypothetisch gemeint."

„Nun, er hat auch keine hypothetische Frau."

James schüttelte den Kopf. „Ihr beide bringt mich zum Lachen."

„Warum sollte er sie in einen Konferenzraum mitnehmen?", fragte sie.

James blickte über seine Schulter in Richtung Haupthalle. „Rothaarig, sagst du?"

„Sie sind zusammen in den Konferenzraum gegangen?", formte ich mit den Lippen.

Die Neuigkeit landete in der Grube meines bodenlosen Magens und überzeugte mich davon, dass ich noch ein Croissant brauchte.

„Es ist wahrscheinlich eine Kundin."

„Am Wochenende?"

„Es gibt keine Wochenenden, wenn man ein Unternehmen besitzt."

„Laura hat recht. Unsere Arbeit ist Teil unseres Lebens, und Geschäftszeiten sind rund um die Uhr. Mit Vorteilen. Entschuldigt mich für einen Moment."

James verließ Tristans Büro und beschleunigte seinen Schritt den Flur hinunter.

„Ist es normal, dass James so weggeht?", fragte ich.

„Nein, ist es nicht, aber ich bin sicher, es ist nichts."

„Genau das sagst du immer, wenn es doch etwas ist."

Tristan kam später am Nachmittag zurück, aber ich sah James

nicht wieder. Ich fuhr mit Laura nach Hause, und wir holten Foxy auf dem Weg vom Babysitter ab. Während mein Patenkind in seine Routine verfiel, konnte ich das nagende Gefühl der Angst nicht abschütteln, das mich aus dem Nichts überfallen hatte. Die Unruhe wurde nur schlimmer, also duschte ich und beschloss, Tristan zu überraschen. Ich zog sexy Unterwäsche an, die der Fantasie keinen Spielraum ließ, warf einen langen Mantel über und machte mich auf den Weg nach Manhattan. Irgendetwas musste nachgeben, und ich betete, dass es meine Hormone waren.

Allies und Tristans aufregendes Abenteuer geht weiter in „Silvers Geheimnis", Band 4 der Familiensaga der Silver-Brüder.

ÜBER DEN AUTOR

ÜBER DIE AUTORIN

USA Today Bestseller-Autorin Lacey Silks schreibt fesselnde romantische Spannung voller Leidenschaft, Würze und atemberaubender Spannung. Viele ihrer liebenswerten Charaktere sind von ihrem eigenen Leben inspiriert, und ihre Lieben finden sich oft spielerisch in ihre Geschichten eingewoben. Ihre beiden Kinder und ihr Hund Kygo sorgen mit Hausaufgabenfragen und liebevollen, sabbernden Küssen (natürlich von Kygo) für abwechslungsreiche Tage.

Wenn sie nicht gerade intensive Liebesgeschichten zu Papier bringt, ist Lacey eine begeisterte Camperin und Skifahrerin. Als natürlicher Frühaufsteher greift sie oft eher zum Kaffee als zum Wasser und gibt ihren Milliardärshelden die Schuld an ihrem vollen Terminkalender.

Laceys Charaktere, voller Fehler und Eigenheiten, rufen auf jeder Seite Lachen, Schlagfertigkeit und Emotionen hervor. Sie misst Männer schelmisch an ihrer Schuhgröße, hat eine Vorliebe für verführerische Dessous und träumt davon, das Land in einem Wohnmobil zu erkunden.

* * *

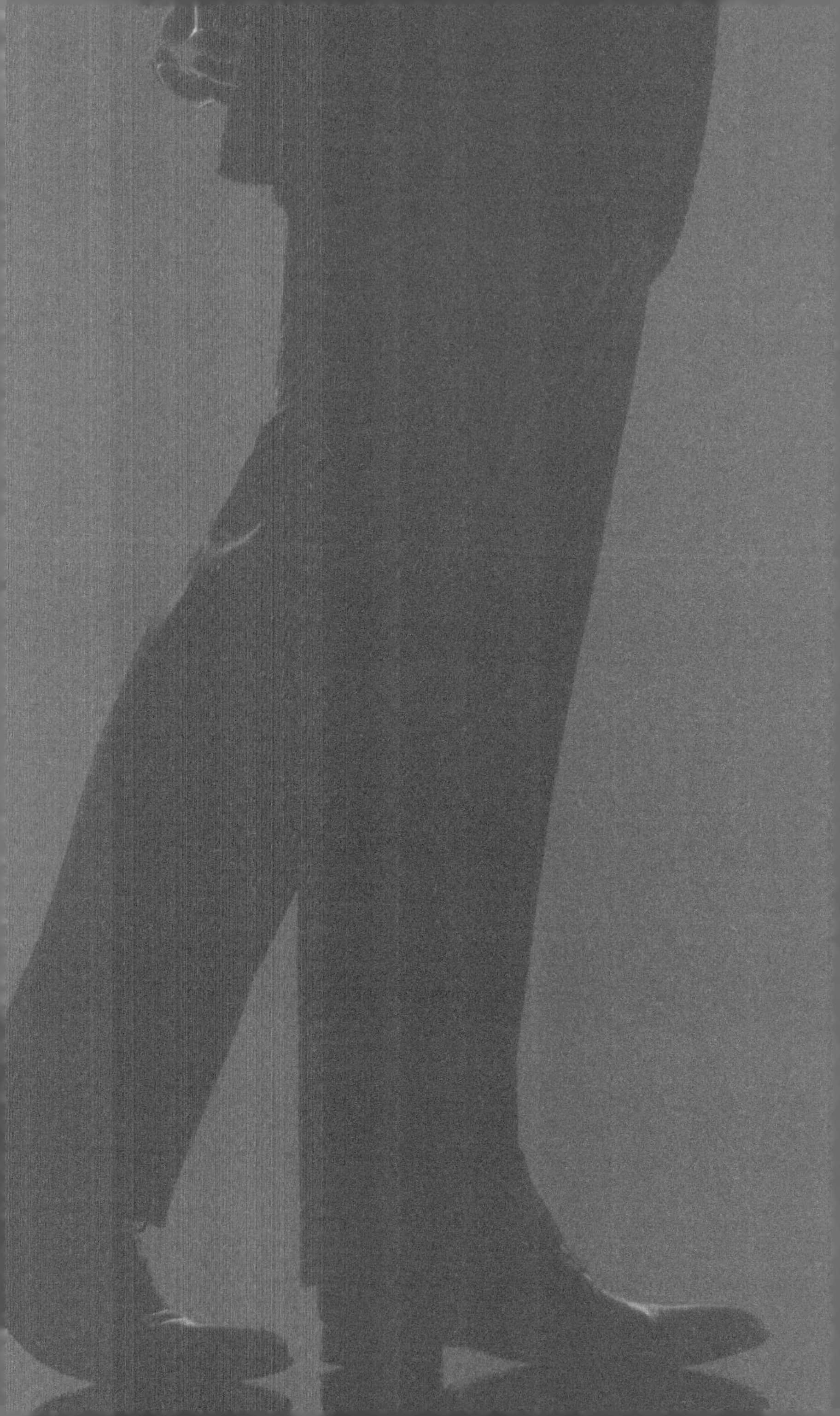

DANKSAGUNGEN

„Silvers Bauer" ist nur der Anfang einer sehr langen Familiensaga, und ich hoffe, dass die miteinander verwobenen Geschichten Sie eine Weile begleiten werden. Sie haben mir geholfen, diesen lästigen Momenten des Lebens zu entkommen. Diese Geschichten gaben mir Hoffnung auf ein glückliches Ende, das im echten Leben nicht immer so leicht zu finden ist wie in Büchern.

Ich hätte die Arbeit nicht ohne die Unterstützung meiner Leser oder die stets inspirierende Indie-Autoren-Community mit ihrem Reichtum an Wissen bewältigen können. Die fortwährende Ermutigung und der Glaube an meine Arbeit, zusammen mit der Fülle an Zuneigung, haben meine Muse neu belebt.

An meine fantastische Lektorin, die immer Zeit für mich findet: Danke, dass du mein Leben einfacher und mein Schreiben verständlicher machst. Ich werde noch eine Weile über diese „silbernen Augen" schmunzeln.

An meine Betaleser: Danke für eure scharfen Augen! Wenn ich eine Geschichte zwanzig Mal (oder öfter) gelesen habe, sind die Details nicht mehr leicht zu erkennen. Euer Feedback ist unbezahlbar und macht den Roman zu dem, was er sein sollte. Ihr sorgt dafür, dass meine Worte Sinn ergeben.

An meine Familie: Die letzten Jahre haben uns auf mehr Arten geprüft, als uns lieb war, und ich könnte nicht das tun, was ich liebe, ohne euch. Danke für eure Unterstützung, euren Glauben und eure Ermutigung.

Maya, danke für dein künstlerisches Auge und das Cover-Design. Es ist mir eine Ehre, dich als Künstlerin wachsen und dich entwickeln zu sehen. Alex, dein liebevolles Herz und dein Sinn für Humor sind eine ständige Inspiration.

An meine Eltern: Dieses Buch wäre ohne euch nicht entstanden. Danke, dass ihr an meine Träume glaubt.